—————— 阅读之前 没有真相

午夜文库

深宫女捕快2：
春风得意马蹄疾

暗布烧 著

新 星 出 版 社　NEW STAR PRESS

主要出场人物

一、皇室

郑世承：郑国继太祖、太宗之后的第三任皇帝
庞　艳：郑国皇后，太子生母，居住坤宁宫
苏明丽：郑国贵妃，又被称为明妃，八皇子郑玄杰之母，居住未央宫，出身布衣
罗楚楚：五皇子郑玄昌之母，居住永宁宫，初登场时为淑妃，后降为才人，将门之后
孙娇娥：六皇子郑玄亮之母。初登场时为昭仪，后被封为安嫔，居住朝翔宫，宫女出身
郑玄明：太子，帝后的嫡长子，居住东宫
郑琼儿：帝后的嫡长女，居住永乐宫，已薨逝
郑玄昌：五皇子，被封为昌王，其母为罗楚楚
郑玄亮：六皇子，被封为毅王，其母为孙娇娥
郑玄真：七皇子，沧州民女所生，由贺太妃抚养长大
郑玄杰：八皇子，被封为延王，其母为苏明丽
贺太妃：太宗的贵妃，曾抚养七皇子，居住宝祥宫

二、宫内人士

方欣媚：司药房宫女，被封为"宫廷捕快"，其父为江南名捕方木令
穆　宏：太医院太医，方欣媚之父方木令的忘年好友，皇后已故侄女庞蝶曾经的未婚夫婿

李秀英：内侍监总管太监，皇帝身边亲信

孟贤德：内侍监掌事太监

孙守诚：太医院令

王珍香：司药尚宫

小　梅：方欣媚同屋宫女

许腊梅：未央宫宫女，是东宫太监许世才的妹妹，已逝

灵　芝：烧火房宫女，从前与许腊梅同在未央宫当差

小德子：未央宫从前的掌事太监，因犯事畏罪自裁

许世才：东宫掌事太监，太子的亲信

万马龙：禁军校尉，负责皇宫安全

三、朝臣官吏

诸葛乾：郑国丞相，正一品

司马奎：翰林大学士，正一品

胡宗来：都察院左都御史，正二品，负责调查春闱舞弊之事

丁耀祖：大理寺卿，正三品，在春闱中担任知贡举

徐承赞：礼部侍郎，正三品，在春闱中担任主考官

赵孟德：翰林院编修，从七品，在春闱中担任副主考官

孟三官：翰林院待诏，从九品，在春闱中担任同考官（房官，有推荐试卷的权力）

田杰礼：京兆府尹，正三品

萧　湛：大理寺正，从五品

杜大海：大理寺主簿

何守旺：京兆府知事

李二郎：贡院号军，方木令的旧友

张小宝：贡院号军

小栓子：贡院送饭差役

黄　曹：贡院负责弥封试卷的官吏

毛　二：大理寺衙役

石　头：大理寺衙役

大壮、二壮：京兆府衙役，兄弟俩，方木令从前的下属

刘三丙：京兆府仵作

蔡　坤：鸿胪寺卿，正三品

庞浩然：郑国大将军，皇后的胞弟

方木令：江州捕头，人称"江南名捕"，方欣媚的父亲，已逝

四、科举士子

苏雨栾：苏明丽的胞弟，江南临安举子

司马珏：大学士司马奎第三子，考中贡元

诸葛子羽：丞相诸葛乾独子

应子郊：沧州举子，家中经商

唐申白：冀州举子，家境贫寒

沈　瑜：江南临安举子，父亲为狱卒

胡范生：江州举子，家境小康

五、其他

浪　琴：京城梨香苑名妓，著名的京城"二小"姑娘之一，是宫女浪花的姐姐

沈翘翘：京城梨香苑名妓，著名的京城"二小"姑娘之一

郦　娘：梨香苑老鸨儿

司马琪：司马奎长子，因犯事被流放

司马珠：司马奎次女

江城阔：宫廷琴师，长公主情人，因犯事被流放

穆老夫人：穆宏之母

庞　蝶：穆宏之未婚妻，皇后庞艳之侄女，已逝

来兴儿：司马珏身边的小厮

春风得意马蹄疾

昔日龌龊不足夸,今朝放荡思无涯。
春风得意马蹄疾,一日看尽长安花。

——唐 孟郊《登科后》

目 录

1	序
5	第一章 魂断科考日
57	第二章 金榜题名时
109	第三章 鸩酒疑云起
157	第四章 美人机关尽
207	第五章 再现断掌谜
249	第六章 肃清沉疴弊

序

江月初圆，春夜漏永。京城的清淮河畔，一树树海棠花在灯火笙歌中向晚而开，密密匝匝，将春意闹上枝头。北麓贡院西侧有一座晓月试馆①，分为两个院落，西院三进，东院两进，南面临街迎市，是各地赶考的举子们最为便利的落脚之处。

是夜，后院花园一座四角凉亭的石案上摆了一把青瓷碎玉纹酒壶，两三样果盘，一对赴考的举子正对坐而饮，谈笑低语。其中一人年轻潇洒，穿着蜜合色杭绸直裰，外罩月白色的素面杭绸鹤氅，一派富贵风流之态。他含笑举杯道："小弟在沧州时，便常常听闻兄台的大名。兄台才高八斗，满腹经纶，做得一手好文章，诗文更是名扬海内。"

另一人约莫三十岁年纪，面如冠玉，仪表堂堂，穿一身半新不旧的宝蓝色家常锦缎袍子。他微笑着将酒盏内的琼浆一饮而尽，道："贤弟切莫取笑。愚兄不过庸碌之资，两试落第之辈，怎比得贤弟少年才情，风流倜傥。正如诗云'业成早赴春闱约，要使嘉名海内闻'。"

那年轻人摆手笑道："兄台如此过誉，小弟哪里禁得起？不知近来兄台可曾听说科场的一些异闻？"

---

①试馆：古代科举考试时，各地应试考生居住的场所。

"何事？"

"小弟听闻夫子庙那边有消息传出，此番春闱只要交足一定数额的银两，便可确保入榜无虞。"言罢，年轻人拿眼觑着对方，静观其色。

那年长者面色一沉，许久方道："科举乃我朝抡才大典，皇上极为看重，岂容那些奸佞小辈从中舞弊？"

"然也。小弟亦如此认为。只是……"年轻人眼眸微转，闪出点点碎光，"兄台可曾想过，以您博古通今之才，为何会接连两试落第？"

"贤弟的意思是……"

"我朝虽已取消了唐代行卷①之习俗，但若能提前博得考官之青眼，自是极有益处的。"年轻人声音虽轻，语气却郑重。

"莫非……贤弟已知晓主副考官的名姓？"年长者惊异道，旋即脸上又浮现极为恭顺的笑容，"若果有门路，还望不吝赐教！愚兄来日定当结草衔环，感恩报德。"

年轻人下颌微微一收，沉声道："此事不易，所费颇多，兄台可要有些筹谋。"

"那是自然。吾虽出身贫寒人家，亦知兹事体大，必当倾囊一博。"年长者含笑拱手道，"贤弟大恩，铭刻在心，至死不敢有忘也。"

此时，忽闻旁边灌木丛中有窸窣声响。二人大惊，循声望去，只见一条小黑狗趴在海棠树底下，一边凑嗅，一边奋力刨坑。

"哼，狗儿也来凑趣儿……"年长者笑道。然而，不到片刻工夫，笑意便从他脸上褪得无影无踪。

---

①行卷：在唐朝，应举者在考试前把所作诗文写成卷轴，投送朝中显贵以延誉，称为行卷。

一阵料峭春风吹过，海棠花瓣凌风而舞，如出殡时漫天散开的冥纸，有种阴森凄惶之美。年轻人的表情惊惧扭曲，眼珠几乎要从两眶中跳出。

那棵海棠树底下的泥土被刨开了一个坑，蹲在一旁的小狗浑身漆黑，两眼放光，嘴里叼着一样白森森的东西。

——那是一只成年人的手，五指俱全，指节发白，手腕处翻出暗红的血肉。

"啊……"霎时间，尖叫声惊破柳梢梅萼，直入云霄。

第一章　魂断科考日

1

转眼便是天子开科取士的大比之年。全国各地的举子们纷纷赶赴京城，参加由尚书省礼部主持的省试。省试共有三场，每场考两日，考中后便成为贡士，可参加由皇帝亲自主持的殿试。而按照惯例，殿试只排定名次，一律不黜落，因而省试便成为中进士的关键。

这一年省试的规模极大，北麓贡院九千多间号舍座无虚席，远观犹如密密麻麻的蜂巢一般。每六七十间号舍为一排，称为"号筒"，按《千字文》的顺序排列。李二郎与张小宝便是负责看守其中一排"号筒"的号军。在二人值守的巷口门额上悬挂着一块粉牌，上书"玄字号"。

首场考试已进行了一日一夜。这天夜里，张小宝从后院领来了用布袋装的干粮，笑嘻嘻地递给李二郎说："李叔，歇会儿吧。咱们这号的举子们都规矩，一整日了也没甚动静。明日这场便完，估计翻不出啥风浪了。"

李二郎年逾五旬，生得干瘦精明，曾参与过多次省试的监考。他接过干粮袋，取出一块烧饼，啃了一口，道："你小孩子家，懂什么？今夜才是蛇鼠最易出洞的时辰。"

张小宝知他经验颇丰，便请教道："这是为何？"

李二郎啃着烧饼，微有得色。"刚开考时，各路监考都恪尽职守，雷厉风行，那些考生们知道厉害，皆正襟危坐，不敢越雷池半步。到了今晚,明远楼①上的监考官吏和号军们都疲乏了,总有吃饭打盹的时候,监视便不那么严格。况且明日午后便要交卷,再不动手就迟了。一些夹带文章进来的考生,往往会趁着夜色偷窥抄袭。另一些找人代写文章的考生,则会想方设法私下传递。皆因科举对于每一位考生来说利害太大,成则平步青云,败则打回原形,铤而走险的可大有人在哩。所以,小子啊!今夜可给我瞪大了眼睛。知贡举②丁大人说过,抓住舞弊的重重有赏。"

"得嘞!"张小宝满口答应。

于是,二人强忍住困意,不错眼珠地盯着号筒内的动静,每隔半个时辰还会走入巷子里巡视一番。到了四更时分,万籁俱寂,号舍中传来阵阵鼾声。张小宝哈欠连连,李二郎却两眼放光,愈加警醒,心底隐隐浮起一丝不安。"小子,别睡!"

"李叔,考生们都睡了,不会再出啥幺蛾子。咱们轮流打个盹吧。"

"不。你还未觉出蹊跷吗?"李二郎道。

"咋了?"

"今夜上茅厕的考生特别多……"

张小宝醒了醒神,望着黑漆漆的巷子,失笑道:"李叔,您未免思虑太过了。科场规定,每回只允许一人如厕,且俺都全程跟随,哪里有空子可钻?"

"那茅厕里面……"

"很干净。俺每次都进去查看,里头绝无藏匿书稿的地方。"

李二郎颔首,却仍是不放心。"我再去瞧瞧。"

他打开栅栏,踱步进入巷子,一面走一面巡视。每间号舍不

---

①明远楼:贡院内的一座高楼建筑,巡考官可在楼上眺望,监视考场。
②知贡举:主持科举考试的大臣,仅管理考场事务,不负阅卷取士之责。

过三尺余见方，两边砖墙上离地一尺五寸和二尺五寸高的地方分别留有一道砖托，用于搁号板。若将两块号板都搁在下面那一道砖托里，便可拼成一张床，供考生休息；若将靠外面的那块号板挪到上面的砖托里，则恰好构成了桌椅，供考生答题写字。春寒未尽，号舍中仅摆了一盆炭火、一支蜡烛。考生们要在如此逼仄简陋的空间中，连续多日起居作答，难怪都道"三场辛苦磨成鬼，两字功名误煞人"。

李二郎打着明纸灯笼，一间一间地查看号舍的情形，见每名考生皆躺在两块号板拼成的床上，盖着被褥沉沉睡着。他来至茅厕门口，撩开蓝色棉布帘往里瞧了瞧，不过四面土墙围起一个土坑，连立足之地都局促，更别提藏匿书籍了。他走回到巷口的栅栏外面，猛灌了一口凉水，继续枯坐着看守。到了五更时分，送早饭的差役小栓子挑着两筐饭食，吭哧吭哧地走了过来。

"李叔，一切安好？"

"都好。"李二郎拿佩刀挑起箩筐上面的白棉布，见满筐冒着热气的白敷敷的大馒头，不禁咽了一下口水。

张小宝眯着眼，笑嘻嘻道："真是同人不同命啊！这些举子应试虽然辛苦，可吃的都是大白面馒头和新鲜酱菜。哪里像俺们，给几块干烧饼便算是恩赏了。"

"有本事，你小子也考个举人去！"李二郎嘲讽道。

张小宝讪讪道："叔休瞧不起人。俺幼时也上过两年学，怎奈家里穷供不起，这才寻了门路到县衙干这苦哈哈的皂隶。"

"贵子难从寒门出，少说两句罢。能考上科举的，那都是文曲星下凡，哪里是你我这等蠢物？"李二郎道。

这时，一旁的小栓子猫着腰，问道："李叔，早饭可送了不？"

"去吧。"李二郎打开了栅栏。小栓子答应一声,挑着箩筐往巷子里头走。他一间一间挨着送饭食,一些尚未睡醒的考生也纷纷起身,点燃蜡烛,准备新一日的考试。

突然,只听巷子中部的一间号舍前传来了小栓子急切的呼唤声:"这位大人,您醒醒,醒醒!啊——"

随着一声凄惶的惨叫,李二郎的心骤然收紧,提起佩刀往声音传来的方向狂奔而去。小栓子已吓得瘫坐在号舍门外,四肢打战,嗷嗷号哭。李二郎往里定睛一瞧,只见由号板拼成的床上侧身躺着一个人,盖着的棉褥已掀开,露出被洞穿的胸膛。鲜血从胸膛里流出来,淌满了号板,流到地面上,已干涸成丑陋可怖的形状。

天蒙蒙亮,位于皇宫偏隅的司药房便忙活开了。宫人们按部就班地准备着各宫主子们早晨服用的汤药、进补的丸药以及御膳房烹制药膳所需的药材。方欣媚提着一只装了药的朱漆描金八宝食盒,一路疾行出了皇宫的西南角门。行了没多远,便来至一扇漆黑小门前。一名小太监前来应门,见她穿着三等宫女的绛紫色团花长裙,便没甚好气,一径将她引至后院的穿堂前。

"候着吧。"那小太监硬生生扔下一句话,便去了。

欣媚提盒立在院中,看着天光一点一点亮起来。旭日东升,霞光似锦,几只莺儿叽叽喳喳地争抢着树上的暖枝。足足等了一个时辰,欣媚只觉两腿酸软,饶是将食盒来回换手,手臂亦酸疼得快拎不住了。这时,一名年轻女子步履轻盈地从正房走了出来。她穿着二等宫女的银红撒花长裙,头上梳着俏丽的双丫髻,斜插一对金镶珠宝蝴蝶簪,胸前挂着一颗硕大的玛瑙绿石坠子,手腕上还露出一对金镶玉嵌珠宝手镯。她妖妖调调地走上前,斜睨着欣媚道:"司药房的?公子还在用膳,你且再等一等。"

欣媚屈膝福了一福,道:"这位姐姐,司药房还有别的差事。劳烦您将这盒药收下,我也好回去交差。"

那宫女挑起双眉,立时拉下脸来:"司药房怎的恁没规矩?难道还要本姑娘教你如何当差吗?"

欣媚窝了一肚子火,脸上却一丝儿也看不出,淡淡说道:"司药房从来只负责制药、送药,药到了府上,差事便了了。"

"哼,若是这药出了什么差错,司药房也不理会吗?"

"司药房的药,从无差错。"

那宫女一双杏眼圆睁,阴阳怪气地说道:"这汤药送来也有一个多时辰了。药凉了必然影响药效。你且回去重新熬制一副送来吧。"

欣媚紧抿着嘴唇不答言,太阳穴处的青筋隐隐地突突直跳。

那宫女越发得意道:"公子一个时辰后便要见驾,还不赶紧去!"

欣媚抬起头来,唇畔勾起一抹阴冷的笑意,道:"回姐姐的话,因真大人府上路途稍远,司药尚宫怕汤药凉了,一早便命我等将药方制成丸药送来。"

"你!"那宫女被噎得说不出话来,"好个伶牙俐齿的婢子!哼,别以为我不知道你。一个三等宫女,偏生要当什么'宫廷捕快',简直笑死人了。"

"'宫廷捕快'是皇上亲封,姐姐嘴巴如此不饶人,便不怕获个欺君之罪吗?"欣媚语气平淡,却也据理力争。

"不要脸的蹄子,竟敢在本姑娘面前撒野!"那宫女面皮紫胀,越发泼辣起来,"哼,我知你心里打的什么主意。别以为我家公子对你青眼，你便能飞上枝头当凤凰了。告诉你一句实话，凭你这低贱的身份，即便将来进了府，也不过是跟俺们一样的人，当姨娘还得排到我的后头去呢。"

欣媚气得手脚发颤，全身血脉倒逆，喉咙里涌上腥甜的气味。还未待发话，只听见一个女子的声音断喝道："梅香，休得无礼。"循着声音望去，见七皇子郑玄真同一名年轻女子从房内走了出来。

欣媚忙屈膝行礼道："真大人万福！"

那女子乃一等宫女的装扮，珠钗满头，粉妆玉琢，笑盈盈走过来，拉住欣媚的手，道："这位便是欣媚姑娘吧？果然生得桃羞李让，我见犹怜。奴家是真大人房里的丫鬟桃红。那个嘴上不饶人的丫头叫梅香。无意冒犯欣媚姑娘，还望妹妹见谅。"

欣媚见她如此客套，反倒不好意思起来，拿眼梢瞟了玄真一眼，道："见过桃红姐姐。这是真大人的药，烦请收下，按时服用。"说罢，便要告退。

"姐姐留步。"玄真撩起银白色银丝暗纹团花长袍的下摆，上前几步道，"小真子还有话与姐姐说。"他摆一摆手，那两名丫鬟便缓缓退下了。

欣媚抬眼窥觑他的面容。风寒尚未痊愈，英俊的脸庞苍白憔悴，唇上没有一丝血色，唯有一汪清泉般的眸子定定地望着她。

"许久未见姐姐了。"

欣媚垂着眸子，神色如常道："真大人身子可大安了？"

"心里不自在，身子又怎能安乐？"他的声音哑哑的，好似一只粗糙的大手轻轻摩挲在心头，"方才那些话，姐姐别吃心。她们都是自小伺候我的，顽皮惯了，说话没个轻重。"

欣媚绷着面皮，沉声道："大人说的哪里话？欣媚岂敢？"

"姐姐真要与我生分了吗？"玄真脸颊微微鼓起，似有受伤之意。

"尊卑有别，欣媚不敢逾矩。"

玄真的面色越发黯然。"从前姐姐去内侍监时，见到小真子还会说笑一会儿。最近却连人影都不见，远远碰上还绕道而走。究竟小真子哪里得罪了姐姐？莫不是奴才们乱嚼舌根，惹姐姐生气了？"

"真大人休这样说，欣媚亦不过是一介奴才。"欣媚垂首恭谨，轻轻一福，"司药房还有差事，欣媚告退。"

玄真急得忙拉住她的衣袖，正待说话，府上的管事太监小鹿子急匆匆跑了进来，说："大人，不好了。北麓贡院出了命案，皇上急诏。"

2

"启禀皇上，科考场内发生杀人命案，实乃历朝历代闻所未闻之事。科举为抢才大典，象征着皇恩浩荡，关系到政权兴衰。这桩命案不但令科场溅血染污，背后更可能涉及舞弊之情节，务必严查！"白发白须的丞相诸葛乾躬身拜道，"臣奏请皇上立即派人调查此案，务必抓到真凶，还科场以清风明月、朗朗乾坤。"

郑国皇帝郑世承坐在紫宸殿的鎏金雕龙椅上，阴沉的面孔看不出喜怒，浑浊的眸子微微动了一动，沉声道："爱卿们有何高见？"

站在一旁的翰林院大学士司马奎微微一笑，出列拜道："回皇上，老臣与丞相有不同见解。"

"讲。"

"是。老臣以为，科举是打破世家大族的特权垄断，提高官员素质的重要制度，亦是寒门学子的希望所在。所谓'朝为田舍郎，暮登天子堂'，便是百姓对科举制度最大的希冀。如今首场策论尚未考完，后头还有两场考试，若是贸然令官差进入科场调查，势必会引发混乱，也难以避免有人借机舞弊。与区区一条人命相比，维护科场秩序，确保这次春闱顺利完成，才是眼下最紧要的事。"

"司马大人此言差矣。此桩命案手段残暴，堂堂一名举人死于非命，已令考场动荡不安，若不派官差着手调查并严加看守，恐难保不再发生第二桩命案。况且，假若众举子惶惶不安，无法考出真实水平，岂不令本次科考丧失公信？"诸葛乾顶着一头苍苍白发，再次躬身下拜道。

皇帝的神色颇为踌躇，身上缂金十二章龙袍上缂织的九条龙张牙舞爪，仿佛带着满腔戾气。沉吟许久，他将目光瞥向殿中一隅。"太子有何见解？"

太子郑玄明浑身一激灵，忙出列道："启禀父皇，儿臣以为，诸葛丞相所言甚是，科场命案乃对皇权的亵渎，必得严查严办方可平天下万民之心。然则……"

"有话就讲。"

"是，父皇。皆因此番春闱开考还不到两日，头场考试尚未结束，如若派官兵进入，闹得沸沸扬扬，势必影响考生作答。朝廷三年一次春闱，耗费人力财力无数，若此次省试无法顺利完成，不但影响官吏选拔任用，更会寒了天下读书人之心。"太子道。

太子之言并无新意，皇帝听得有些不耐烦，扭头道："毅王怎么说?"

六皇子郑玄亮穿着一身靛蓝色如意缎绣朝服,步履沉稳地出列,上拜道:"启禀父皇,丞相与大学士所言皆有理。儿臣思量,或有两全之策。"

"哦?你且道来。"

玄亮微微一笑,拱手道:"方才二位大人争论的焦点,无非是官兵进驻调查会影响科考的进行。儿臣有个浅薄之见,若是将发生命案的号筒中的考生另行安置,再派几名熟悉断案的捕快和仵作悄然进入,展开调查。如此,或许可得两全。"

诸葛乾看了他一眼,笑道:"毅王殿下思虑周全,老臣不如矣。"

"皇上,臣亦附议毅王殿下之策。"司马奎也忙道。

皇帝面色稍缓和,语气中流露淡淡赞许之意。"如此,便按毅王所言,由本次省试知贡举丁耀祖负责妥善安置相关考生,大理寺会同京兆府派精干力量入场调查。玄真,你也去帮着从中斡旋些疑难杂事。切记,务必要确保春闱顺利举行。"

"是。"几位大臣都领了命。

这时,玄真躬身上前一步,眉目朗朗道:"启禀父皇,儿臣还有一事请奏。"

"何事?"

"'宫廷捕快'方欣媚对于疑难案件颇有见地,请父皇允准她一道参与调查。"

皇帝眉心微蹙,神色暧昧地看了他一眼,旋即笑道:"无妨,你带她去便是了。"

* * *

欣媚跟随在玄真身后，揣着满腹心事，踏进了北麓贡院的大门。面前摆着一架黑漆铜影壁，上头画着一只白鹭从莲叶满满的荷塘飞过，取"一路连科"之谐音。

玄真笑道："历史上进入过科举考场的女子恐怕屈指可数。姐姐这一脚踏进来，便创造了历史。"

自古以来，科举考场便是天下男子博取功名的战场。女子无才便是德，莫说是博取功名了，连抛头露面都为寻常大家闺秀所不齿。欣媚自幼被父亲当成男儿养大，父亲曾对她说："欣媚，记住，男子能做到的，你也一样能做到。不要因为自己是女子，便不求上进。"

念及此处，欣媚黯然一笑，道："真大人说笑了。女子一向是'自恨罗衣掩诗句，举头空羡榜上名'。欣媚此番不过是来查案，待来日我朝允许女子进场参加科考，才算是创造了历史呢。"

玄真眸光微动，面上露出欣慰之色，柔声道："姐姐，你终于肯跟小真子多说两句话了。"

欣媚一愣，脸色一红，忙道："真大人在皇上面前进言，欣媚才有机会来查案，自是感念。"

说话间，二人来至"玄"字号筒的巷口。只见一整排号舍已全部清空，京兆尹田杰礼带着几名捕快和仵作正在巷子里忙碌调查。

玄真上前与他们招呼叙礼。田杰礼生得阔面堂堂，下颌垂着一把美髯，显得贵气十足。他颇识时务地迎上来作揖道："下官见过真大人，这位便是皇上亲封的'宫廷捕快'方姑娘吧？久仰久仰！"

欣媚轻轻道一个万福："见过田大人。多蒙抬爱。"

"如今那些考生怎样了？"玄真问道。

"相关考生均被移至备用的号舍继续考试，并许他们补足被耽误的考试时间。"田杰礼满脸堆着笑意，让人看不出他心中的真实想法。

欣媚放眼望去，这排号舍有六七十间，发生命案的号舍门框上，用黑色编绳吊着一块黄杨木牌，上面以黑漆书写着"三十一"字样。号舍门口的地砖上摆着一块杉木门板，上面盖着一块白棉布，里头定是尸首无疑了。她疾步上前，问道："敢问哪位是仵作大人？"

一个瘦黑的矮个子老人上前一步，拱手道："卑职正是京兆府的仵作刘三丙，见过方大人。"

欣媚连连摆手，道："刘大人客气了，叫我欣媚便可。敢问大人，验尸结果如何？"

刘三丙见田杰礼对这位姑娘以礼相待，听她的口气又像是个内行的，眼中便不免多了几分敬意。他侧步来至木板旁，掀起了白棉布。欣媚看去，杉木板上躺着一具年轻男性的尸首，穿着青色绣金线团福锦缎长袍，面色暗黄，胸口有一个巨大的血窟窿，贯穿身体，周边的衣裳浸透了血液，已经干硬。

"这名考生的牒牌上写着，姓名应子郊，年龄廿四岁，沧州人士。"刘三丙说道，"死亡时间大约是凌晨丑时至寅时，死因便是右侧胸口被贯穿，肺脏破裂，失血过多而亡。"

玄真在一旁看着那尸首的狰狞模样，身子不由得抖了抖，道："是何种凶器，竟会造成如此巨大可怖的伤口？"

刘三丙挠着头，道："还不知究竟为何种凶器。从伤口的形状判断，应该是一种锐器，前尖后粗，约有水火无情棍那般粗细。"

"是战场上使用的那种长枪吗？"欣媚思索着说道。

"有几分相似，但是这科场中，号军身上佩带的都是刀或者棍，并没有那种利刃加棍棒组成的长枪。"刘三丙道，"若说是考生带进来的……"

"考生进场都要接受严格搜检，如此显眼的武器，绝无可能带进来。"一名身着浅绯色盘金绣白鹇官服的男子从案发的号舍中走了出来，乃大理寺正萧湛。

玄真和欣媚忙上前叙了礼。欣媚见萧湛手上拿着一块带血的白抹布，便问："萧大人，这抹布是从何处得来？"

自渡月轩一案后，萧湛便对欣媚钦佩有加，忙将手中的抹布递过来，道："这是萧某在号舍的桌子底下发现的，上面有血迹和墨迹，多半是凶手杀人后，用它来擦拭掉凶器上的血迹。"

"这抹布是……"欣媚蹙着眉。

像是看穿了她的心思，萧湛笑道："因考生要在号舍内起居生活数日，几乎每名考生都带了抹布进来，用以擦拭被饭食污脏的号板面。萧某查过了，这块抹布应是死者应子郊自己带进来的。"

"这凶手倒会便宜行事。"欣媚叹道，目光又落在了抹布的一条边上，"萧大人请看，这块抹布似乎被撕掉了一条。"

众人看去，只见抹布的一边果然有一块缺口，似是被撕去了一小条布。田杰礼忍不住发话道："抹布并非甚稀罕物，不小心被哪里的尖利物钩破，也是有的。"

欣媚望着那块抹布上的血迹和缺口，沉吟不语。趁旁人未察觉，她钻进案发的号舍中，四处找寻起来。玄真跟进来，问道："姐姐在找什么？"

"这块抹布被撕下的那段残片。"欣媚低着头兀自找寻。

玄真笑道："我帮姐姐一道找。"

他猫着腰，屈着腿，煞有介事地在号舍里四处寻摸。然而，号舍内的空间极为狭窄，胳膊碰着腿的事自然难免。一回身，两人竟头碰了头。"哎哟，都是小真子的罪过。姐姐疼吗？"他十分自然地伸手向欣媚的额头轻轻揉了揉。

欣媚慌忙躲开他的手，却还是望见他近在咫尺的俊脸，闻得到他身上淡淡的草药香。她心中不由得一颤，缓了口气，方道："无，无妨。大人快休如此。"

"姐姐……"玄真语气软糯，仿佛带着满腔委屈。

"看来此处没有那段残布片。"欣媚忙不迭打断他的话头，转身走出号舍。

此时，巷口传来"噔噔"的脚步声，一身青色祥云暗纹蟒袍的太医穆宏跟随着两名衙役走了进来。欣媚眼窝一热，忙迎上去道："穆叔，你可来了。"

穆宏剜了她一眼，上前与玄真、田杰礼和萧湛行礼，道："太医院令孙守诚大人命下官前来协助诸位大人断案。"

玄真目不转睛地望着欣媚，讪笑道："穆太医一到，这杀人凶器的疑难便可迎刃而解了。"

穆宏略一欠身，便走至尸身旁边，一面细细查看，一面与仵作刘三丙小声议论。欣媚凑在一旁听他们的交谈，穆宏几乎完全认同刘三丙的推断，她不由得对这位京兆府的仵作心生敬佩之意。

末了，穆宏起身来至案发的号舍内，欣媚忙跟进去，道："穆叔，方才萧大人在此处发现了这块抹布。你瞧，它曾被用来擦拭血迹，而且还有一处破损。"

穆宏面无表情地接过那块抹布，瞪了她一眼，低声道："你来做什么？我的话你便这般当作耳旁风？"

欣媚把嘴一噘，告饶道："穆叔，你就别训我了。这回是奉了皇上的旨意。"

"皇上？是那个七皇子吧？"穆宏脸上越发恼怒，"之前受了那般折辱，你都不长记性？居然还能跟他相谈甚欢？"

"没有。我只是……"过往之事在心头如沉渣泛起，她的神色也黯了下去。

穆宏见她这般模样，又不免心软。"我知你同你爹一般，闻着案子的味儿就不管不顾。但你好歹也收敛着性子，眼下宫里有多少人想寻你的错处，好治你的罪呢！"

"叔，我保证，此番一定谨小慎微，只求立功，绝不惹祸！"欣媚抿着嘴，抬起洁白的小脸，巴巴地望着他。

"得你这般说就好了。"穆宏无奈地叹了口气，低头瞧着手上的那块抹布，面上的狐疑之色越来越重，"这是……"

"叔也瞧出来了吧？这抹布缺失的地方，血迹亦有残缺，说明在凶手擦拭完血迹之后，这块抹布才被撕下一条残片。"欣媚的瞳孔中闪过一丝慧黠的光，"方才我已将这间号舍细细勘查过一遍，并未发现残布片。"

"是与那真大人一同勘查的吧？"穆宏冷声道。

"叔！说正事！"欣媚嗔道。

穆宏按捺翻涌的心绪，叹了口气道："如此说来，那段抹布的残片或许还留在凶手的身上？"

"不错。"欣媚颔首道，"穆叔，你能瞧出凶手使用的是何种凶器吗？"

"不，我生平恐怕从未见过这样的兵器。前尖后粗，有棍子那般粗细……"穆宏的目光在屋内沉沉地扫视着，突然落在了立于墙边的一块号板上。他走上前去，指着上面一点极为细小的痕迹道："这血痕……"

欣媚定睛一看，只见那血痕只有指甲盖大小，呈"十"字形。由于痕迹极淡，与号板的木纹几乎融为一体，不细看根本无法察觉。穆宏忙唤了人进来，问："这块号板可是那死者睡觉所用的？"

仵作刘三丙点点头，道："正是。咱们来时，两块号板拼成一张床，而死者侧身躺在外面的一块号板上，便是这一块。"

"既如此，这十字血痕……恐怕就是凶手用利器贯穿死者时，在号板上留下的刻痕了。"穆宏道。

欣媚闻言大喜，道："也就是说，那件凶器的顶端是十字形的？叔真乃神医也，此番破案有望了。"

田杰礼在号舍外头听着，一脸莫名。"方姑娘此言何意？"

欣媚走到田杰礼跟前，道："田大人，如今凶器的外形以及尖端形状已知，大人只需命衙役严守考场，逐一检查离开考场之人携带的物品。一旦发现携带类似长柄十字形尖端物品者，即为重要嫌犯，立即逮捕问话。想必无须多久，便可查知真凶。"

3

在规模宏大的北麓贡院建筑当中，有一座楼高高耸立，令过路人无不侧目，那便是明远楼。此楼高三层，底层四面墙上均开有圆拱门，楼上两层四面皆窗，登临四顾，整个贡院内的情形尽收眼底。考试期间，负责监考的执事官吏便在这里发号施令、指挥整个考场的事务。

田杰礼将众人引至明远楼后头的至公堂小院内，里头分列鉴临、提调、监试、考试四房，以及弥封、誊录、对读、供给四所。考试时,这四房四所均为发放、收录、登记考卷的场地。众人走入院中,见中央立着一块大理石刻湖光山色屏风,上头有名公题字,左边是"为国求贤",右边为"明经取士"。

欣媚一眼便望见监试房里坐着两人,一老一少。那年长者兀自低头沉思,身影似曾相识。她轻轻走入,试探地唤道:"李叔?"

那人穿着一身土黄色的号军服,微微转过脸来,因屋外刺眼的日光而眯起眼睛,惊诧道:"欣媚小姐?是你吗?"

旁边那个乳臭未干的号军笑道:"哟,李叔,想不到你还有如此标致的小侄女呢。"

"是我!李叔,多年未见了。"欣媚不由得大喜,三两步迎上去,紧握住李二郎的双手,眼泪夺眶而出。

李二郎亦不免红了眼眶,声音哽咽道:"都长成亭亭玉立的大姑娘了。木令兄若还在……唉,不该说这些。欣媚,你这些年可好?"

欣媚将父亲去世后自己入宫为婢的种种情由讲述一遍。听到她被封为"宫廷捕快",奉命调查此次科场命案时,李二郎眼眸一亮,道:"女承父业,甚好甚好!不过,这起案子颇为蹊跷,可不能掉以轻心哪。"

这时,玄真和萧湛、穆宏也一道跟了进来,彼此见过礼,方知是田杰礼命看守"玄"字号筒的号军李二郎和张小宝候在此处接受问话。欣媚心下寻思,此番调查颇为顺遂,不仅发现了凶器的端倪,连目击证人都是父亲的旧友,破案自然不在话下。众人落座后,她便笑道:"李叔,案发时间是今日凌晨丑时至寅时,您可曾察觉任何异常情形?"

李二郎面容疲乏,躬身靠坐在红木方桌旁,缓声道:"说来惭愧，小老儿迄今已参加过五次省试的监考，自诩有些阅历，不曾想竟会在我的眼皮底下发生这等凶案。昨夜，我素知每场考试快结束时，伺机舞弊者众多，便特意叮嘱小宝，要严加看守，连眼皮都不敢多眨一下。饶是如此防范，还是让凶犯得了手。"

"李军士，若凶犯是'玄'字号筒的考生，那么他必得从自己的号舍出来，再进入应子郊的号舍。你们可曾察觉这样可疑的考生？"萧湛目光犀利，眸底含着一抹意味深长之色。

李二郎摇了摇头，沉重地叹息道："此事确乎怪异，小老儿亦一直思量。考生入号之后，除了如厕，一概不许离开号舍。昨夜子时过后，起身去茅厕的考生们确乎比之前要多些，然则……"

"茅厕？"萧湛挑眉道，"考生上茅厕难道没有规矩吗？"

"自然是有的。"李二郎恭谨道，"欲上茅厕的考生，需提前在号舍门口摇手示意，我便派小宝过去，跟着那名考生一直走至茅厕门口。待考生解手后，小宝还会跟着他返回自己的号舍。这中间并无可以进入他人号舍行凶的机会啊。"

"会不会有人返回时，张军士未加留意，使他进了另一人的号舍？"欣媚道。

张小宝顿时情急，面红耳赤道："姑娘可休胡说。小的虽然年轻不省事，亦知科举大考事关重大，岂敢玩忽职守？每次考生如厕，小的都会记下他门前号牌，将他领回来时，亦会核对门前号牌，绝无差错。况且，那号舍狭小，若是进入他人号舍，里头必定有另一名考生在，怎么可能看错？"

"是哩。除了在栅栏外不错眼珠地监视，每隔半个时辰，小老儿还会走入巷子巡查。记得午夜过后，每间号舍的考生都睡得甚熟，并无异样哪。"

"那倒是奇了。在如此严密的监视下，凶犯要如何从一间号舍进入另一间号舍杀人呢？"玄真边说边拿眼觑欣媚。

欣媚装作未瞧见，问："二位可曾记下何人上过茅厕？"

张小宝摇头道："领路时记得，后来便也忘了。几乎人人都上过茅厕，考官大人并未吩咐俺们记下如厕者的名姓。"

萧湛听得颇为专注，接过话茬道："要在号军监视下，从一间号舍出来，又进入另一间号舍，确非易事。莫非……某几间号舍之间有相通的暗门？"

"不，这些号舍本就是为防考生串通舞弊，才以砖墙互相隔绝的。"李二郎失笑道，"怎会留下暗门，彼此相通呢？"

玄真却不以为然道："李军士，你既提到了串通舞弊，那便有可能了。若是有人买通了场内负责编排号舍的官吏，偷偷将两名考生安排在一起，又特地在两间号舍中间的砖墙上做了手脚……"

听到此处，欣媚不禁瞥了他一眼，心想几日未见，这七皇子在断案上倒颇有长进。玄真见她侧目，越发兴起，笑道："况且，方才穆太医言，凶器乃一件长柄的利器。或许，凶手只需移除墙壁上的一两块砖，便能通过墙洞将一把长枪扎进应子郊的号舍内了。"

在场众人听得入神，玄真描绘的那般隔墙杀人的场景，着实令人不寒而栗。萧湛叫来一名衙役，道："你们速去调查死者所在号舍的墙壁，看是否被人动过手脚。"顿了一顿，又道："慢！'玄'字号筒每间号舍的墙壁，都要检查一遍。"

那衙役领命去了。李二郎兀自沉思，喃喃道："若真如这位大人所言，那么杀害应子郊的便应该是他左右两边号舍的考生之一了。"

"李叔可记得是何人？"

李二郎点点头，道："这位应举人，小老儿对他印象颇深。那日刚入号时，其他考生都在调试号板，安放笔墨，唯独他突然走出号舍，探头探脑，被小老儿当即喝退。也是为了防范他行舞弊之举，小老儿特地查看了名册。'玄'字号筒一共有六十七间号舍，应子郊所在的为第三十一号，其西侧三十号考生名叫唐申白，冀州人士；其东侧三十二号考生名叫苏雨栾，江南临安人士。"

"苏……"玄真刚欲说什么，却忙掩了口，眼眸中闪过一丝促狭。

欣媚斜睇他一眼，又问道："李叔，这二人可曾做过任何可疑之事？"

李二郎抿着嘴，沉吟良久，道："昨夜小老儿巡考时，此二人皆在舍内熟睡，未发现甚特别之事。"

"哈哈哈！"突然，门外传来一阵阔朗的笑声。田杰礼与大理寺卿丁耀祖从门外进来，身后跟着两名官员，一人穿着三品大员的靛蓝色缠枝花纹绣孔雀官服，另一人稍显年轻，穿着一身云青色锦缎绣鹨鹕官服。

玄真忙迎上去，施礼道："四位大人，有礼了。"

"不敢不敢，真大人折煞我等了。"丁耀祖道，"考场内出现命案，下官惶惶不安哪。"

玄真道："丁大人，您此番担任省试的知贡举，责任重大、事务繁忙。偏生科场又发生命案，大理寺亦要负责查案，真是两头难顾了。"

丁耀祖朗声笑道："开科取士乃朝廷招贤纳士之法，本官必得全力以赴。查案的事情嘛，青出于蓝而胜于蓝，尽可以交给萧湛了。"

萧湛在一旁忙躬身施礼道:"但凭丁大人差遣。"

欣媚茫然不知另外二人的身份,便与穆宏交头接耳。只听穆宏在她耳侧低低道:"那位穿蓝袍的是本次省试的主考官,礼部侍郎徐承赞大人。另一位年轻的是本次的副主考官,翰林院编修赵孟德大人。"

"编修是几品?"

"从七品。"

正说话间,三人已上前与欣媚和穆宏见礼。丁耀祖正色道:"诸位大人,首场考试已结束。方才,考场官吏与京兆府的衙役一道,对出场考生及官吏所携之物一一检视并登记造册,并未发现穆太医所讲的那种凶器。"

欣媚挑眉,道:"怎会?或许……凶手已经将凶器拆解。丁大人,不拘什么,但凡携带利器的考生,务必都阻拦下来。"

徐承赞忙摆手,笑道:"方姑娘莫急。这点我等自然晓得,已经缴获了十几把伞和一些银制筷子等可疑物品。"

那赵孟德亦接过话茬,道:"'玄'字号筒的所有考生也全部扣押,正等着问话呢。"

萧湛大喜,撩袍上前一步,道:"有劳三位大人。考生们辛苦,明日夜里,第二场考试便要入场。若是今夜能问出个眉目,便再好不过了。"

坤宁宫正殿的偏厅里,两张黄花梨镂雕八仙桌拼在一起,桌上铺着玛瑙红如意暗纹织锦布,各色菜肴、饭点、汤羹满满铺陈了一桌。皇后庞艳刚用罢晚膳,以茶水漱了口,小宫女便端上来一盏玫瑰养生"三泡台"。

"翠娥呢?"皇后缓缓问道。自贴身大宫女芙蓉因谋害贵妃之罪被杖毙后,皇后便将从前服侍长公主的翠娥调来坤宁宫,做了掌事的大宫女。

"翠娥姑娘她……"小宫女结结巴巴,"已一日未见踪影。"

"懒怠的婢子!本宫是看在琼儿①的分儿上,才抬举她。你们去告诉她,若不想在坤宁宫好好做,便滚回烧火房去。"

"皇后娘娘,皇后娘娘……"正说话间,宫女翠娥从殿外急匆匆地走进来。

"慌慌张张的作甚?"

翠娥身量芊芊,皮肤白皙,只是右侧脸颊长了一个大痦子,让人见之不喜。她下跪行了大礼,颤抖的声音有些哀戚:"启禀皇后娘娘,长公主殿下的仇……可望报了!"

皇后听了,不由得坐直身子,喝道:"你这蹄子休胡言乱语!究竟怎么了?起来回话。"

翠娥答应着起身,忍不住抹了抹眼泪,道:"奴婢今日奉命去内侍监交代祭祀之事,无意间听见李公公与孟公公在小声议论,说是北麓贡院出了命案,皇上已下旨命大理寺和京兆府严查。"

"此事本宫早已耳闻。那不过是科考场内的事情,与咱们何干?"皇后面色越发不好。

"娘娘,您只知其一不知其二呀。奴婢听那孟公公讲,此番春闱,明妃的亲弟弟亦参加了考试。"

"哦?苏明丽那贱人……"皇后一提起贵妃苏明丽,便怒不

---

① 郑琼儿:郑国嫡长公主,在《谁令骑马客京华》中遇害。

可遏,"本宫绝不会让她有一分得意!"

翠娥眨了眨眼,道:"是的。皇后娘娘,奴婢也是想着要查一查明妃胞弟的底细,便派了长公主殿下从前的眼线去打探。结果却得到了意外的收获。"

"有话便讲,休要这等乔张做致!"

翠娥忙道:"那明妃的弟弟叫苏雨栾,是江南临安府的举人。听闻,此番发生命案的号舍……正在苏雨栾号舍的隔壁呢。"

皇后两眼一瞪,双眉陡然立起。"果有此事?"

"千真万确。据贡院内知情人讲,从被害者的死状看,这苏雨栾嫌疑颇大。目前,大理寺与京兆府正在联合调查,若是能发现两间号舍之间有做过手脚的墙砖,或许便可定下他的杀人之罪。"

"哈哈哈……琼儿,真的是你吗?"皇后起身来至窗前,望着格花六棱窗上鲜红的朱漆,眸光中淬满了狠毒之意,"本宫素闻,科场乃阴气极盛之地,冤魂屈鬼游荡者众。向来,开考前要请僧道在明远楼上设坛打醮三昼夜,并令号军们日夜摇旗呐喊:'有恩报恩,有仇报仇。'此乃前朝旧例,盛行百年。翠娥,你不觉得,此番之事是琼儿亲自来报仇了?"

翠娥道:"是呢,奴婢亦这样想。科场闹鬼之事自古有之,听闻去岁临安府乡试,便有人突然抓起手边的文房四宝自残,还有人半夜鬼哭狼嚎连夜罢考而逃。此番苏雨栾之事,定是长公主殿下在天之灵为娘娘惩恶除奸。"

皇后鼻腔一酸,两颗泪珠直直地落了下来。"琼儿,有你相助,本宫定能为你报仇雪恨。苏明丽,即便扳不倒你,本宫也要让你尝尝失去至亲之痛!"

翠娥立时跪倒在地,连连磕头道:"皇后娘娘,长公主殿下对奴婢有知遇大恩，只要能为殿下报仇，奴婢万死不辞。但凭娘娘差遣！"

皇后面色一凛，正色道："翠娥，速去将此消息告知太子，并传本宫口谕：顺水推舟，假手他人。"

"是。"翠娥重重磕了一个头，起身离去。

4

首场考试下来，应试举子们个个面色惨白，身心俱疲。为避免影响他们参加第二场考试，丁耀祖命萧湛必须在午夜前结束问询。萧湛与欣媚商量分头行动，在提调、监试两房同时进行。玄真本想同欣媚一道，却遭了一顿白眼，灰溜溜地跟着萧湛去了提调房。这边，欣媚与穆宏在监试房中，一面查看从举子们身上搜到的利器，一面传人问话。田杰礼各派了一名主簿从旁协助记录。

按例，举子们赴试可携带笔墨纸砚、被褥、餐食等物，但实际带的物什五花八门，不可尽述，有的几乎将整副家当都搬了来。考场官吏做事倒十分勤谨细致，不论是否为利器，只将所有可疑物品全部扣留下来，还一一记下了对应考生的姓名与号舍位置。欣媚从红木方桌上举起一把绘着烟雨江南图的油纸伞，在穆宏跟前晃了晃，道："穆叔，这伞也能当成利器吗？竟搜缴了数十把之多。"

穆宏仔细查看一把伞的顶部，道："这伞架乃由竹条制成，伞头约有四根指头般粗，用作利器怕是不能的。但若是将某种利器捆绑在伞头，与那伤口倒也十分贴合。"

欣媚眨眨眼，嗤了一声，笑道："叔糊涂了吧？这油纸伞上若沾染了血迹，可是极难拭去的。从前爹爹办过一桩谋杀亲夫案，一名村妇因忍不了丈夫日日打骂，用犁地的锄头劈开了那莽夫的后脑，血溅了一地。妇人独自一人，挖土坑埋了尸首，又用水和皂角将发生命案的厨房擦拭得干干净净。这桩案子本难以勘破，偏偏有一把油纸伞立于厨房的门边，亦沾了血迹。爹爹到现场时，其余皆无破绽，唯独这把油纸伞的伞架上，有隐隐的红色透出。原来，那妇人虽用清水将油纸伞面擦拭干净，但部分血液渗入伞架的竹片中，无论怎样也无法拭去。"

穆宏望着她慷慨陈词的模样，不禁莞尔："一说到你爹爹办过的案子，你便如数家珍。只是此桩案子破获后，方捕头亦感叹，那村妇若不杀了丈夫，恐怕终有一日亦会被打死。破案究竟是在伸张何人的正义呢？"

欣媚眼眸一亮，凑近道："爹爹真说过这样的话？"

穆宏见她眉眼逼得那般近，星眸中仿佛闪着熠熠的锋芒，不由得往后退了退，道："欣媚，你爹说探案要带着良心，便是这个道理了。"

欣媚喜滋滋地回味良久，道："依我之见，光凭良心还不足够。此案只说明一个问题，那便是我朝司法还有疏漏之处，必须修法以保全妇人之权益也。"

"又浑说。"穆宏有些提防地瞟了一眼坐在角落的主簿，凑近她耳畔低声道，"丫头，这些话在我面前讲一讲便罢了。"

欣媚笑嘻嘻瞟他一眼，低下头又继续查看其他物件，从桌上抓起一把银筷子说："叔，这筷子倒是很尖呢。"

穆宏点点头，冲门外喊道："传江州举子胡范生。"

须臾，两名衙役带着一名穿青衫的举子从门外进来。一见欣媚，两名衙役愣了愣，旋即笑逐颜开地行礼道："小的见过欣媚小姐。"

欣媚定睛一瞧，原来是她父亲从前的手下，一个浓眉大眼的叫大壮，另一个贼眉鼠眼的叫二壮，二人眼下都在京兆府衙门当差。欣媚与他们简单叙了礼，便细细打量身后那名叫胡范生的举子。他的牒牌上写着年龄廿四岁，江州人士，五短身材，圆脸阔额无须，祖上为江州经营盐业的商人。穆宏请他在一张小杌子上坐下，温言道："胡举人，有一事想请教，您带这许多双筷子进考场，作何使用？"

胡范生微微一笑，恭恭敬敬道："二位大人，筷子自然是吃饭用的。"

欣媚抿嘴笑道："这里足足有十几双筷子。用作吃饭也未免太多了吧？"

胡范生面不改色，仍旧彬彬有礼道："回二位大人，胡某虽不才，却自幼养尊处优，家中规矩甚严，每顿饭后必须更换筷子，以免沾染邪毒损了身子。因而，家人为胡某准备了足够的银筷子。"

这时，欣媚眼尖，从一堆银筷子中瞥见了一抹白玉般的象牙色。拨开银筷子一瞧，只见里面还埋了一双象牙暗纹箸，用一枚红丝线编织的同心结包裹着。她挑出那双筷子，道："那么，为何还带了这双象牙筷子呢？"

胡范生一见这双筷子，面色便有些惊慌，道："快放下，此物乃胡某心爱之人所赠，休得胡乱触摸。"

欣媚讪讪地与穆宏对视一眼，腹诽这胡范生矫情，居然还带着情人的信物来考场。穆宏为缓解尴尬，接过话头道："那么，胡举人是否认识被害的那位沧州举人应子郊？"

"哦。"胡范生面色转为肃然，"胡某下榻的晓月试馆聚集了不少外地来的举子。这位应举人也住在试馆内,与胡某照过几次面,但谈不上相熟。"

"晓月试馆?那么,你可知应子郊有甚同窗的好友?"穆宏问道。

胡范生眯了眯眼睛,道:"胡某所知不多,平日里见他与冀州才子唐申白走得挺近,二人常在一处温习功课。"

欣媚翻了翻手头的文书,找到唐申白的牒牌,上书年龄廿九岁,冀州人士,乃乡试的解元①。"看来,应子郊人缘不错?"

"呵呵。"胡范生冲她一乐,"姑娘何出此言?应子郊为人傲慢,好钻营投机,他与那唐申白来往,不过为换取几篇范文,好在考场中做手脚。他还常与人道,身上带着一枚传世玉佩,价值万金。若此番春闱不中,便拿这枚玉佩去换一个前程。我等正经读书人,是不屑与之为伍的。"

欣媚咋舌,又问道:"既如此,唐申白又为何与他交好?"

胡范生摇头道:"胡某不知。但听同窗说起,应子郊此人是个贪财好色之辈,趋时附势之徒,平日里最善与权贵攀附关系。进场那日我还瞧见他同苏雨栾举人窃窃私语,似十分熟稔呢。二位大人想必知道,苏举人乃当今贵妃娘娘的胞弟啊!"

"哦?"欣媚听见贵妃的名号,不禁愣了一愣。想起方才玄真的古怪神色,心中便明白了几分。

穆宏的拇指与食指轻捻,低声道:"这位苏雨栾举人的号舍就在应子郊的隔壁。"

"哼,可不是嘛。"胡范生冷笑一声,似有未尽的话语,都化在了这一声里。

---

①解元:指科举制度中乡试第一名。乡试为省一级考试,考试合格者为举人,第一名为解元。

"胡举人可还有其他事体相告？"穆宏道。

胡范生拂了拂袖口上的尘土，拱手道："胡某的私塾先生曾教导，科场上一切怪力乱神之象，皆为人咎由自取。想必这桩案子亦逃不过此理。"

欣媚又胡乱问了几句，皆不得要领，便放了胡范生归去。穆宏瞥了眼欣媚，道："这胡范生的号舍在'玄'字号筒的底号，挨着茅厕呢。"

欣媚捂着鼻子，嗔道："怪道他一进来就有股味儿。"

隔壁的提调房里，萧湛望着面前的一支玄铁制狼毫笔，沉吟不已。玄真看了看手中的牒牌，苦笑道："诸葛子羽，年龄廿五岁，京城人士，乃诸葛丞相的独子。哎，他为何偏偏要带一支这样尖利的笔进考场呢？"

话音未落，诸葛子羽已进了屋，身材瘦小，眉目俊朗，斯斯文文地行了礼，道："见过真大人、萧大人。"

"诸葛公子不必多礼。"萧湛忙让了座，又道，"你所在的号舍为四十七号，与死者应子郊相距甚远。只是你随身所带的这支笔尾部有些锋利，故而请你来问一问。"

诸葛子羽温和一笑，拱手道："说来惭愧，这支笔是少林寺的悬空大师所赠。幼年时父亲曾送小生去少林寺修习经书和武艺，怎奈我天资愚鲁又不勤勉，终致学无所成。分别时，悬空大师赠我这支玄铁制的狼毫，其笔杆尾部十分锋利，危急关头亦可作防身的兵器。"

玄真寻思，这位诸葛公子倒是毫无城府，明知考场中发生了命案，还直言自己所带的笔可以作为兵器，果有其父刚正不阿之风。萧湛亦被其坦诚所打动，支吾道："嗯，这支笔杆虽然锋利，但与死者胸部的伤口并不吻合。诸葛公子，在下不过白问一句，你与那位应子郊举人可相识？"

诸葛子羽叹了口气，道："怎会不识？应公子为人高调，多爱攀附京城名流，亦请小生吃过几次酒席。他常常吹嘘自己有一枚绝世玉佩，想找识货的脱手，以万金换一个前程。还说有一位情深义重的姑娘苦等他半生，与他携手同来京城，他高中之后定要娶其为妻。总之，夸夸其谈，令人不知所云。"

"诸葛公子可曾见过那枚玉佩？"玄真颇有兴致地问道。

"不曾。"诸葛子羽笑道，"凭那应公子说得天花乱坠，但凡有人提出要赏鉴一番，他便称宝物不可外露，胡乱遮掩过去了。"

"或许根本没有那么一枚玉佩吧？"

"不！我想晓月试馆内定有人见过那枚玉佩。"诸葛子羽却道。

"此话怎讲？"

"应公子逢人便讲这枚玉佩之事，自然是为了寻找合适的买家。若果为稀世珍宝，那么不在众人面前拿出来亦是常理。"诸葛子羽顿了顿，似又想起什么，"不过，开科前一日，小生在街上遇见应公子，他满脸喜色，称此番春闱不仅能够高中，还将有丰厚的银钱进账。我问其中玄机，他却只道'天机不可泄露'……"

"莫非……他已为那枚玉佩找到了买家？"萧湛道。

诸葛子羽微微颔首，又道："不知为何，听闻应公子被害，小生头一个想到的竟是谋财害命。萧大人，你们可曾在应公子的身上寻到那枚玉佩？"

"未曾。只是，即便有人想窃取玉佩，又为何要在监视森严的科考场内动手呢？"萧湛百思不解。

这时，门外传来阵阵喧闹声，只闻得一个年轻男子咆哮："为何还不放我等回去？若是休息不好，影响第二场考试，你们谁担待得起？"

众人忙走至门外，见一男子身着月白色绣鱼跃龙门图样的锦袍，立于月光之下，正对着几名衙役大声呼喝。田杰礼满脸堆笑，躬身走至那名男子跟前，笑道："苏举人莫急，我等乃奉旨问话，只需一会儿便完。"

"田大人？"苏雨栾冷笑道，"你可当的好差呀。方才，你的衙役将苏某的身上和行李仔仔细细搜检一遍，上穷发际，下至鞋袜，未找到任何尖利物品。既如此，我便没有杀人嫌疑，为何还不让我回试馆休息？"

"这……"

欣娟不顾穆宏的阻拦，上前一步施礼道："苏雨栾举人，皇上下令彻查科场命案，您的号舍在死者应子郊的隔壁，按理自然应该问一问。"

苏雨栾的目光斜刺过来，见她穿着宫女服饰，便猜出了八九，眼神陡然变得十分狠毒。"凭你这个宫女，也敢与我一个举人这样说话？田大人，这贱婢没羞没臊，有失体统，还不拖出去充了官妓！"

5

空气立时如凝胶一般。田杰礼的眼睛滴溜溜转着。饶是他这般圆滑之人，此刻亦不知该如何圆场。玄真面色急惶，张口欲分辩几句，却又怕被这说话毫无章法的苏雨栾噎回来，更难下台。唯有穆宏面色沉静，轻轻咳了一声，道："苏举人，您身上似有淡淡的鱼腥味儿，不知这两日都吃了什么食物？"

欣媚的心本已沉到谷底，听闻此言脑中忽然闪过一道灵光，暗暗佩服穆宏的观察力。那苏雨銮一时不备，脱口而出道："我的吃食皆是自行携带，其中有以东海打捞上来的大海鱼制成的咸鱼干，乃江南水中珍品，你们北方之地是没有的。"

欣媚面上漾起一丝笑意，淡淡的犹如天光初亮时的云霞，她曼声道："苏举人既来自江南，想必一定听说过七年前乡试秋闱发生的秋刀鱼命案。"

苏雨銮一时愣住，面露困惑神色，若是直说没有听过，便在这宫女面前落了下乘，只得硬着嘴不答言。身边一位面色黝黑的矮个儿举人倒是笑了笑，道："这位姑娘，鄙人的父亲是钱塘县衙的狱卒，我从他那里听说过这桩奇案。"

"你是……"玄真见有人出来解围，不由得多看了他几眼。

那人恭恭敬敬地上前道："回大人，鄙人乃临安府举人沈瑜，与苏兄是同乡。"

"沈举人，方才说到的奇案，萧某愿闻其详。"萧湛知欣媚所言必是其父方木令破获的疑难案件，一时颇有兴致。

沈瑜小心地觑了苏雨銮一眼，有些踌躇道："不瞒诸位大人，七年前的那次乡试，鄙人正好也参加了。考前，钱塘县有一名生员谢琨贤才高八斗，考中解元的呼声颇高，却在考试结束的那天晚上，在自己的房间里被害，令整个临安府震惊不已。"

"原来是这桩案。"苏雨銮黑着脸，小声嘀咕道。

"鄙人只知此案曲折离奇，最初以为是贼盗所为，后来却又牵扯上风流韵事。尤其是作案的凶器一直找不到，多亏了江州来的一名方捕快，才令真相水落石出啊。"

玄真笑道："那位方捕快正是眼下这位欣媚姑娘的父亲，江南第一名捕方木令是也。"

"失敬失敬！"沈瑜忙对欣媚大打恭道，"还望方姑娘尽诉案件详情，好令我等大饱耳福。"

欣媚见他礼数颇为周全，对自己居然还一躬到底，与苏雨栾简直判若云泥。她忙还了礼，目光从苏雨栾的脸上逡巡而过，端然道："那桩案子发生在乡试结束当晚，死者谢琨贤与夫人在卧房内饮酒作乐，仆人来旺则在屋外的院子里莳弄花草。突然，卧房内传来一声女人的尖叫，来旺冲进去一瞧，只见主人谢琨贤被人割断了喉咙，倒在地上的血泊中。谢夫人刘氏吓得面如死灰，指着后墙上一扇开着的窗户，称方才有一名盗贼闯入室内，杀人后越窗而逃。"

苏雨栾面露不屑，道："这种鸡鸣狗盗的案子，有甚可说的。田大人，莫要让这婢子的胡言乱语耽误了工夫。"

"谢家立即去官府报了案。"欣媚不睬他，继续道，"那时，家父正好押解一名囚犯到钱塘县，便随县衙的捕头一同去现场查看。这一查可了不得，案情出现了颇多疑点。"

"如何？"萧湛听得津津有味。

"其一，那刘氏称有盗贼入屋，但并未丢失任何值钱的物品，甚至连酒桌上一把赤金雕花嵌玉石酒壶都未顺走。其二，那卧室的后窗外乃一片小竹林，林中泥土刚刚翻新，十分松软，却并未留下任何脚印。"

田杰礼听闻亦觉甚奇，问道："这盗贼莫非是鬼魅不成？不图钱财，只为害命，且不留足迹。"

萧湛微微一笑，击掌道："田大人，照此看来，唯有那妇人刘氏的嫌疑最大。贼喊捉贼，分明是她谋害亲夫！"

"哦？方姑娘，果真如此吗？"

"萧大人说得不错。当下,家父和县衙的捕头皆怀疑,是那妇人在卧室中杀害亲夫后,故意谎称有盗贼入室。"欣媚道。

"话是那么说,但那杀人的凶器却迟迟未能找到。"沈瑜接过话茬,"此事涉及作案的关窍,官府讳莫如深,不知方姑娘可知晓内情?"

欣媚微微一笑。"不错,那杀人凶器的确成为案情最为难解的一环。据说,平日里谢琨贤独自一人居住在那间卧室,其妻刘氏住在另一处院落,因而房内,包括刘氏身上,连一根钗簪之类的尖利物品皆无。况且,谢琨贤被割断脖颈后,刘氏便处在有旁人监视的情形下,根本没有时间处理掉凶器,于是官府一时难以给刘氏定罪。"

"会不会是刘氏将凶器扔到了窗外?"萧湛问道。

"不,窗外方圆两里都搜寻过了,未发现任何利器。"欣媚道。

玄真眉梢一挑,笑意如桃花灼灼。"那么,一定还藏在身上。我从前听说过一桩西藩女探子的秘事,她们善于隐藏暗器,甚至有藏于女子身体的……"

欣媚听得红了脸,却仍故作淡然道:"县衙的捕头找了稳婆验身,并未在那刘氏身上找到任何可用作凶器的物件。"

"那倒真是奇了。还请方姑娘直言真相。"萧湛拱手道。

欣媚又瞥了苏雨柰一眼,道:"家父在现场查看时,发现卧房的一张八仙桌上摆了几道小菜,其中有一道是香煎秋刀鱼。"

"哦,秋刀鱼?"玄真双眸炯炯地盯着欣媚。

"乍看之下,似乎并无异常。但家父却在空气中嗅到了一丝生腥味,于是凑近那秋刀鱼又仔细查看了一番。"欣媚越说越慢,仿佛故意吊人胃口,"却发现,那一盘秋刀鱼中,有一条是生的,而且被冰冻住了。那鱼身上还带着未完全融化的碎冰,隐隐可以看到血迹。家父推断，刘氏事先把一条冻得结结实实的秋刀鱼混入菜肴中，将鱼鳍那一边的冰磨得尖利无比，并以此杀害亲夫。事后，那冰慢慢融化，便掩去了作案的痕迹。"

沈瑜深以为然，道："原来所谓秋刀鱼命案，是这个意思。"

萧湛连连摇头，又频频点头，称赞道："居然是如此离奇的凶器，真是闻所未闻。得亏是方捕快，否则怎么破得了这等疑难案件。"

"不过，本官还有一事不解。"田杰礼嘴角抽搐道，"秋闱是在八月举行，江南时气尚有暑热，哪里来的冰？"

"那是江南一带时新的工艺，叫作硝石制冰。"欣媚莞尔道，"硝石投入水中会吸收大量的热，使周围的水降温直至结冰。当地人夏季常常以此法制冰，以解酷热。"

"呀，本官真是孤陋寡闻了。"

欣媚的目光缓缓落至苏雨栾的身上，肃然道："苏举人，您方才说自己带了鱼干进入考场。如今那些鱼干已被您吃了，我等无从得知其形状及锋利程度。或许，那也是能成为凶器的物件。因而，您必须留下，将事情交代清楚，方能洗脱嫌疑。"

"荒……荒唐，一派胡言！"苏雨栾气得剑眉倒立，指着欣媚的鼻子骂道，"田大人，你们都不管管吗？任由这贱婢在此造谣诋毁。"

"苏举人息怒，息怒啊！"田杰礼忙上前打圆场，"调查命案乃皇上之命，还请您迁就则个？"

"苏举人！"穆宏低沉而浑厚的声音再次响起，"关于秋刀鱼的案子，穆某还听说过一些茶余闲谈。人们说，那刘氏杀夫是为了她的奸夫。那年临安府夺解元呼声最高的有两人，除了谢琨贤，另一人便是号称'钱塘诗仙'的苏雨栾举人了。"

苏雨栾立即变色，暗红色的嘴唇哆嗦着："那都是诬告之言，何足道哉？"

欣媚冷笑道："好可惜！刘氏费了那么大劲，苏举人却并未中解元，不过是刚上榜而已。后来，苏举人亦未娶刘氏过门。听闻，刘氏不久便患了痨病，郁郁而终呢。"

萧湛低首暗笑道："如此听来，此案恐怕另有隐情。若是重新调查，不知能否找到那名姘夫指使杀人的证据呢？"

"够、够了！"苏雨栾勃然大怒，脖子扯得又红又粗，"田大人，他们如此羞辱晚生，当真欺我官中无人吗？"

田杰礼忙拉住他的胳膊，好言相劝道："苏举人，苏大官人，您千万莫生气。这位方姑娘乃皇上亲封的'宫廷捕快'，查案时享二品官员礼遇。千错万错，都是下官一个人的错。您二位神仙打架，切莫殃及无辜啊。"

这时，玄真上前向苏雨栾作了个揖，十分恭谨道："苏举人，玄真还得喊您一声舅舅。《韩非子》中有言：法不阿贵，绳不挠曲。法度面前理应一切平等，否则皇亲国戚跋扈专权，皇上还如何治理这天下？舅舅乃贵妃娘娘之胞弟，理应率先恪守法度，行为世范，方才不负皇恩哪。"

田杰礼见苏雨栾面露动摇之色，便顺水推舟道："苏举人，既然您有事急着离开，不如即刻去监试房，我等问完话，了结差事，自然不会再为难你。"

苏雨栾愤恨地瞪他一眼，满腹憋闷说不出，只得扬了扬脸，道："罢了。既然是皇上的旨意，又有真大人、田大人在此调停，我今日便不与你们计较。不过，我可不要被那些低贱下作的奴才盘问。真大人，咱们换个地方说话。"

6

四更时分,一切问询悉数结束,考生们皆被打发回下处歇息。田杰礼道:"真大人,萧大人,辛苦半夜,诸位都劳顿万分。本官斗胆提议,邀诸位去京兆府用些饭食,再定夺案情,不知意下如何?"

玄真温柔地看了欣媚一眼,道:"罢了。田大人,我等从命便是。"

京兆府位于京城西北角,西侧紧挨着城墙,整座府衙布局以一条南北向的甬道为中轴线,按尊右卑左、前衙后邸的原则错落排布着各式厅堂,占地庞大,气势恢宏。玄真一行人刚进入府邸,便被眼前的雕梁画栋、亭台楼阁、膏粱锦绣所折服。欣媚跟在穆宏身后,小声道:"穆叔,这京兆府好大的气派呀。"

玄真闻言,扭过头来,低低笑道:"姐姐有所不知,此座尊贵府邸乃前朝一位得宠的京官以两万贯钱建造而成。因过于奢靡,建成不到五日,那位京官便被人告发贪墨之罪,落了个被迫处死的下场。"

"哦,多谢真大人告知。"欣媚恭恭敬敬地应了一声。

玄真微微蹙眉,眼底流露出深深的怅惘。"姐姐何须跟我如此客气?"

"哈哈哈……"田杰礼亦听到了这番对话,回首笑道,"真大人说的是。皇上任命本人为京兆尹时,亦谆谆告诫,切莫重蹈前朝旧臣之覆辙也。"

说笑间,众人已来至东花厅上。里头分宾主摆好了席面,碗碟上皆是些时蔬小菜和清淡薄粥。田杰礼道:"以养生之道,寅时不宜进食。但大伙儿从昨日傍晚起便未用过饭食,本官特命厨房做了一些清爽落胃的菜粥，垫一垫肚子。"

众人皆道："田大人思虑周全，我等谢过。"

欣媚一面喝粥，一面盯着萧湛，问道："萧大人，那苏雨栾可吐露了甚要紧的事体？"

萧湛停住手中的汤匙，沉肃道："他自称一直在号舍中专心做文章，旁边的动静丝毫未曾听见。至于应子郊这人，他亦是在晓月试馆相识，不甚了解。"

"那么，胡范生曾言，进场时应子郊与苏雨栾在一起窃窃私语，所为何事？"

玄真一心想跟欣媚搭话，忙道："哦，此事姐姐特地嘱咐，我们自然问了。那苏雨栾道，应子郊想找他托人情，被他断然拒绝了。他本是皇亲国戚，即便不参加科举，皇上亦会赏他个闲差做。但他却道，身为读书人，若不求取个功名，即便有满腔学问和抱负，此生亦是有憾。听这些话，倒是个有志气的。"

萧湛喝了半碗粥，踌躇道："不过，那苏公子的话恐怕不尽不实。他随身的黄花梨木箱中，竟藏有一张万两的银票。究竟有没有收过应子郊的人情，也唯有他自己清楚了。"

"万两银票？"欣媚垂眸沉思，不再言语。

"这苏公子带着如此大额的银票，亦可能是为了在考场中托人情吧。"穆宏说着有意无意地看向玄真，"他虽立志考取功名，也未必有真才实学。横竖托情舞弊买个功名，也比皇上恩赏的官职要来得荣耀。"

玄真听了面色便有些讪讪的。这时，从门外进来一名衙役，穿着大理寺的服制，半跪行礼道："启禀萧大人、诸位大人，我等已将'玄'字号筒所有号舍的墙面排查一遍，不论是号舍之间的隔墙，还是前后墙，包括顶上的檐瓦，均未有破损之处。"

"什么？"玄真一惊，不免受挫，"这不可能！如此一来，凶手要如何越过这些砖墙，在一间形同封闭的号舍之中将应子郊杀害呢？"

这一疑问犹如投入湖面的石子，在众人心头激起层层涟漪。萧湛端起面前的青花瓷碗，一口气将粥喝干，又将那碗重重搁在桌面上，道："真大人所言，不过是本案的第一个谜团。方才，我等仔细查验了搜缴的考生物品，均未发现穆太医所言的那种十字形尖端的利器。凶手究竟是用何种凶器杀人，那凶器如何被藏匿得毫无踪迹？这便是本案的第二个谜团。"

欣媚闻言，想起自己说过此案很快可破的大话，不禁面色通红。"萧大人，说来惭愧。欣媚本以为此案并不复杂，如今看来却是疑团重重。除了您提到的这两个谜团，杀人的因由亦令人费解。考场重地，监视重重，凶手究竟为何非要在这样的时间、这样的场合行凶？"

"会不会是……为了那枚玉佩？"玄真觑着欣媚的神色，"众人都说，那应子郊时常将一枚绝世玉佩挂在嘴边，难保没有人见财起意。"

萧湛接过话茬道："方才搜检尸身时，并未在应子郊的身上找到玉佩，莫非已被凶手窃取后带出考场？"

"那要搜寻起来，可就费事了。"田杰礼扼腕道。

欣媚微微蹙眉，正待说话，却见门首慌慌张张闪过一个人影。"何人在外头？"

田杰礼脸色一变，喝道："何守旺，蝎蝎螫螫的什么样儿？诸位大人都在这里，还不进来回话！"顿了顿，又对玄真笑道："那是我府上的知事。"

门首之人穿着一身从八品官员的湖绿色锦缎绣鹌鹑官服，麻溜儿进来行了礼,道:"诸位大人,失礼了。在下京兆府知事何守旺,是来向田大人回禀另一桩案子。"说罢,一对黄浊的眼珠儿盯着田杰礼。

"哦,还有那桩事体,本官险些忘了。"田礼杰一拍脑袋,旋即又喜道,"正好诸位神探在此,也顺手帮本府再破一案。何守旺,你且将那桩案件的首尾细细讲来。"

何守旺又恭恭敬敬施了一礼,道:"诸位大人,此番春闱开考前两日,晓月试馆的姜馆主派人来报案,说是在后花园的一棵海棠树下,发现了一只成年人的断掌。"

"断掌?"欣媚顿时伸长脖子,难掩满满的好奇心。穆宏拖一拖她的袖子,示意她收敛着些。

"正是。下官带着捕头、仵作前去查看,那姜馆主称有两名赴考的举人在花园四角凉亭内饮酒,结果见一只小黑狗在树下刨地,竟刨出了这样一件可怖之物。仵作刘三丙验了之后,确认这只手掌乃成年男子的左手,年纪大约三十岁。手掌的断面十分齐整,是沿着手腕上方两寸处整个切下,且离开人的身子至少有一两个月了。"何守旺一丝不苟地禀告,"另外,老刘说,那手背和手掌上还沾了些许的朱砂。"

"朱砂?"穆宏低呼一声,忙垂下头,似不慎失言。

欣媚眼眸一转,眉间漾起轻雾般的迷惘,问道:"田大人可曾查知些头绪?"

田杰礼捋了下美髯,道:"此事颇为蹊跷。本官以为,既然有一只断掌,那首先得找到断掌之人,或是断掌的尸首。于是,派了衙役全城搜查,却毫无结果。虽有几个断了左手的人,年龄对得上,但伤口的断面却对不上,有的只是断了半掌,有的连肘臂都断了一截,并没有这般正好从手腕处被齐整整切断的。"

"既然是在那晓月试馆中发现的……"萧湛凝神道,"可曾探查近日那试馆之中是否有失踪的男性?"

何守旺忙拱手道:"萧大人所虑甚是,田大人亦命下官四处打听失踪人口。方才,下官正是想进来回禀此事。那晓月试馆住的多数是熟客,来往记录皆明明白白,一个失踪的人也未查到。京城中倒是有一些失踪的人口,但多数都失踪了好几年,亦无从查起啊。"

欣媚沉吟半晌,道:"试馆中发现了断掌,科场上又出现命案,不知二者是否会有关联?"

"方姑娘的意思,这是连环杀人案?"萧湛道。

欣媚微微失神,道:"眼下不好断言。田大人,不知发现这只断掌的两名举子都是何人?"

田杰礼看了何守旺一眼,那知事忙道:"下官记得,两名举子,一人是沧州考生应子郊,另一人是冀州考生唐申白。"

"应子郊?"萧湛与欣媚对视一眼,眸中渗出冰寒冷意。

辰正初刻,皇帝正在朝翔宫与新晋封的安嫔孙娇娥一道用早膳。桌上的一道清蒸乳饼十分软糯,奶香四溢。皇帝吃得龙心大悦。"安嫔,这道小食朕从未尝过,咸甜之中带着浓浓的乳香,味道不俗。"

安嫔的姿容并不出众,胜在清秀婉约,温柔可人。她淡淡一笑,道:"皇上,这些都是亮儿的孝心。他从西藩出征归来,带了一些云南的火腿。臣妾照着他说的法子,用乳饼夹着火腿上锅蒸了一蒸,再与鸡汤、豌豆苗稍煮,淋上芝麻油便得了。据说,这是云南彝族的小食,风味颇为独特。"

"亮儿果然有孝心，近来在朝政上亦十分得力。"皇帝温笑着搂住安嫔，"你替朕生养了一个好儿子啊！"

"身为臣子，为皇上分忧是应当的。"安嫔低眉顺目道，"臣妾总是担心他毛躁，别闯下什么祸事才好。还望皇上多担待他些。"

"哈哈哈……亮儿沉稳，做事妥帖，你尽管放心。"皇帝笑着又夹起一片乳饼，刚要送入口中，却见总管太监李秀英急匆匆走了进来。

"启禀皇上，明妃娘娘跪在朝翔宫外，求见皇上！"

"放肆！朕刚解除了她的禁足，她便又来发什么疯？"皇帝把银筷子往桌上一掼，唬得身旁的安嫔浑身一激灵。

李秀英跪伏在地上，连大气都不敢喘。皇帝沉吟片刻，站起身来道："朕回文德殿看折子。安嫔，你自己再用些罢。"

安嫔忙不迭起身伺候皇帝更衣，恭谨地送出殿外。望着皇帝步履匆匆远去的身影，面上掠过一丝忍耐的苦涩。

皇帝刚步出朝翔宫，便见贵妃苏明丽穿着一身白底水红竹叶梅花图样印花对襟褙子，身量单薄地跪在朱红宫墙旁。她垂首低伏，淡扫蛾眉，苍白的面庞上隐隐可见一缕病态的嫣红，眼角含着晶莹剔透的泪珠，端的是梨花带雨，我见犹怜。

"臣妾给皇上请安。皇上万福金安！"

清脆的声音柔弱无骨，皇帝听在耳朵里，不免又有些心软，道："何事？"

"臣妾自知被皇上厌弃，无颜面圣。但臣妾家中只剩下弟弟苏雨栾一个亲人。如今他卷入命案，恐遭人冤害，臣妾不得不觍着脸来央求皇上。"苏明丽跪在地上，低低啜泣。

皇帝不明其意，疑惑道："冤害？何人要冤害你的亲弟弟？"

苏明丽又盈盈拜了一拜，道："臣妾的弟弟自幼酷爱读书，做得一手好文章。前些年进宫探亲时，皇上还夸赞他的才学，要赐他一个官做。可是，弟弟心性颇高，立志要考取功名。此番春闱，他亦志在必得。谁曾想，昨日弟弟应试的隔壁号舍竟发生了一桩命案，他被人连夜带去问话。臣妾一来担心影响了他的考试，二来更怕他遭人陷害呢。"说罢，又嘤嘤哭了起来。

"清者自清。此事朕已命大理寺和京兆府调查，自然会还他一个清白。"皇帝沉着脸，慢慢踱向撵轿，李秀英乖觉地伺候皇帝上了轿。

可是，明妃哪里肯放，竟昂着身子哭诉道："皇上，臣妾出身卑微，在宫中一向被人看不起，如今更是遭人随意践踏。听闻，那'宫廷捕快'方欣媚亦参与了调查，她明里暗里都是太子的人，臣妾怕她待弟弟不公，蓄意陷害……"

皇帝举起右手摆了摆，头也不回地说道："你且放心，朕不会让人冤枉了你弟弟。"说罢，宫人们抬起撵轿，又平又稳地离开了。

明妃身边的大宫女牡丹走上前，一面搀扶她起身，一面低声道："娘娘，万将军递来消息，昨夜是七皇子对苏公子问了话，并没有为难他。眼下，苏公子正在试馆休息，等待晚上参加第二场考试。"

苏明丽面色稍缓，旋即又压低声音道："此事还是不妥。速去知会那边，尽快了结此案，以免夜长梦多。"

"是。"牡丹恭谨垂首道。

苏明丽目色森冷，眸子仿佛蒙着灰铁般的尘埃。"那个……还是没有消息吗？"

牡丹摇了摇头道："本来苏公子说已有了眉目，如今线索又断了。"

苏明丽霎时有些急恼，厉声道："无用的东西！去给万马龙传话，那事若被翻将出来，大家都别想有活路！"

"是。"牡丹只觉得面庞像被狠狠打了几个耳光，唬得忙转身去传话了。

7

欣媚等人昨夜被安置在京兆府的客房内，胡乱睡了几个时辰，起身时已是辰时末。田杰礼十分客套，命人备了早饭，并告诉他们："萧大人一早已赶回大理寺。此番春闱，大理寺卿丁耀祖大人任知贡举，事务繁忙，查案之事便由萧大人一力承担了。"

玄真见欣媚眼下发青，显然一夜未好眠，不禁心疼道："姐姐，这案子一时亦不会有结果。不如先回我府上休息一日，待萧大人和田大人查知了新的线索，再作计议。"

欣媚避开他的目光，低低道："时间越长，作案的痕迹便越可能被抹去。查案如同行军打仗，靠的是与对手拼体力和脚程。若事事被凶犯抢占了先机，那么任凭天下第一名捕亦无能为力了。"

玄真被她拿话一噎，面色有些潮红。穆宏面无表情地说道："真大人风寒未愈，实不该如此辛劳，还是先回府休养为好。"

欣媚原本一直避着玄真，听闻此言，不由得抬头看去。只见他脸色发青，眼窝深陷，眼底布满了血丝，整个人柔弱得仿佛风一吹就会倒。她心下暗惊，道："穆太医说得是，真大人还是回府休息，保重身子为要。"

玄真阴郁的目色中燃起一星火苗，嘴角含着一缕淡笑："有姐姐这句话，小真子的病便好了大半了。皇上命我带姐姐出宫来，我自然要毫发无伤地将姐姐带回去。"

田杰礼乃久惯牢成之人，听了这番交谈，还有什么看不出来，笑道："不知几位大人今日欲往何处调查？"

欣媚轻抿唇畔，淡然道："既然昨日未在应子郊的身上找到那枚传世玉佩，我等想先去他在晓月试馆的住处调查一番。"

田杰礼拱手道："如此甚好。那么，本官便派两名衙役随你们一道去。"

晓月试馆的门面气派庄严，上头一块黑漆金丝楠木匾额，乃由当代名家唐庚所题。两扇黑漆大门旁各挂着一块牌匾，上面写有一副对联，左边是"十年寒窗，只为龙门一跃"，右边是"三考得志，全因河鲤重生"。

馆主名叫姜尚隆，据说曾经也是一名落第举人，因屡试不第，便弃文从商，在此地开起试馆，倒成就了一番事业。他约莫五十出头，浓眉窄脸，生得颇有儒雅风度，站在试馆门口，拱手相迎道："贵客降临，有失远迎啊！"

玄真等忙上前，彼此见了礼，道明来意。姜尚隆沉痛道："昨日便听说了应举人被害之事，实在令人可惜可叹。"

大壮、二壮乃京兆府派来的衙役，递上相关公文，言明要搜查晓月试馆。姜尚隆十分知趣，径直将他们带至应子郊所住的二等客房内，道："这里便是应举人下榻的住所，请几位大人自便。"

欣媚举目望去，见房间约一丈见方，陈设简单，东墙摆了一张黑漆钿镙床，西墙立着一只杉木雕花柜，靠南窗是一张乌木长案，上面堆叠着科考的书籍和笔墨砚台。

玄真瞥了姜馆主一眼，道："听闻这位应举人私藏了一枚传世玉佩，价值万金。不知姜馆主可曾见过？"

姜尚隆微微含笑，云淡风轻道："不瞒诸位大人，这位应举人在试馆内小有名气，皆因他逢人便吹嘘自己得了一枚传世玉佩。他还曾经托姜某寻找买家，但他出价颇高，又从不肯将那枚玉佩示于人前，哪里有这样的蠢人来买呢？"

"不知他赴试是否带了这枚玉佩？"欣媚试探道。

"多半会吧。这玉佩价值连城，自然要时时带在身上了。"姜尚隆目色中带着一丝诡谲的笑意。

欣媚环视四周，目光落在了那口杉木柜上。穆宏上前打开了镂空雕花的柜门，只见上面三层放着几件换洗的长衫和中衣，最底下一层有一个布包袱。他们取出布包袱打开来看，里面有几两碎银子，几副不值钱的钗环，以及一支小楷狼毫笔。

欣媚捻起那支笔细细观瞧，乃宣州陈氏所制，笔顶挂绳上系了一枚铜钱大小以红丝线编织而成的同心结。正待说话，门口闪过一个蓝色的身影。"什么人？"

姜尚隆往门口望了望，笑道："哦，是唐举人，您进来吧。几位大人正在查访应举人被谋害的案子呢。"

打帘进来的是一名面容清俊、身材修长的男子，穿着一身半旧的宝蓝色家常锦缎袍子，发髻上束着一根鸦青色带子，显得文质彬彬，温文尔雅。他拱手作揖道："在下冀州唐申白，见过三位大人。"

玄真昨日已审问过这个唐申白，并未发觉不妥，便笑道："唐举人因何在廊下张望？"

唐申白面色一僵，声音有些发颤。"应举人与唐某平日里常常一道谈诗论赋，如今他骤然被害，唐某心下实在难安，故而过来探个消息。敢问三位大人，是否已查知应举人为何人所害？"

欣媚只觉此人说话恭谨有礼，不免生了些许好感，温然道："这桩案子奇得很呢。唐举人，既然你与应子郊颇为亲厚，可知他是否与人结怨？"

"子郊为人豪爽，待人热忱，唐某家境贫寒，常常得他周济。这样的人，怎会与人结怨？"唐申白笑道，面上浮起一层凝脂般的光泽。

"那么，苏雨栾举人呢？他与应子郊可有来往？"

唐申白的脸晦暗下来，嘴角泛起一抹苦笑："苏举人颇有家世，岂是我辈能够高攀的？不过，子郊似乎有与他结交之意，具体我也不甚清楚。"

"应子郊常常提起的那枚玉佩，你可曾见过？"玄真想起昨日问话时还未留意此事，便问道。

唐申白的眸子微微浮动，沉声道："见过。"

"果真！"欣媚眼中闪过欣喜，忙道："那你可知，应子郊是否带了那枚玉佩去考场？"

"嗯。"唐申白颔首，"出门前，他将那枚玉佩装进贴身的绣璎珞荷包里，还说这玉佩能佑他高中进士。"

"荷包……"穆宏寻思道，"昨日验尸之时，曾翻看过他身上的物件，那璎珞荷包里面空空如也。"

"怎会？"唐申白不觉露出惊愕之色，"那是他看得比性命还重的宝物，决计不可能丢失。"

"果然是那杀人凶犯将玉佩盗走了。"玄真眸子清亮地望向欣媚。

欣媚缓了缓神，道："唐举人，那枚玉佩什么模样？究竟有何过人之处？"

唐申白面色十分沉重，肩上似担了千斤之力无法抬头，勉强道："唐某也只是刮过一眼，记得是一块羊脂白玉，上面似乎镂刻着字。"

"什么字？"玄真追问道。

"笔画繁多，未曾看清。"唐申白喟然道。

这时，守在门外的大壮和二壮进来禀报："欣媚小姐，田大人有请。他说，昨日科场的案子，已然破了。"

欣媚心下一惊，不觉望向穆宏。对方眼眸凛然凝重，殊无笑意。

京兆府衙门的大堂有三楹之大，每楹各安两扇黑漆门扇，总共有六扇门。民间便有"衙门朝南六扇开，有理无钱莫进来"的俗谚。玄真等人从东面台阶上了月台，进入大堂，见一架青天红日图案的紫檀木屏风立在上首正中央，顶上悬挂着"明镜高悬"匾额。京兆尹田杰礼坐在底下一张乌木雕花嵌螺钿长案之后，起身拱手相迎。大理寺萧湛亦从公案旁的一张雕花乌木椅上起身行礼。玄真忙摆手免礼，同欣媚和穆宏在下首的三张乌木方凳上落座。

田杰礼见众人坐定，便对身旁一位穿湖绿色锦缎官服的下属道："何知事，你且将调查的情形详尽道来。"

那人正是昨夜的知事何守旺，四十来岁年纪，长着一张如瘦猴般干瘪的脸，眼底泛出浑浊的黄色，他走上前来作揖道："启禀田大人，昨日大理寺正萧大人主持对所有可疑考生进行审讯，我等连夜整理了审讯的情况，得出了两条结论。"

萧湛凝眸望着他，问道："有何结论？"

何守旺满是褶子的脸上挤出一抹笑意，道："启禀萧大人，第一个结论，所有考生携带的用品，均不可能作为凶器。即便有相对尖利的物品，但形态、粗细、长短都对不上。"

欣媚在一旁点头，看向穆宏道："是这么一回事。"

穆宏眉心紧皱，并不答言。

何守旺见众人并无疑议，便又道："第二个结论，在科考场内严密的双重监视之下，所有考生都不可能擅自到应举人的号舍行凶。每一间号舍都是独立隔断的，相邻号舍之间没有暗门。而那明远楼上有考官俯瞰考场，号筒栅栏之外又有号军严密监视，即便考生去茅厕，亦有一名号军贴身跟随，在这样的情况下，考生是绝无可能从自己的号舍去另一个人的号舍行凶的。"

"那么……"萧湛沉吟道，"照此说法，此案既找不到凶器，又无可疑的凶犯，该当何解？"

何守旺枯瘦的面颊挂着一抹促狭的笑意。"萧大人，下官今日斗胆在您面前班门弄斧了。所谓一叶障目不见泰山。此案若是将调查范围圈定在参加省试的考生，那么必将成为一桩悬案。但若是打破这成见固识，将当时在贡院的所有人都纳入凶嫌范围，一切便豁然开朗了。"

"所有人？你是指……考官？"欣媚微蹙秀眉，心头隐隐升腾起不祥之感。

"方姑娘，除了考官，当时在贡院里的还有一批人——号军。"何守旺的眉眼间衔着几分得意之色。

"不……"

然而，何守旺根本不理会欣媚的反对，径直道："诸位大人，下官经过反复推演，终于发现了一名既能够在考场上携带凶器又可堂而皇之进入号舍的人。他便是本案中唯一符合所有作案条件的——凶手。"说罢，他将双手举高，"啪啪"击掌两下，喝道："带人犯！"

"带人犯——"随着一声声喝令传出去，两名衙役押解着一名犯人来至大堂当中跪下。

欣媚定睛一看，堂下所跪之人穿着一身土黄色号军服，脖颈上戴着木枷锁，后背和腿上血迹斑斑，显然已受了刑。历来府衙升堂，必要先将嫌犯打一顿板子，挫挫锐气。她不禁鼻腔一酸，一声低呼逸出喉咙："李叔！"

"啪——"田杰礼一拍惊堂木，大声呵斥，"李二郎，本官已查知是你谋害应子郊举人的性命，还不从实招来。"

李二郎颤巍巍着身子，如一脉枯叶飘零的风中残枝，声音倒还勉强带着几分镇定："启禀田大人，小老儿在衙门当差已有三十二年，参与省试监考亦有五回，一向勤谨做事，从不敢逾矩半步。此番'玄'字号筒发生命案，小老儿的确有失察失管之责，但要说我谋害那应举人，实在是欲加之罪啊！还望大人明察秋毫，切莫听信奸佞小人之辞。"

"哼，不见棺材不掉泪的贼东西。"田杰礼瞟一眼旁边的何守旺，"将人证和物证都带上来！"

须臾，京兆府的仵作刘三丙带着一柄佩刀和一根黑漆长棍走入堂内。他一拱手，面无表情道："启禀诸位大人，下官在这把佩刀的刀把处验到了一点干涸的血迹，这根黑漆长棍倒是擦拭得很干净，没有留下任何痕迹。"

何守旺微微一笑，道："此刀乃号军李二郎随身佩刀，这根黑漆长棍亦是'玄'字号筒栅栏外的常备之物。刘仵作，我且问你，利用这柄佩刀和这根长棍，能否造成死者身上那种伤口？"

刘仵作面色一滞，眼梢往穆宏的方向一带，旋即缓缓眯起眼睛，低声道："若是先用佩刀将死者胸口和背部的皮肉刺破，再用长棍将两处伤口捅开，或许可造成那样贯穿型的伤口。"

"穆叔？"欣媚焦惶地撇过脸，低声唤着穆宏。

然而，穆宏却铁青着脸，目光僵滞，如一尊泥胎木偶。

萧湛亦不大相信，喃喃道："此前，刘仵作与穆太医都说那是一件前所未见的凶器，难道竟只是这般简单的组合？"

田杰礼大笑一声，道："本官记得，刘仵作说过，凶器类似利刃加棍棒组成的长枪，那么用一柄佩刀加上长棍，自然也差不离了。"

"不！"欣媚按捺不住，站起身力辩道："田大人，只凭这佩刀和长棍便断定是李军士所为，未免太过草率。那佩刀的刀把上虽有血迹，也是干涸了的，安知是否为前日夜间杀人留下的呢？衙役们平日里执法伤人，未及将刀把擦拭干净，也是有的。"

何守旺仿佛正等着这一句，舒展了面颊上的褶子，笑道："除了凶器，李二郎亦是唯一有作案时机之人。他曾亲口交代，案发当晚每隔半个时辰便会走入巷子巡查一番。对于他来说，每名考生号舍的墙壁都形同无物啊！"

穆宏悄悄伸手捏住欣媚的手腕，却还是没能抑住她一声高过一声的反驳："何知事，李叔是看守'玄'字号筒的号军，在自己当值的地盘上杀人，岂非太蠢？他何苦要做这种事？"

何守旺沉下脸来，又举手击掌两记，道："带人证。"

在衙役们的传唤声中，一名穿着土黄色号军服的矮个男人疾步走了上来，当堂跪下，哭道："小的张小宝，参见诸位大人。"

"还不将你知道的从实招来！"田杰礼一拍惊堂木，厉声喝道。

那张小宝仿佛被当头敲了一记闷棍，吓得浑身一激灵，目光怯怯地往李二郎身上瞟了瞟，连哭带喊道："田大人容禀，案发那天夜里，小的与李军士一同看守'玄'字号筒。他总说要提防考生舞弊，每隔半个时辰便进入巷子里查看。有一回，小的见他似乎还探身进了中部的某间号舍……"

"哦？如何？"田杰礼目光灼灼。

"回来时，小的问他方才在那号舍前做什么，他却只道，有位考生被子没盖严，他帮着盖了盖。"张小宝偷偷觑着李二郎，声音越来越低，"后来，那位应举人的尸首被发现后，小的与李军士被带到监试房问话。那时候，小的便发觉李军士心事重重，神色慌张，像犯了什么事一般。"

"小宝……"李二郎的喉咙里艰涩地挤出了这两个字，面上却露出已预知自己下场的了然和凄凉。

张小宝扭过脸不敢看他，直哭道："今日早晨，李军士突然把小的叫去，给了小的一张价值百两的银票，让小的千万不要将他那天夜里做的事情说出去。小的再三追问，他才说出是他杀害了应举人，还盗走了他身上的那枚玉佩。这银子正是将玉佩在黑市上脱手之后换来的。小的家中尚有七十老母，底下还有五六个弟妹要养活，小的不敢欺瞒大人。李叔……小宝对不住您了。"

欣娟跌坐在乌木方凳上，脑仁嗡嗡作响，久久说不出话来。她只能木然地看着田杰礼将李二郎定罪、收监，然后如拖牲口般地拖了出去。

第二章　金榜题名时

1

京兆府迅速勘破了本朝第一桩科场命案。皇帝收到奏报后龙心大悦，对京兆府上下予以褒奖，还赏了田杰礼一百两银子以示恩遇。

然而，欣媚却颇不以为然，连着两日跑到京兆府衙门的二堂，向田杰礼叫屈喊冤不迭。玄真担心她太莽撞会出什么差池，硬撑着病躯陪她一道来理论。

"田大人，科考乃国之大典，考场内发生的命案干系重大，甚至可能涉及贪墨舞弊，绝不可草率了结。"欣媚立在二堂中央，望着坐在一张黄花梨镂雕大案后头的田杰礼，铿然有声道："欣媚自幼便认识李二郎军士，他为人忠良，刚正不阿，决计不可能做出这种图财害命之事。"

田杰礼面上堆着虚浮的笑意，眼梢瞟着玄真，道："呵呵，方姑娘，你认得的是从前的李二郎。要知道，人都是会变的。本官在官场爬滚多年，看惯了人事代谢、世态炎凉，深知一个铮铮铁骨的汉子是如何为五斗米折腰的。"

欣媚仍是不服，腔中一口热血不断地往上涌，声音亦颤颤的带着愤然："即便如田大人所言，李叔早已忘却初心，沦为钻营逐利的小人，但他当年曾追随家父断刑决狱，对查案之关窍颇为熟稔。退一万步讲，若李叔真要犯事，也定会审慎筹谋，小心行事，怎可能贸然露出马脚，让一个小辈觑了去？"

这时，站在书案旁的何知事笑道："方姑娘此言差矣。那李二郎杀害应举人乃见财起意，一时在号舍内窥见了那枚价值连城的玉佩，才干下这杀人劫财的勾当。又何来提前筹谋一说呢？"

玄真见欣媚面红耳赤，胸口连连起伏，知是被他们这一唱一和逼急了，忙打圆场道："田大人，此案虽已有定论，但毕竟还有些不甚明白之处，可否允我等再次提审李二郎，以解心中疑惑？"

田杰礼面上笑着，眼底却闪过一抹狠厉，道："真大人，此案人证物证俱全，李二郎是贡院中唯一具有作案凶器和作案机会之人。本官敢问，哪里还有不甚明了之处？"

玄真正待答言，只听见欣媚冷冷开口道："田大人可还记得，在应举人所躺的号板上留有一个十字血痕。穆太医曾说那是凶手用利器贯穿死者时，在号板上留下的刻痕。但是，何知事说李叔是用一柄佩刀和一根长棍将应举人杀害的，试问这两样兵器如何能在号板上留下十字的刻痕？"

"这……"田杰礼被将了一军，面色有些萎黄难看。

"哈哈哈，方姑娘心思果然缜密。不过，下官以为那十字刻痕并非甚要紧的线索，或许是之前的考生刻在号板上的记号，碰巧溅上了血迹而已。"何守旺稳笃地笑道，"下官亦是科举出身，深知考场上舞弊手段颇多，焉知这刻痕不是旁人故意留在号板上用以传递消息的呢？"

田杰礼双眉飞扬，附和道："真大人，不是下官推脱。此案乃由京兆府与大理寺共同审理定论，皇上亲笔御批，认为办得甚好，还对京兆府上下嘉奖。方姑娘若是要重新提审，怕是会坏了规矩，更怕违逆圣心啊！"

听了这话，玄真蹙着眉头，欣媚瞪着眼，正没个开交，只听得外面通报："真大人府上的鹿公公求见。"须臾，那小鹿子便连滚带爬地跑进来，急赤白脸地下跪行礼道："真大人，皇上说科场之案已了，命您带欣媚姑娘速速回宫，还说……"

"还说什么？"欣媚追问道。

小鹿子面露难色，说："今后与此案有关之事，您和欣媚姑娘都不必再理会了。"

玄真面色一凛，与欣媚四目相对，眼底尽是森然惶惑之色。

皇命如同一场骤然降临的瓢泼大雨，一旦落下便排山倒海、摧枯拉朽般，浇灭了所有的算计、欲望、挣扎和希冀。欣媚不明白皇帝为何不准自己继续调查北麓贡院的命案，但听闻这回连玄真亦吃了挂落儿，被皇帝叫到文德殿训斥许久，还命他在府中禁足养病。

欣媚无奈，只得一面在宫里熬着日子，一面伺机打探案件后续审理的进程。按照郑国律法，州府办理的重大刑事案件必得上报大理寺，复核后方才生效。那一日，玄真递来消息，说已托了萧湛暂缓案件复核，并关照了大理寺的狱卒，好生照看李二郎，尽量免了他的皮肉之苦。欣媚这才稍稍放下心来。

日子如飞，很快便到了三月底。闹盈盈的春意渐成褪去之势，树上的枝叶越来越浓密，遮天盖日，仿佛要将碧蓝色的天空吞噬。皇后立在坤宁宫的小院中，独自凝神看着一株萎谢的白玉兰，半晌静默。她上身穿着一件湖水蓝绣团福暗银线春衫，底下着暗紫色百褶长裙，鬓发间只簪了几朵素色珠花，唯有后髻上一支鎏金凤衔南珠步摇才稍稍显出母仪天下的尊贵身份。

大宫女翠娥悄然上前，低声通传道："皇后娘娘，太子殿下来了。"

话音刚落,太子玄明已踱步至近前,躬身行礼道:"儿臣给母后请安。"

皇后并未回头,仍盯着那株玉兰上残留的一片花瓣,低声道:"玄明,人无千日好,花无百日红。本宫这枝开在后宫里的花,业已到了残花凋零的时候了。"

太子心中一凛,忙下跪道:"母后何出此言?若将这后宫嫔妃比作繁花,母后却并非她们中的一枝啊!"

"哦?"皇后蹙起眉心,目光迷离,"本宫连做一枝残花都不配吗?"

太子铿锵有力地说道:"不,母后乃陪伴真龙天子的凤凰。古籍中有记载,凤凰乃不死神鸟。母后必将永远伴随父皇左右,母仪天下,恩慈黎民。至于宫中那些朝开暮落、转瞬凋零的繁花,又哪里值得入您的眼呢?"

皇后的面上终于挤出一丝苍凉的笑意,转过身道:"我儿,跪着做什么?快起来吧。母后问你,'人无千日好,花无百日红'的后一句是什么?"

太子一怔,拱手道:"求母后赐教。"

"早时不算计,过后一场空。"皇后轻抚鬓边的一朵银蓝色珠花,感叹道,"玄明,本宫在这深宫中浸淫半生,自然是百般滋味都尝尽了。到了这个年纪才明白,唯有一样东西是绝对不能放手的。"

"母后?"

"那便是权柄。"皇后眼角鱼尾纹皱起,银牙暗咬,"什么夫妻恩爱、相敬如宾,都是假的。一旦失了权柄,便只能任人宰割罢了。唯有权柄在手,才能不必担惊受怕、仰人鼻息地活下去。"

"儿臣受教了。"

"受教？本宫看你是毫无反省。此前赔上你皇姐一条性命，竟也无法将苏明丽彻底扳倒。一手好牌，打得稀烂。"皇后柳眉倒竖，厉声斥责，"如今你还预备重蹈覆辙吗？"

太子双腿一颤，几乎站立不住，讷讷道："母后，儿臣自然一早叮嘱了他们去查，怎奈明妃下手更快……儿臣没想到，京兆尹田杰礼亦是明妃的人。"

"田杰礼？"皇后的声线陡然凄厉，"这厮好心机啊。本宫记得他从前对你皇姐颇多趋奉，一脸恭顺，却原来背地里脚踩了两只船哪。"

"哼，朝廷里这种见风使舵、拜高踩低的官员并不少见，母后不必为这等奸佞之辈生气。"太子冷声道，"此番他们如此迫切地想要结案，反而露出了自己的马脚。儿臣相信，那个苏雨栾必定与此案脱不了干系。请母后放心，儿臣会再派方欣媚暗中调查，定要扯掉他们竭力掩藏的那层遮羞布来。"

"方欣媚？哼，这女子古灵精怪，心思深沉，可不是那么好摆布的。你仔细搬着石头砸了自己的脚。"

太子澹然一笑，道："老七能治得住她。再不济，咱们不是还有穆太医吗？"

欣媚接到消息，便急匆匆赶到了太医院。只见玄真穿着一身云青色银线团福如意长袍，意态闲闲地坐在穆宏那间逼仄窄小的厅内。丝丝缕缕的日光透过镂空长窗，在他周身晕出淡淡金色光圈。她的心不由得少跳一拍，放轻莲步，上前道了万福："奴婢见过真大人。"

玄真一见她，脸上便漾开粲然笑意，伸手虚扶一把道："姐姐何必如此多礼！小真子好容易解了禁足，便直奔穆太医这里，只为给姐姐送这份单子来。"

说罢，他将紫檀雕花条案上的一个信封打开，抽出里面厚厚的一沓纸张。那上面记录的皆是案发后官吏从出场考生身上搜检到的物件。

"哎，跟萧湛那厮说了一车的好话，他才容我抄了这一份出来。"玄真将单子递给欣媚，袖间逸出淡淡的茉莉花香，中人欲醉。

欣媚抑制住微漾的心神，凝眸仔细去瞧那份单子：折骨伞、银筷子、银牙签、玄铁笔……这些原物都已经归还考生，如今她只得凭印象细细回忆。

玄真见她脸颊凹陷，眼下还有深深的乌青，便知她这些日子为李二郎的案子忧心不已。一时神思恍惚，他便不自觉伸手去抚她柔腻的脸蛋，只听得穆宏猛嗽了一声，方才意识到造次了。他慌得收回手，突然想起了什么，从衣内掏出一只小包袱，道："姐姐，这是上回在晓月试馆找到的应子郊的贴身包袱，里面的银子都还给他的家人了，只是这几副钗环和这支小楷狼毫笔……我想等你瞧一瞧再还回去。"

欣媚暗暗赞他心细如发，故作不知他方才的轻浮举动，将目光移到包袱中的一支笔上。这是一支精致的宣州陈氏狼毫笔，笔顶挂绳上系了一枚以红丝线编织而成的同心结。她的手指轻轻触着同心结上的繁复结构，失神片刻，又扭头去看那张单子。这样来回看了许久，突然笑道："穆叔，这个同心结挂在这里，不觉得十分碍眼吗？"

穆宏凝神看去，不禁笑道："笔顶挂了这同心结，恐怕运笔就不会那么顺当了。"

玄真闻言亦凑过来瞧，从欣媚手中接过那支笔，来回掂量把玩一会儿，道："姐姐好眼力，这笔显然不是用来书写的，多半是件定情的信物。"

欣媚不睬他，仍对穆宏道："穆叔是否察觉，这同心结似曾相识？"

穆宏心领神会，指着她手里的那张单子，道："与那江州举子胡范生所带的象牙暗纹箸外包裹的同心结别无二致。"

"果真？"玄真忍不住又插话，"莫非送他们礼物的是同一个女子？"

欣媚扬一扬脸，道："真大人可能猜出送笔之人的身份？"

"这……"玄真见她发问，心底愈加欢喜，顺水推舟道，"多半是一位红颜知己。小真子记得，那诸葛子羽曾说过，有一位情深义重的姑娘苦等应子郊半生，与他同来京城，待功成名就便要结为夫妻。只是，小真子愚钝，不知姐姐如何看出送笔之人的身份？"

"说来很简单，"欣媚淡淡一笑，"这笔若是精通琴棋书画的大家闺秀所赠，必然知晓在笔顶挂同心结会妨碍书写，不会做此多余的装饰；但若是乡间村妇，又不会特地赠一支宣州陈氏的笔。如此一想，赠笔之人应该是一位不通文墨又附庸风雅的女子。普天之下，这样的女子在何处较多呢？"

"青楼。"穆宏目光微敛，低沉道。

2

京城边上的梨香苑依然宾客如云。门首的两只石狮子瞪着大眼睛，悠然望着人间百态，世情炎凉。

欣媚立在门前，舒展眉头，笑道："还是穆叔的主意好，竟能想到来梨香苑打听。"

穆宏闻言气结,但有七皇子在侧不好发作,便冷声道:"那女子既跟了应子郊来,又约定考取功名便成婚,可知是青楼女子养恩客①的手段了。众人都说应子郊进京后花天酒地,到处与人吃喝结交,但应子郊家中并非豪富,这些盘费从何而来?两下里一推断,多半是那女子进京后重操旧业,为应子郊筹措银两。"

玄真在一旁以手负背,邪笑道:"穆太医果然深谙此道。"话音刚落,见穆宏眼中的火几乎要烧起来,忙又赔笑道:"小真子不过一句玩笑,穆太医别吃心。此番太子殿下千托万嘱,那田杰礼的背后是明妃娘娘,匆匆结案其状可疑。殿下推断,这桩科场命案恐涉贪墨舞弊,兹事体大,要我等务必小心查问,找出背后掩藏的真相。"

欣媚双眉一扬,眸光潋潋,道:"请太子殿下尽管放心,这回欣媚定要立个头功。"

穆宏忧虑地瞥她一眼,她却浑作不觉。

三人上前与门卫通报名姓。因穆宏常常来院中替姑娘们看诊,门卫十分客气,进去通传之后,京城"二小"之一的浪琴姑娘便亲自迎了出来。只见她穿着一件胭脂红樱花薄绸衣衫,外面罩着大红遍地金比甲,手拿一把绘花鸟木柄绢制团扇遮面,盈盈福了一福,低眉顺目道:"见过真大人、穆太医和欣媚姑娘,大驾光临,妈妈欢喜得紧,且随奴家去房里坐一坐。"

欣媚不怀好意地拿胳膊肘捅了捅穆宏的肋下,低声笑道:"浪琴姑娘这是迎接未来相公的排场呢。"

"又浑说!小心撕烂你的嘴!"穆宏瞪她一眼,便跟着进

---

①养恩客:即青楼女子倒贴嫖资来供养某个客人。

去了。

众人来至浪琴姑娘的正房，转过门口的象牙雕唐代仕女图插屏，入得厅上，分宾主落座。浪琴姑娘端坐于上首，面上精心描摹着淡淡的妆容，云鬟叠翠，皓齿红唇，粉面生春，一颦一笑便有千万种风情。欣媚不免暗叹，浪琴姑娘的容貌真乃"秀色掩今古，荷花羞玉颜"。

小丫头子们流水价似地奉上茶水、糕点和果盘。浪琴掩口笑道："奴家这里不比旁的，没甚好东西招待，只有一些陈年旧茶，请真大人尝尝，可还能入口？"

玄真面色微酡，拱手道："琴姑娘说的哪里话？谁不知道各地世家的好东西都紧着供奉姑娘这里？这茶一看便知是西藩上等的普洱茶，茶汤橙黄浓厚，香气浓郁持久。"

浪琴有意无意地瞥了欣媚一眼，笑道："奴家这里的算什么？真大人自然品过更好的。"

玄真面色一僵，忙端起茶杯啜了一口，道："这茶入口醇厚，用来消垢腻、去积滞是最好的了。"

欣媚听不懂他们之间的哑谜，只顾拈起一块玫瑰糖糕，大饱口福，还悄悄对穆宏道："穆叔，这可是我吃过玫瑰香气最浓郁的糖糕，你尝尝。"

穆宏横了她一眼，向浪琴恭敬道："琴姑娘，我等冒昧前来叨扰，是想向你打听一个人。"

"哦？穆太医请讲。"浪琴浅浅一笑，眼底满溢着柔情蜜意。

穆宏避开她的目光，垂首道："琴姑娘可曾认识一名从沧州来的女子，乃近些时日陪着一位赶考的举子大人同来。"

浪琴不禁乐道："穆太医若是向奴家打听男子，或许还有些头绪，这女子嘛……奴家养在这深闺大院，你们知道的，妈妈是从不许外头的女子进来的。"

"呃……"欣媚将嘴里的糖糕咽了咽,"琴姐姐,这名女子多半出自院中人家,到了京城之后,或因盘费不足找了个地方栖身,做些皮肉生意。梨香苑声名在外,不知她有没有来此处投奔?"

闻言,浪琴的面色有些复杂,如透过稀疏枝叶的日光斑驳难辨,语气亦变得冷淡而客套:"欣媚姑娘,梨香苑从不收这些半路过来的姑娘。"

欣媚浑然不觉对方语气中的疏离,犹自从荷包里掏出一支笔,笑道:"琴姐姐,还劳烦你瞧瞧,是否见过这枚同心结?"

浪琴接过去,看着那支小楷狼毫笔顶部的红丝线同心结,面色平静地说道:"这支笔看起来倒像是女子赠予情郎的信物。"

一语未了,只听门外传来女子轻巧的笑声:"原来琴姐姐这里有贵客呢。"

欣媚抬头,见一名如清水碧荷般的女子盈盈从屏风后头走了进来,正是梨香苑"二小"的另一位姑娘沈翘翘。她穿着一身碧霞色散花如意云烟罗衣,外罩着翠蓝色素面杭绸褙子,头上挽着随常云髻,斜斜地插着一根灵芝竹节纹玉簪,两耳戴着一对简单的东珠木兰纹饰坠子。与浪琴的沉鱼落雁、明艳动人相比,她更显得冰肌玉骨、清丽脱俗。

浪琴起身相迎,笑道:"沈妹妹来了,你的耳报神倒是快。"

沈翘翘与浪琴见了礼,又上前对着众人盈盈下拜道:"奴家见过几位大人。方才在外头似乎听见穆太医在打听某个女子的下落……"

浪琴笑道:"妹妹来得正好,穆太医在找一名从沧州来的青楼姑娘,你可曾听说过?"

沈翘翘轻轻摇头，一双妙目顾盼生辉，耳畔的坠子欢快地晃动。

"那么，你是否见过这枚同心结？"浪琴顺手递过那支笔。

沈翘翘接过去细细看了一回，目光有意无意地从欣媚面上拂过，笑道："这样物什，奴家倒是见过的。"

"哦？姑娘是在何处见到的？"欣媚忙不迭问道。

然而，沈翘翘神色却淡淡的，避开目光，并不答言。玄真见状，亦起身唱喏道："沈姑娘深明大义，此物恐涉及一桩命案，还望赐教。"

沈翘翘扭过头来，嘴角勾起一抹冷笑，仿若一朵白梅凌寒而开。"奴家知道大人们心中瞧不上俺们院中人家，不愿多讲这些。不过，既然真大人开口……"沈翘翘掂一方宝络绢子掩嘴笑道，"这件物什分明是男女相悦，情到浓时所赠。不知道真大人和穆太医可曾赠予过女子这样的物件？"

玄真神色暧昧地看了欣媚一眼，低低道："未曾。"

而穆宏却一直盯着霞影纱窗外的剪剪竹影，面容凄苦，似陷入沉思。欣媚知他心里又忆起早逝的未婚妻，忙打圆场道："我穆叔一向是京城小姐们的闺中良友，自然都是姑娘们赠予他礼物了。琴姐姐，你可曾赠过他什么？"

浪琴有些闷闷的，苦笑道："奴家即便要赠物，也得穆太医愿意收才是呢。"

沈翘翘的眼波在众人身上流转，故意长长哀叹一声，含笑道："难怪皆言，自古女子多痴情，男儿皆是薄幸郎啊。"

穆宏回过神来，见她们都拿他取乐，便正色道："沈姑娘，这枚同心结的来历还望不吝赐教。"

沈翘翘又瞟了欣媚一眼，道："你们要找的女子应该就是个把月前来此投奔的李三娘。她自称沧州人士，已从院中赎身，只因手头拮据，便想临时接几个客人，赚些盘资路费。郦妈妈自然是不肯收她的，但她自诩将来定能当上诰命夫人，吹得天花乱坠，郦娘便许她在附近赁了一处房子，将一些破落户引至她那里去罢了。"

从梨香苑得了消息，欣媚等人忙寻到了那位李三娘的住处。她所赁的房子就在梨香苑隔壁，一栋二层小楼，楼上三间正房，有一个老妈妈和一个十二三岁的小丫头子伺候着。李三娘生得鸭蛋脸儿，高挑身量，说不上风姿绰约，倒也还算标致。彼此厮见道明来意后，她便爽快地承认道："那应官人便是奴的冤家，谁曾想他年纪轻轻，竟这样去了。奴家不过一介风尘女子，亦不好抛头露面去替他收尸……"说罢，假惺惺拿绢子按了按眼角，拭去并不存在的泪水。

"三娘可曾听应举人提过，他有一枚传世的玉佩？"欣媚问道。

听闻此言，李三娘回过神来，冷笑一声道："那可不是他的玉佩。那枚玉佩是奴家从前的一位恩客所赠，据说是从宫里传出来的宝物，价值万金。有一回，奴家与应官人说起这枚玉佩，他便称能够寻到买主，卖个好价钱。谁知，他取走那枚玉佩后，再未曾归还。奴家问他讨要数次，他都说已找到了买主，不久便能换得万金，要为奴家去乡下置个大宅院。唉，如今万事皆空了。"

"应举人被杀害，三娘也未曾想过寻回那枚玉佩吗？"

李三娘摇了摇头，凄然道："奴家虽然出身低贱，但也结交过几位达官贵人，见过些世面。那枚玉佩虽然镂刻精巧，亦不过是块普通的羊脂白玉，并无那般值钱。斯人已故，奴家也不愿再费神去寻一块玉了。"

玄真恭敬作了个揖,道:"既然那枚玉佩是三娘之物,想必你一定还记得它的模样吧?"

李三娘眼皮微动,神色莫名道:"这枚玉佩并无甚特殊之处,是一块通体莹白的圆形镂雕羊脂玉。应官人说,那玉佩上镂雕的是一个字,但奴家识字少,不认得。"

"可否拓下那个字的模样?"欣媚追问道。

"姑娘莫要为难奴家了。那个字笔画繁复,歪七扭八,实在辨不出呀。"李三娘蹙着鼻头,有些不耐。

玄真忙从身上掏出一包散碎银子,赔笑道:"三娘辛苦了,一点茶水钱还望不要嫌弃。"

李三娘瞬即笑逐颜开,道:"大人们见谅。奴家粗鄙,只认得斗大的几个字,那些不认得的字,自然也是记不得了。"

玄真宽和笑道:"无妨。那位相赠玉佩的恩客,三娘可知他的身份?是否还能寻到他的踪迹?"

李三娘凝思片刻,道:"那位恩客并不是奴家的长客,只是从京城出来,在俺们沧州那个小地方歇歇脚。他自称要去山西做些生意,身上带着一大包金银钗环,见人便有打赏。因奴家陪侍了一夜,十分得他欢心,他便拿出那枚玉佩相赠。奴家当时见了心中颇为不喜,以为他定是拿不值钱的玉佩来搪塞奴家罢了。不过,那官人又说这是宫里流出来的东西,价值万金,奴家也只得罢了。"

玄真听后,沉吟不语。

这里厢,欣媚取出那支狼毫笔,道:"听闻三娘与应举人曾立下誓言,待他考取功名便成婚。这枚同心结是三娘赠予他的信物吧?"

李三娘见了这支笔，似有无限怅惘，哀怨道："不错。奴家曾学过一首诗，其中有云'腰中双绮带，梦为同心结'。奴家赠官人这一同心结，便是缔结同心，永不相弃之意。可惜，奴家再也没有这个福分了。"

欣媚眼眸微微闪烁。"三娘，我等在另一位胡范生举人那里亦发现了一枚材质、颜色和编法一模一样的同心结，不知是何缘故？"

李三娘的面容由凄苦渐渐转为欣慰，起身走至箱笼旁，取出一只紫檀描金木盒，打开来给他们观瞧。那盒中层层叠叠地堆放着百十来个同心结，皆是一样的红丝线、一样的编法。她的唇角勾起一弯新月的弧度，坦然道："奴家虽自幼堕入风尘，却一早便发下宏愿，今生今世定要当上诰命夫人。如此，光押宝在一位举人身上怎么成？自然要广撒网，方能确保无虞呀。"

此言一出，听者皆默然。不知该敬佩这李三娘的宏愿，还是哀叹那段互相利用、人走茶凉的感情。

3

萧湛命衙役再次打开北麓贡院的大门，对玄真拱手道："真大人，近日朝堂上，皇上又问起贡院一案复核进展，丁大人只得以尚未厘清案情为由，勉强应对。此番，太子殿下又要求重查此案……大理寺实在为难。"

玄真眉目濯濯，摆手道："萧大人不必为难，太子殿下要查的并非应子郊被害一案，而是他身上所携带的一枚价值万金的玉佩被盗一案。"

"那玉佩……不是被李二郎盗去黑市售卖了吗？"萧湛言及

此处，神色也不由一敛，尬然道，"不过，李二郎至今未招供，究竟是在哪个黑市交易，卖给了何人。"

欣媚冷声道："李叔不招，自然是因为无话可招。他那样一条铁骨铮铮的汉子，竟落到被人冤枉谋财害命的地步，实在是欲哭无泪、欲诉无门。"

穆宏从后面扯了一下她的袖子，对萧湛赔笑道："萧大人，这丫头口没遮拦，您休与她计较。"

萧湛面上略略含了一丝笑影，道："说的哪里话。方姑娘才思敏捷，聪慧过人，萧某不及也。此案萧某心中亦有许多疑惑，便随你们再去探查一番吧。"

欣媚凝住眉目，沉肃道："萧大人，欣媚另有一事劳烦。"

"方姑娘请吩咐。"

欣媚从身上掏出一沓厚厚的单子，指着上面记录的物件，道："烦请派人寻访所有曾带着玉佩或者玉制物件离开贡院的考生，看看是否有一枚镂刻了字的羊脂白玉佩。若发现类似物件，请第一时间告诉我。"

萧湛允诺。转眼间，三人已来至"玄"字号筒。欣媚按照考场官吏记下的考生名录，逐一核对每一间号舍的考生。司马珏"十八"号……唐申白"三十"号、应子郊"三十一号"、苏雨銮"三十二号"、沈瑜"三十三号"……诸葛子羽"四十七"号……胡范生"六十七号"。

欣媚的脚步在胡范生的号舍前停驻。这间号舍的外观与其余间并无不同，只是号舍对面有一间茅厕，气味便不大好闻。萧湛看出欣媚的踌躇，问道："方姑娘，为何在这间'底号'前驻足？"

欣媚一晃神，旋即笑道："萧大人，我等已查知，应子郊有一位红颜知己,叫李三娘。这三娘乃风尘女子,暗中还与另一位胡范生举人相好。"

"胡范生?不正是这'底号'的考生?"萧湛瞧了瞧"六十七"号舍,又回头看那间相距不远的茅厕,不免心生疑窦,"胡范生在六十七号,应子郊在三十一号,两人相隔了三十六间号舍,怕是难以作案吧?"

"说得也是。"欣媚赧笑,回身便往茅厕走去。这茅厕亦是以砖墙砌成,外观四四方方,厕门朝西开,正对着号筒的栅栏门,方便号军在远处观瞧。厕门上挂着一块靛蓝色棉布帘,已有些发黑发臭。玄真见她信步走至厕门口,眼看着就要一步迈进去,忙拉住她的手,道:"姐姐留步,里头腌臜得很。"

欣媚只觉得手心一热,他指尖的温热便烙在了上面,烫得她慌忙抽了手,道:"无妨。我不过瞧瞧里头有甚破绽。"

萧湛在后头笑道:"方姑娘为何对这茅厕如此上心?"

欣媚已撩起帘子,探头进了茅厕里头,瓮声道:"萧大人,欣媚记得李叔曾提到过,案发那日夜里,'玄'字号筒起身去茅厕的考生比前两日要多些。思来想去,考生要从一间号舍溜进另一间号舍杀人,多半也只能利用上茅厕的这个机会了。"

"然则,每位考生上茅厕,都有号军在一旁跟随呀。"

"哼,那个张小宝信口诬赖李叔,实在是个偷奸耍滑之辈。他的话不大可信。"欣媚正说着,茅厕里头的恶臭直灌入鼻腔里,像是这世上各种臭味儿都汇聚到了一处。随即又瞟到了地上土坑里的东西,胃里便如翻江倒海一般,两条腿一软,差点儿就要栽倒。

好在身后一只有力的手拽住了她的胳膊,使劲儿往外一拉,责备道:"逞甚能?还不出来。"

欣媚笑嘻嘻地回头:"穆叔,你再帮忙进去瞧瞧。我适才像是见到北面墙上有个孔呢。"

穆宏无奈地横她一眼,探身进了茅厕。须臾,便走出来,道:"果然有个圆孔,径长约三寸。说来奇怪,为何在北墙外面却看不到?"

说罢,众人再次回到茅厕北面墙壁旁,细细查找那墙上的圆孔。突然,萧湛手下的一名衙役在墙壁中央靠下的位置摸到了什么,大声叫道:"那圆孔就在此处。"

欣媚忙过去一瞧,原来那圆孔被一片薄薄的油皮纸覆住,乍看之下难以察觉。萧湛命那衙役道:"毛二,你且去喊贡院管事的来,问问这圆孔是作甚的?"

那毛二长得尖头小脑,一脸机灵相,笑道:"萧大人,不必惊动旁人。小人的父亲便是贡院的差役,对这些号舍的事情熟悉得很。这北墙上的孔是通气用的,茅厕里面恶臭难当,开一小孔有利于通风,稍稍发散些气味。用油皮纸覆住则是为了防备有人利用此孔做那私下传递之事。但这油皮纸只贴住了上端,下面都是松的,一点儿也不妨碍通气。"

众人听他一说,便都俯身去看那张油皮纸,果然是松松地贴在上面,风吹过时纸片还会微微颤动。萧湛见毛二在旁不停地搓手,便问道:"你怎的了?"

毛二瘦长的脸颊微微往中间一挤,有些怯怯道:"小人方才闪过了一个念头,恐可解那应举人被害之谜。但都是些无稽之谈,不敢污了大人的清听。"

"你一向勤谨能干,有甚想法,不妨说来。"萧湛道。

欣媚见一个小衙役想出了破解之法,不禁感到新奇,忙道:"家父常说,设想不妨大胆一些,甚至跳脱伦常亦无妨,但求证却需谨慎，一步错了都不行。你有何想法，快快说来。"

毛二挠了挠头，壮着胆子道："方才这位'宫廷捕快'姑娘说，应子郊和胡范生皆为李三娘的相好。小的便想起了一桩事，那胡范生举人进考场时曾带了一把银筷子。"

"确有此事。"欣媚点头道。

毛二面容恭谨道："首场考试不过两日，用饭食亦不过五六顿，即便一顿换一双筷子，胡举人所带的银筷子也未免过多了。再联系他与应举人皆钟情于同一名女子……会不会是他因情杀人，在考场上用那把银筷子将应子郊杀害呢？"

"这……"萧湛剑眉深锁，沉吟道，"此二人的号舍相隔甚远，要如何做到？"

"旁人自然做不到，但身处这'底号'的胡举人却可轻易做到。"毛二斩钉截铁道。

"哦，究竟如何？"欣媚已被吊足了胃口。

毛二举起手，一面比画，一面道："回大人，若将那银筷子捆成一捆，前端留一根最尖利的，再将这捆筷子安插在一根木棍上，便形成了前尖后粗的长兵器。诸位大人留意，这'底号'与茅厕的北墙仅相距三步之遥，胡举人坐在号舍内，举起那长兵器，从北墙通气孔的下端掀开油皮纸，便能长驱扎入茅厕内部。若当时正有人在里面如厕，便可以隔墙杀人了。况且夜色昏暗，一根细长棍晃悠两下，守在茅厕门口的张小宝与栅栏那头的李二郎恐怕都难以察觉。"

欣媚听得直愣神，玄真倒是先笑了。"这位官差的想法倒与本人所见略同。不过，若是应子郊在茅厕被杀害，他又是如何回到自己号舍中去的呢？"

毛二不慌不忙道："应举人乃右侧胸部被贯穿。小人听闻，人的心脏多数在左胸,因而应子郊被刺后不会当场死亡,凭借意志力或许可以自行走回号舍。"

穆宏神色微微有异,语调却极为平淡:"医书上确有记载,人被刺穿胸部后仍能存活一段时间,战场上肠子盘出依然能浴血奋战的也大有人在。但是应举人当时正在考场中,被人刺穿胸部乃要承受剧痛,他为何不呼救,反而默默地走回自己的号舍呢?"

"穆太医是否听说过江湖人士常用的一种'换皮散'?"毛二眨巴两下眼睛,露出班门弄斧的羞赧之色,"据传,此散乃由曼陀罗花、当归、菖蒲等几味药混酒制成,涂在伤口处,可令人不疼不痒,连换层皮都不知晓。小人以为,胡举人或许是在凶器上涂了这种'换皮散',因而应举人胸口被刺后,并未感觉疼痛。又因天色黯然,应举人和号军张小宝均未瞧出身上的伤处,这才稀里糊涂回了号舍。"

"然而,应举人若是在茅厕被刺,茅厕里头和归去的路面上应该会留下血迹……"萧湛迟疑道。

"那'换皮散'有收敛伤口的作用,血液便不会流出那么多。茅厕里进出人多,又屎尿混杂,即便有些血迹也被掩盖了。"毛二一脸沉痛,"至于路上……也怪小的们不用心,未曾细细检查巷子地面上的痕迹。前几日,京城下过一场大雨,如今那些血迹怕是已被冲刷干净了吧?"

欣媚听到此处,眉峰微微蹙起,道:"毛官差,方才你提到隔墙杀人要使用一根长木棍,但是现场并未找到这样的木棍……况且,它又是如何被带入场的?"

毛二面容沉静,仿佛成竹在胸,道:"方姑娘,贡院内虽然洁净,但多一根木棍却并不会引人瞩目。凶手既存心谋害,必然会提前托考场官吏将其安排在'底号',趁机请官吏协助带根棍子进场,怕也不是甚难事。譬如,在这墙角处倚一根棍子,旁人多半以为是门闩或者支撑卷棚用的,谁会加以理会?胡举人刺杀完成后,将木棍上的筷子头取下,擦拭干净,然后将木棍从这后墙扔出去,便一了百了了。"

良久,众人皆默默无语。毛二的推断虽然听来天马行空,却能将各种细节都黏合在一处,俨然还有些圆融。萧湛叹了一声,道:"毛二,你这番推断勇气可嘉,但证据尚不足,还待细细查访。"

毛二面露喜色,忙拱手道:"萧大人若信得过,小人马上带弟兄们将那胡范生捉拿回来,细细查问,必能寻出破绽。"

萧湛一时头脑酸胀,不知所以,扭头看一眼欣媚,道:"方姑娘以为如何?"

欣媚眉梢一挑,笑道:"去查一查总是好的。"

未央宫的寝殿中,一重重水墨青莲帷帐垂地无声。晨曦的日光透过细密的朱漆木格长窗,照在富贵吉祥图案的红绒地毯上,金色与红色混杂交织,明晃晃炫人眼目。明妃穿着一身玉色海棠春睡寝衣,披发赤足,一步步迤逦而行,来至黄花梨雕花妆台前。小宫女们依次捧来金盆巾栉,伺候她匀脸梳妆。

大宫女牡丹见她眼底乌青一片,便赔小心道:"娘娘昨夜未曾好眠,怎的不多睡一会儿?"

明妃神色郁郁地打开浮雕象牙锦匣,从中拈起一支金镶玉合欢步摇,悒悒道:"都说是春宵苦短日高起。本宫未曾度春宵,又如何睡到日高起呢?"

牡丹在身后为她绾起一个绿云髻，点缀上一枚如意云纹的玉饰品，笑道："娘娘说的哪里话？皇上已经解了娘娘的禁足，相信不日便会临幸未央宫了。"

明妃冷冷地看着步摇上垂落的金线缀珠，目色沉郁："本宫还会有那么一天吗？皇上已经疑心本宫，怕是再难像从前那般……"

"娘娘休说这样的话。"牡丹使了个眼色，命一众小宫女都退下，"那日娘娘去朝翔宫门前为苏公子求情，皇上不是立即下旨命七皇子和方欣媚不得再插手贡院的案子吗？可见，皇上心里还是在意娘娘的。"

明妃脸上浮起一缕暖色，缓声道："去打听的人回来了吗？"

"来了。正在殿外候着呢。"

"传。"

须臾，一名穿着三等太监服制的宫人躬身入内，行礼道："小林子给明妃娘娘请安，娘娘万福金安。"

"免了。皇后那里有甚动静？"

那小林子面色肃然，低声道："启禀娘娘，今日一早，太子殿下寻了个替他查访故人的由头，将七皇子和方欣媚打发出宫去了。"

明妃心中陡然一凛，极力压抑道："知道了。退下吧。"

小林子去后，牡丹见明妃面色颇不好，青色的额头上仿佛有墨云压阵，越来越阴沉。"娘娘……"

明妃唇畔微颤，音调带着氤氲之气："牡丹，莫不是他们已然察觉了？"

牡丹面色焦急，忙道："娘娘，您切莫自乱阵脚。此案已被坐实，人证物证俱在，无论如何也翻不出天去。皇后和太子此举,不过是想要诬赖咱们苏公子罢了。况且,万将军一早说了,他还有后招。"

"本宫只担心……"

"万将军已经派人去查访,相信很快就会有消息。"

"务必赶在他们前头。"苏明丽手中紧紧攥着那支步摇,将垂珠震颤得直晃。

"是,奴婢再去叮嘱。"

"不。"苏明丽的眼中遽然闪过一抹狠戾,嘴角僵硬,"告诉万将军,是时候,用点手段了。"

4

从北麓贡院离开已是晌午,欣媚等人来至附近的东市街上。萧湛对这一带熟门熟路,便引他们到附近一家酒肆用些饭食。这家酒肆是二层小楼,门前挑出望竿,挂着一面红底绣金边酒旆,远远便能瞧见"花满记"三个大字。衙役们在楼底下的堂子里喝酒,萧湛同欣媚、玄真和穆宏来到二楼临窗的雅间。四人围着一张黑漆杉木八仙桌坐了。玄真伸脖子凑近欣媚,道:"姐姐可累着了?脸色怎不好,莫不是身子有何不适?"

欣媚这两日身上来了月事,腹中正绞痛,听他发问不由得暗叹,这富贵公子哥儿果然心思细腻,会体贴女孩。只是她面上却不肯露出分毫,漠然地将脸转向窗外,语气冰冷道:"无妨,多谢真大人挂怀。"

玄真讪讪地有些没趣儿,便唤来店小二点菜,点了一盘子烧鸭,一盘子红烧蹄膀,一盆子酸菜煮白肉,一碟子腰果炒山药,还有一瓮子笋干鸡尖汤,满满摆了一桌。店小二殷勤地给每人筛上一瓯子金华酒。四人碰了杯，便意兴阑珊地用着酒饭，默默无言。

玄真见欣媚爱吃那道油滋滋的烧鸭，又寻话头搭讪道："原来姐姐爱吃鸭肉，不过这道烧鸭有些过于肥腻了。我府上有个江南来的厨子，最会烹制水晶鸭脯肉，用不肥不瘦的鸭子，配以肉皮、姜、甘草、盐、料酒等煮熟，鸭冻晶莹剔透，味道鲜爽不腻口，最适合夏季食用。待天气暖了，我命人送去给姐姐尝尝。"

欣媚本欲再夹一块烧鸭，却停住了筷子，低声道："欣媚不过一介奴才，真大人不必如此费心。"

这话把玄真噎得满面通红，只得呷了口酒压一压如潮水般起伏的心绪。"姐姐，小真子对你的心思……"

穆宏见两人话赶话地越发不成体统，忙对萧湛举杯道："萧大人，今日之事多亏您通融，才有了新的进展。"

萧湛冷眼旁观这出戏，心里早明白了几分，忙举杯笑道："穆太医说的哪里话？眼下虽找出了这个胡范生，萧某心中却并不踏实。若说这胡范生不是真凶，偏偏他又撞上那么多巧合，带了一把银筷子，身处茅厕旁的'底号'，还与应子郊爱上了同一名女子。凶器、手法、动机……似乎都占全了。但若说他是真凶，又觉得似有哪里不妥。"

玄真回过神来，亦知自己差点失了分寸，忙笑道："方才，我听欣媚姐姐的口气，似乎并不认为胡范生是真凶？"

欣媚睇他一眼，沉声道："欣媚只是觉得，要疑心胡范生在考场杀人，绕不过'情理'二字。"

"情理？"萧湛挑眉道，"还请方姑娘赐教。"

欣媚满满喝了一瓯子酒，笑道："萧大人，虽然胡范生与应子郊钟情于同一女子，但要想除去情敌，有的是下手的时机，为何单单要选在考场之内行凶？譬如考前或者考后，趁应子郊不备将其暗害便了。考场上，胡范生亦要考试作答，若贸然行杀人之事，不仅可能被监考发现，还耽误自己做文章，实乃下下之策也。"

玄真连连点头道："确实是这么个理儿。"

穆宏在旁抿了一口酒，默笑不语。欣媚朝他递个眼色，嗔道："穆太医，别自个儿偷着乐。你分明说过，从考生那里搜罗来的物件，譬如雨伞、筷子、玄铁笔之类的，没有一样与凶器相仿的。那筷子虽尖却并不锋利，难道真能刺入人的皮肉吗？"

穆宏从容地给他们斟酒，笑道："此事倒是疏忽了。"

欣媚不依不饶道："穆太医疏忽的可不止这一点。那些银筷子若是捆成一束，其边缘带着无数曲折的小弧度。穆叔，死者的伤口能看出这样的小弧度吗？"

穆宏泯然一笑。"不曾有。"

玄真一瞬不瞬地盯着欣媚，眼中尽是钦慕。"姐姐实在观察入微。如此看来，这胡范生虽然可疑，却未必是真凶了。"

萧湛面色有些难堪，喝了口闷酒道："方姑娘说得这样明白，为何方才还允了毛二去寻胡范生查问？"

欣媚以手托颔，语气清冷，道："萧大人，欣媚不说破，是不想令毛二起疑。想必穆叔装糊涂，亦是这个道理。"

穆宏与她对视一眼，道："不过请君入瓮罢了。"

萧湛的面色凝重，语气透出森冷的意味："二位的意思是……"

"大人，毛二跟了您多久了？"欣媚反问道。

"三年多了。"

"他如此伶俐，必定颇受重用吧？"欣媚道。

"萧某一向用人不疑。这毛二是我从禁军挑选过来的,并无任何背景啊。"萧湛面颊暗红,眉心颇有惊动之色。

欣媚眼底透出一丝厉色,道:"毛二今日的这番推演,显然不是临时起意,连凶器如何制作,死者如何从茅厕回到号舍,都想得十分明白,可见筹谋已久。换句话说,他或许比我们更早便得知了胡范生与应子郊乃情敌,因而想好了这套说辞。"

"姐姐以为,他是故意误导我等?为何?"玄真不禁问道。

"因为他们心里明白,李叔实在是屈打成招,深查下去必会露馅,倒不如另寻个替死鬼。"欣媚平静的语调下蕴含深沉的怒意,"若欣媚猜得不错,他们多半会让胡范生畏罪自杀吧。"

"原来如此。难怪方才姐姐暗中嘱咐我,另派人将胡范生逮捕了送入刑部大牢。"玄真不禁抬手作揖道,"小真子实在拜服。"

萧湛亦不觉松了口气,道:"原来,方姑娘使的是声东击西之计。然则……毛二背后之人,难不成才是本案真正的凶手?"

"至少是与本案有着密切联系之人。萧大人,还请安排人手暗中盯着毛二的举动。"欣媚语气笃定,"欣媚隐隐知觉,应举人之死或许还牵扯着更为骇人听闻的秘密。"

"晓得。"萧湛默然颔首,闷头连喝了两瓯子酒,满腹心事。

玄真脉脉望着欣媚不语,眸底悠悠漾开钦慕之色。正午的日光从窗户泼洒进来,跳跃在她清丽英气的眉宇间,越发衬出一片赤子般的活泼和慧黠。打从见到这个姑娘的第一眼起,他便为她敏锐的洞察力和果敢的决断力所折服。明知前路艰险阻隔,却如同中邪了一般,为她百般牵肠,千般挂肚,患得患失,不知所以。正贪看出神,忽听得耳畔传来一阵金属撞击的巨响,心底遽然一惊。霎时间,一道白光在欣媚的额间一晃。说时迟、那时快,玄真大喝一声"姐姐小心",右手已伸到她的眼前,将她的头颅重重往后一推。

欣媚只闻得耳畔"嗖"的一声,眼前的景物便七颠八倒起来,待能分辨事物之时,只看见玄真的手背上裂开了一道血肉淋漓的口子,鲜血正汩汩流出来。黑漆八仙桌上,菜盘汤盏被打得七零八落,一支冷箭躺在其中,箭头上亦带着斑斑血迹。

"欣媚!"穆宏一面起身关窗,一面唤她,"你没事吧?"

欣媚慌乱地摇头,震惊地望着玄真,道:"真大人受伤了。"

萧湛大喝一声:"来人,快去请附近的太医带伤药来。"说罢,冲穆宏一点头,便飞身奔下楼梯,往街对面追去。

这里厢,穆宏替玄真查验了伤口,见破裂处皆呈黑紫色,大叫:"不好,箭头有毒。"

"我会吸毒。"欣媚不假思索,抓过玄真的手,便以嘴对着伤口吸吮起来。

玄真起先觉得手背钻心一疼,却又顿时如有暖流充沛,将他整个人都充盈得暖暖和和。当即心下大为震动,像有什么东西碎裂了一般,撼得一句话都说不出来。

欣媚用力吸一口,便将残血吐掉,再吸一口再吐掉,如此往复了十余次,方才止住了。"穆叔,你来瞧瞧,可还有大碍?"

穆宏目色沉郁复杂,低首查看玄真的伤口。只见黑紫色已悉数褪去,流出来的皆是鲜红色的血液。他又替玄真把了脉,从袖中掏出一只青瓷小圆钵,蘸了些白色粉末撒在伤口上,道:"幸好伤口不深,又及时将毒液吸出,真大人应无性命之忧。不过,此毒十分霸道,回宫后还得服用几副汤药,以清除体内残余的毒素。"

玄真对穆宏的话置若罔闻,只是痴痴地望着欣媚:"多谢姐姐的救命之恩,小真子万死难报。"

欣媚的脸蛋如一朵绽开的蔷薇，嫣红娇媚。"是真大人先出手相救，欣媚自当报答。"说罢，她有点受不住玄真炽热的目光，对穆宏讪笑道："穆叔，幸好你从前教过我吸毒之法。怎么样？我这徒弟还不赖吧？"

穆宏神色肃然，伸手敲了一记她的脑门，道："总是这样莽撞冒失。真大人，方才这支毒箭分明是要杀害欣媚，究竟为何？莫非是为了这桩案子吗？"

玄真眸中如笼了一层阴翳，凝重地说道："不错，那支毒箭是冲着姐姐来的。看来，这桩案子的背后果真另有重大隐情！"

"快！咱们也去对面瞧瞧，放箭之人应该还未走远。"欣媚道。

他们下楼，循着箭射出来的方位，找到了街对面的二层小楼。萧湛已在那里与人交涉，原来这是一户姓张的商贾人家，楼下开着一家"东晟绸缎庄"，二楼是小姐的闺房。

萧湛正对一名身材肥胖、红光满面的男子问话："张大官人，方才二楼房间里都有什么人在？"

张大官人恭谨地一揖，答道："回大人，二楼是小女的闺房，只有小女和丫鬟翠菊在里面做针黹。"

"若是有外人进入二楼，大官人在楼下铺子里也未必能察知吧？"萧湛道。

"大人此言差矣。二楼的楼梯在铺子里头，若是有人上楼，小人自然知道。"张大官人举袖稍稍抹了一把额间的汗。

萧湛面色越发不豫，喝道："人命关天，我等要上楼去瞧瞧，还望张大官人通融则个。"

"这……"张大官人知躲不过,只得撩袍上楼,一壁喊道,"大理寺官差上楼查看,速速回避。"

欣媚跟随众人一道上了楼。眼前是一间堆锦叠绣的闺房,珠帘帐幔,金镶玉砌,屋当中摆着一张和合福仙梨木桌,四盏鎏金蟠花烛台上燃着红通通的明烛,将屋内照得亮堂堂。一名佳人垂首坐于一卷珠帘后头,穿着一袭浅粉色栀子花金线纹氅衣,背过身不见其貌。旁边侍立着一个十五六岁的丫鬟。

萧湛低低道声"失礼了",便向临街的窗户走去。然而,在看到闺房的窗户时,众人皆傻了眼。只见那雕花木格窗户被几块钢板从里头钉得严严实实,一丝儿缝隙也无。玄真不禁哑然,问道:"张大官人,为何要将这窗户钉上?"

张大官人眼角往珠帘内睄了睄,愁容难掩,哀叹道:"诸位大人切莫取笑,小人此举实乃家门不幸,不得已而为之。小女闺名湘儿,年方十七。自幼生得貌美,偶尔在临街窗边驻足,便引得一帮狂蜂浪蝶之徒垂涎不已。三个月前,小人发觉家中有异,黄昏后俺夫妻在楼下收拾生意家伙之时,楼上常常有粗重的鞋履声。上楼查看,却见临街的窗户大开,床铺上枕褥亦有些凌乱。问小女和丫鬟却支支吾吾,语焉不详,只说是开窗赏夜景。小人暗自疑心,便故作下楼,实则只是踏了几级楼梯,便又偷偷藏在门口。待到房内响动声起,小人冲进来一瞧,见一恶徒将小女扑在床榻上,正欲行不轨之事……"

"爹爹,那并非不轨之徒,是奴家心爱之人——钱家二郎。"珠帘后面传来幽幽的低泣,"求大人们明鉴,并非小女子狂浪不知羞耻。奴家与钱家二郎自幼定亲,彼此山盟海誓,情深意笃。谁知爹爹贪图那鸿胪寺蔡坤大人的权势,硬是退了钱家的婚事,要将奴家嫁与蔡大人为第六房小妾,呜呜……"

"住口！不知羞耻的贱婢，当着诸位大人，怎生说出如此大逆不道之语！自古儿女婚姻，皆父母之命、媒妁之言，岂容你荒唐悖逆！"张大官人梗着脖子，耳朵涨成了虾子红，"小人教女无方，让大人们见笑了。为免那狂浪之徒再从窗户爬入小女闺房，败坏名节，小人便命人以钢板钉死了这临街的窗户。"

众人面面相觑，一时夹在父女间的恩怨中，不知如何调停。欣媚走至窗户旁，见那钢板粗暴地钉在整个窗框上，根本不可能将窗户打开。如此，方才那支毒箭又是从何处射出的呢？她款步来至珠帘前，轻声低语道："小女子欣媚见过张小姐。敢问方才晌午时分，小姐房中除了丫鬟，是否还有旁人？"

张湘儿轻摇臻首，道："欣媚姑娘，你我皆为女子，自然懂得女子活在这世上的艰难，万事皆由不得自己。奴家被父亲关在闺房，坐困愁城，哪里还能见到什么旁人？"

"不瞒张小姐，方才我等在对面酒肆用饭，有位公子忽然被这里射出去的一支冷箭所伤。敢问小姐可有甚头绪？"

"冷箭？"张湘儿微微侧过脸，露出尖蹙的鼻梁和娇妍的红唇，"会不会是从隔壁楼上射出？"

"从箭矢射出的方向看，应来自小姐房间。"萧湛道。

张湘儿面色一变，语气中有不容置疑的刚硬。"大人，奴家虽不孝，在婚事上悖逆父母，但绝不是那凶残不仁之徒。况且，这房间的窗户被钢板钉死已有三个月，奴家镇日被关在楼上，哪里来的冷箭可以射出？"

这时，旁边的丫鬟翠菊往前跃了跃身子。欣媚道："这位妹妹有何话讲？"

翠菊颇有些忸怩，半晌方道："回姑娘，并无甚要紧的事，只不过方才奴婢与小姐在房中，亦被一声巨响吓了一跳。那响声仿佛就在头顶，会不会是歹人站在房檐顶上射出了箭矢？"

5

玄真在宫外遇刺之事，令皇帝极为震怒，他一面训斥将玄真派出去的太子玄明以及擅做主张的大理寺，一面命刑部加派人手全力调查。然而，刑部官员一向庸碌，无甚得力的，再加上箭矢射出之地谜团重重，一时无从下手，只得派些人手四处巡查，面上应付差事罢了。欣媚虽为李二郎被冤一案心焦，但因太子被申饬、玄真又中毒需静养，无人为她主张，便也只得在司药房忍耐度日。

这一日，欣媚来至太医院取后妃们的方子，见穆宏办公的小厅里比平日更为凌乱些。一张紫檀雕花条案上堆叠着如小山般的医书，其中一本宋慈《洗冤集录》颇为惹眼。窗棂边上林立着泡茶的用具，有紫砂壶及各种瓷瓶茶罐，皆是穆宏平日喜爱的茶叶和草药。桌边的那张圆木小机子上还搁着一只檀木镂纹提篮，欣媚喜笑颜开，道："穆太太又给人家带什么好吃的了？"

穆宏专注地拟着方子，头也不抬道："是满福记的裹馅凉糕，你上回不老惦记？"

欣媚喜滋滋地掀开提篮上的白纱布，见里面是一块块玲珑可爱的凉糕，有芝麻馅儿、花生馅儿、山楂馅儿、五仁馅儿……她忙拈了一块送进嘴里，含混道："好食好食。欣媚最好这软软糯糯的一口儿了。"

"你哪一口儿都好！"穆宏取笑道。

欣媚把眼一横，凑到穆宏身边，佯装嗔怒道："穆太医，你好大的胆子，竟敢私藏违禁之物。还不快交出来！"

穆宏停下手里的笔,扭头看着她,如同望着初春里扶风而摆的嫩柳,笑道:"你这猴儿,又要编派我什么?"

欣媚指着旁边的一口黄花梨嵌玉石立柜,道:"这柜子为何锁上了?"

穆宏道:"不过随手锁上,没什么要紧的。"

欣媚拊掌大笑道:"穆太医,也不想想我是谁。何人能逃得过'宫廷捕快'的眼睛?这黄花梨立柜原是你摆放医书、杂物的地方,穆太太装吃食的提篮,平常亦是收在里头的。可今日,这些医书、茶壶和提篮全都堆放在外头,而柜门又锁上了,只有一种可能,那便是你在这柜子里藏了不可告人的秘密。"

穆宏淡勾唇畔,道:"有甚不可告人的,不过是怕吓着你罢了。"

"哦?究竟何物?欣媚可不是被吓大的。"欣媚拉拽着穆宏的袖子,一味撒痴撒娇,"穆叔,快拿出来给人家瞧瞧。"

穆宏没办法,只得起身取了钥匙,打开那口黄花梨立柜。欣媚见里厢摆了一只偌大的黄土瓮,瓮口还用油纸密密扎了起来。她越发好奇,上前将那土瓮取出来搁在地上,打开油皮纸外的层层草绳。还未完全掀开油纸,便嗅得一股浓浓的好似酒酿坏了的气味。凑上去一瞧,里面是一瓮油乎乎的黑色浓汤,上面似乎还漂浮着骨肉形状的物什。

凝视许久,欣媚才瞧出那究竟是何物,心肝儿都颤了颤:"穆叔,这是……一只人的手掌?"

"不错。"

欣媚娇俏的脸庞扭曲起来,呲牙道:"这模样也忒瘆人了。那上面黑乎乎的一层油汤,又是什么做的?"

穆宏面色平静地说道:"这是我配制的一种药水,能令人的皮肉腐烂得慢一些。"

"哦！"欣媚的心绪渐渐转圜过来，"穆叔，这只断掌该不会就是……"

穆宏点点头，取过油纸重新盖好，道："不错。这正是从京兆尹田大人那里取来的。"

"啊！这便是在晓月试馆发现的那只断掌？穆叔，有长进呀！居然主动找案子来查，这才像当年跟我爹爹双剑合璧的穆叔。"欣媚心底雀跃，脑海中不禁浮现出当年穆宏和方木令在一块查案时的俊朗英姿。

"小孩子家，又胡说什么？我不过是想起当年你爹跟我说过的一桩案子，所以想再仔细验一验这只断掌罢了。"穆宏说罢，收起那只黄土瓮放回立柜中。

"哪桩案子？"

穆宏略凝了凝神，道："并非你爹爹亲手办的案子，乃那回他押解囚犯到钱塘县时，听县衙的捕头所讲之事。"

"哦，可是秋刀鱼命案的那回？"

"正是。你爹与那县衙捕头联手破了案，便在一处喝酒消遣。那捕头将临安府周边县衙的奇闻轶事讲来给你爹听，其中便提到了他自个儿撞见的一桩奇事。"穆宏道，"那捕头的老家在富春江边的一个小山村，两年前的冬至他回家看望老娘，在蜿蜒崎岖的山路上遇见了一位老翁。那老翁简衣素袍，头戴挂着纱帘的斗笠，身上背着一只大口袋，吭哧吭哧地往深山里走。捕头本想上前打个照面，谁知那老翁见了他却走得更快，在跃过前面一道沟时，大概受了颠簸，背上的大口袋里掉出来一件东西。"

欣媚听得瞪圆了眼，屏息静气，如山野间的狩猎人，耐心等待着掉入陷阱的兔子。

穆宏瞧她那副模样,心下暗乐。这丫头自幼就有这个毛病,但凡听到离奇古怪的事情,便入神得很。"那捕头好奇,忙跟过去瞅了瞅……"

"怎样?"欣媚终于忍不住问道,"穆叔,快别卖关子了。"

"那山涧旁的草丛边,掉落了一只人的断掌。"穆宏笑着倒了一盏茶递给她,"来,喝口菊花茶润润。"

"那断掌是什么样子的?我爹爹可查出甚眉目?"欣媚啜了一口茶,急急问道。

穆宏摇了摇头,道:"那捕头倒是将断掌与你爹看了,但因时日甚久,手上的皮肉已经腐烂干枯,瞧不出甚线索来。据你爹说,钱塘县的捕头认为,那名老翁有莫大的杀人嫌疑,他身上带着的那只大口袋里,说不定藏着被切成多块的尸身。他曾将此事禀告知县大人,谁知那位知县大人却道此事发生在富春江边,不关钱塘县的事。后来,捕头自己又多次去富春江边的山里搜寻,却始终未找到那只断掌所连着的尸身。"

"可是,断掌案虽不常见,也并非罕事。穆叔为何认为,爹爹听说的事件跟眼下晓月试馆内的断掌有关联呢?"

"朱砂。"

"朱砂?"

穆宏目光幽深,黑曜石般的瞳孔中透出一分慧黠。"是。同眼下的这只断掌一样,你爹爹在那手掌的缝隙里亦发现了一些朱砂的痕迹。但因不知是何时何故沾染的,也只得罢了。回来与我谈起此事,心里着实不畅意哩。他以为,朱砂具有镇定、解毒、驱邪祟等功效,还常被一些术士用作炼丹的材料,这只断掌上沾染了朱砂,说不定……"

"有人在拿人的身躯炼丹?"欣媚双眸急遽睁大,长长的睫毛像不住地颤动着,"欣媚记得司药房的王尚宫讲过,太祖皇帝晚年信奉炼丹之术,招了好些江湖术士在宫中。曾经还有谣传称太祖皇帝乃服食过量丹药致死。太祖皇帝驾崩后,朝廷便禁了炼丹之术。"

穆宏略微颔首道:"不错。然而这种所谓长生不死之术,人人皆幻想,又岂是朝廷一道旨意能禁得了的?我曾听闻,东瀛有一种炼丹术,是拿活人的脏器炼制……"

"真有此等邪术?"欣媚的脸色由红转紫,继而又发青,"爹爹当年可曾查到什么头绪?"

穆宏叹了口气,道:"因那桩奇事仅是钱塘县捕头一人所见所闻,全部的凭证亦不过一只断掌。你爹即便有心追查,也无从下手。"

"那么,叔在如今这只断掌中,可有所发现?"欣媚指着那口立柜。

穆宏目色凝然道:"除了手掌和手背都沾染朱砂之外,并未有新的发现。不过,有一事倒让我心中有些疑惑。"

"何事?"

"方才你想必也看到了,那只手掌是齐整整被切断的,手法干净利落。但是,那断面之内的皮肉却有些糊烂,仿佛曾被人用利器捣过一般。这一处整齐,另一处糊烂,不像是同一人所为。"

欣媚听闻,一对柳叶眉如凝在云端,半晌方道:"这实在是……让人想不出个所以然。不知我爹爹当年所见的那只断掌,可有类似情形?"

穆宏摇头。"你爹见到那只断掌时,皮肉已经干枯腐烂,恐怕没有这等鲜活的见证了。故而此事一直是你爹心中的悬案,若有机会,我定要替他查个究竟。"

"穆叔，就你真心对我爹爹好！这么多年了，还惦记着他的案子……"欣媚言及至此，不禁红了眼圈，两颗硕大的泪珠欲落未落。

穆宏忙取了一块茜色丝缎帕子，替她轻轻拭去泪水，温声道："你爹与我是至交，他未竟之事，我都会替他好好守护。"他如水的目光中漾着浓浓的关怀，话到嘴边却又变成严厉的口吻："话说回来，听闻你近来日日去七皇子府中侍疾？"

欣媚面色一红，别过脸道："还不是穆叔为那七皇子开了祛余毒的方子吗？人家不过是去送药罢了。"

"送药？司药房那么多宫女，为何单单要派你去？"穆宏的声音里带着几分沉甸甸的质询，如投入湖中的石子，在人心底激起层层涟漪。

"叔……"欣媚抿起嘴，唇畔带着一丝倔强，"你放心。欣媚虽然出身低微，也是爹爹疼爱长大的，诗书礼仪也略懂一些。你放心，贺太妃之前说的那些事，我是绝不会应的。"

"那你便该离七皇子远一些。若有朝一日，真要牛不喝水强按头，你却如何是好？"穆宏语重心长，"毕竟，后宫之事从来都是皇后娘娘做主。太后早逝，贺太妃在皇后面前亦是说得上话的，她若提了此事，便再无回旋之地了。"

欣媚的耳朵里嗡嗡的，穆宏的话语如同一把鼓槌，一记一记敲着她麻木的脑仁。那桩她一意想要忘记的事体，却终究还是在记忆中时隐时现，刺痛她强作欢笑的心。

6

一个多月前的某日，司药房的院子里突然来了一位头发花白的老尚宫。她穿着一身石青色的七品女官服制，梳着一个高高的发髻，鬓边斜插一支碧绿色祥云纹羊脂玉簪，别有一股淡雅稳重的气韵。

司药尚宫王珍香忙迎出门，行了平礼，道："高尚宫降临，吾辈有失远迎，恕罪恕罪。"

那老尚宫面上的褶子微微一颤，笑道："王尚宫事务繁忙，哪儿有空理会得俺们这些老人。老身不过是奉贺太妃之命，前来传一位司药房宫女问话。"

"不知传哪位宫女？"

"方欣媚。"

王尚宫心中一惊，面上却不肯露出分毫，恭顺道："贺太妃传召，自当前去。只是欣媚此刻正在当差，不如我命她迟些再去向贺太妃请安。"

"哼，王尚宫，好大的官威啊！"高尚宫面色矍然一变，喝道，"贺太妃乃先皇的贵妃，身份尊贵，仅次于仙逝的太后娘娘。你们如今倒是敢不放在眼里了。"

"不敢不敢！"王尚宫知道这位高尚宫是贺太妃跟前的老人，开罪不起，忙一面躬身谢罪，一面命人去叫欣媚。

欣媚不知何故，只道宫里向来不问世事、颐养天年的贺太妃传召自己，便跟在那位高尚宫的身后，懵然踏进了太妃们居住的宝祥宫。贺太妃乃众太妃之首，住所是正殿的三间屋子，阔朗敞亮，家具陈设一应富丽堂皇。欣媚刚进殿，便听见贺太妃与其余几位太妃在说笑："真儿对她很是上心。上回那场烟火你们都瞧见了吧，听说是独为那丫头放的。"

"咳，十七八岁的孩子，浑身一股子劲儿，哪儿有使得完的时候？"另一位太妃掩嘴笑道，"姐姐也别太放在心上了。"

"嗯,哀家便是要瞧一瞧人,若是模样还齐整,收在房里亦是好的。真儿身边那几个伺候的,也就桃红还得体些。什么梅香之流,哀家实在是瞧不上。"贺太妃满头的珠翠随着她的话语玲玲作响。

欣媚听得心里凉津津的,俯身下拜道:"司药房宫女欣媚,拜见贺太妃与众位太妃娘娘,娘娘们万福金安。"

殿里的笑声戛然而止,贺太妃挑起眉,细细打量着下跪的女子,嘴角凝了一抹冰冷的笑容。"抬起头来。"

欣媚应了声"是",便缓缓抬起了头。一张素净的面孔,如清水芙蓉,盈盈动人。贺太妃仿佛松了口气,再次掩嘴笑了起来:"倒是个小家碧玉的模样,虽不出挑,做个通房丫头亦是无妨的。"

"姐姐说得是。还得问问性子如何?"另一位太妃说道。

贺太妃扬一扬脸,问欣媚:"多大年纪了?家中还有何人?"

欣媚方才听见"通房丫头"几个字,便如遭五雷轰顶,什么都听不进去了。她自知身份低微,与七皇子玄真之间前途渺茫,但要她去做他的一个通房丫头,连个妾氏的地位都不如,实在重重伤了她的自尊。见贺太妃问,她挺一挺身子,故作镇定道:"回太妃娘娘,奴婢今年十八岁,家中父母双亡。奴婢……只想在司药房好好当差,不敢有任何攀附之心,还请太妃娘娘明鉴。"

"哦?"贺太妃大概没料到一个小宫女敢如此跟自己叫板,语气不觉含了一丝恼怒,"没有攀附之心?哀家可是听闻,你处处缠着七皇子,鞍前马后,很是殷勤。怎么?哀家今日有心抬举你,让你去真儿房里当个丫头,你还不愿意了?"

"回太妃娘娘,奴婢……不愿意。"欣媚咬着牙,说得斩钉截铁。

旁边一位太妃端起一只青花瓷茶盏，啜了一口茶，缓缓道："姐姐，这倒是个有心计的。通房丫头她瞧不上，敢情是想让您抬她做个姨娘呢。"

贺太妃额头青筋暴起，厉色道："荒唐。真儿尚未娶亲，如何就要纳妾？成什么体统？你这个婢子，莫要不识抬举！"

欣媚正色道："回太妃娘娘，奴婢与七皇子清清白白，绝无苟且之事。丫头也好，姨娘也罢，奴婢都不愿意。"

众太妃面面相觑，一时倒颇有些意外。贺太妃沉下面色，右手轻轻抚弄着左手腕上的碧玺香珠手串，沉吟不语。侍立在侧的高尚宫见势不好，忙堆了满脸笑意，徐徐道："太妃娘娘，看来是咱们乱点鸳鸯谱了。后宫中胡乱谣传些风流韵事，也是有的。既然这丫头说得如此笃定，娘娘也大可宽心了。"

"哼。"贺太妃冷笑一声道，"说得也是。从来都是旁人哭求着要攀附皇子，如今来了个这么硬气的丫头，哀家岂有不成全的？罢了，你且回去吧。不过，哀家也把丑话说在前头，他日若让我知道你背地里勾引七皇子，做出不堪之事来，哀家决不轻饶！"

这话说得又慢又狠，仿佛每一个字都带着锋利的刃，要从欣媚的身上剐下一块肉来。

从太医院出来，欣媚回司药房领了差事，便按例去七皇子府送药。一路上，却不禁想起一个多月前贺太妃召见自己之事。这桩事体她只对穆宏一个人讲过。那日在宝祥宫受了委屈，她哭哭啼啼地跑进太医院，扯着穆宏的袖子又是抹鼻涕又是抹眼泪。穆宏一脸嫌弃道："哭什么？既然想当姨娘，便从通房丫头做起，也未尝不可"。

欣媚越发气恼，哭道："什么姨娘丫头？人家虽不是金尊玉贵，却也是爹爹捧在手心里养大的，才不要去姬妾群里受那份闲气！"

穆宏开怀一乐，道："哟，瞧不出你还是个有志气的。既如此，今后莫再理会那七皇子。查案子也好，放烟花也罢，你都别再应承他一句便是了。"

思忖间，欣媚已踏进了七皇子的府邸。桃红姑娘迎出来，从她手里接过朱漆描金八宝食盒，笑盈盈挽着她的手，道："姑娘怎的这早晚才来？公子等得脖子都长了好几寸。厨房好容易做了一桌膳食，他没吃几口便撂了筷子，闷闷的一个人在书房里坐着呢。"

欣媚听了便有些急。"太医说了，真大人上回的风寒尚未痊愈，又中了毒，必得好好将养着，怎的就坐起来了？"

"可不就是这个理儿？"桃红鼻子一抽，红了眼圈，"只是……俺们这些人的话，公子如何听得进去？还得姑娘好好劝劝，他才能依呢。"

说话间，欣媚已与桃红进了玄真的书房。那翩翩公子本来坐在一张乌木边花梨心大案后头，听见脚步声已站了起来，满脸都是笑意。"姐姐可算来了。"

桃红将食盒搁在屋中央的酸枝木雕八仙桌上，抿嘴一笑，识趣地退了出去。玄真忙走上近前，拉住欣媚的手道："姐姐可吓坏我了，还以为你又不肯来了呢。"

欣媚面色一红，挣开他的手道："真大人说笑了。今日因少了一味药材，方才拖到这时。为大人熬药是司药房分内的差事，奴婢们不敢不精心。"

"姐姐又说这样生分的话。"玄真脸色一黯,抿紧了薄薄红唇。

欣媚也不睬他,只将药碗端出来,搁在桌上。"大人请慢用,奴婢告退。"

转身走了没两步,便听身后有怏怏之声:"姐姐,这是要剜我的心吗?小真子虽不好,却从未敢在姐姐面前造次。这些日子不知怎的错见了,姐姐总对我不理不睬。小真子的心像被十五个桶吊着,七上八下,没个理会处。"欣媚回头,见他咬着唇,眼眶里含着两颗泪珠。

"姐姐好歹跟我说个明白,让我便是死了也有个投奔处。"

"呸!"欣媚啐了一口,"好端端一个皇子,说恁不吉利的话,也不怕犯忌讳。"

玄真见她面露娇态,不禁又欢喜起来,缠着她道:"那姐姐不生小真子的气了罢。究竟什么事,让姐姐如此为难?"

欣媚见他问得恳切,心想他必不知贺太妃那日之事,无端迁怒于他也实在无趣,不禁长长嗳了一声,道:"真大人明鉴,欣媚自幼只喜断案决狱,将来放出宫去,亦想无拘无束做个普通百姓。宫里的富贵,欣媚一点也不贪图,亦不愿做……什么高门贵府的丫头。"

玄真自是聪明人,听了这话又有什么不明白。他目色澄澈,含着几分懂得和坚忍。"原来是有人对姐姐说了不妥当之事。小真子心里看重姐姐,怎会舍得让姐姐受半分委屈?姐姐信我,小真子将来定……"

"真大人!"欣媚见他说得越发不成样子,忙打断了话头,勉强笑道,"汤药都凉了,赶快喝了吧。"

玄真仍是痴怔地凝睇着她,不愿挪开半分目光。欣媚只得拉着他坐下,递上一只莲纹青花小碗,喂到他嘴边。见他像个听话的孩童,一口一口将苦涩的汤药喝下去,心底如同被春日暖风吹开的湖面,漾起柔柔的波縠。

那日,当玄真毫无犹疑地替她挡下那支毒箭时,欣媚只觉得心肝乱颤、气血上涌,少女怀春时独有的那份矜持和骄傲,在那一刻竟全都顾不得了。她可以用嘴替他吮吸掉毒液,可以每日拎着沉沉的食盒来府里送药,可以忍受桃红、梅香的眼色,甚至可以不顾穆宏的教诲和训斥……只因那时她心中生了一个愿望,愿眼前的少年能一生安康顺遂,不再受病痛或灾祸的折磨。

玄真喝光了药,抬起头巴巴望着她。"姐姐,好苦。"

欣媚从荷包里取出一块糖渍的梅子干,递到他的嘴边。"这是穆太太腌制的梅子,只剩下这一颗了。"

玄真张嘴含住那颗梅子干,又抓住她的手,笑道:"姐姐心里还是疼我的。"

欣媚把他的手一拧,红着脸挣脱。"就你会那么多张致!我且问你,那位胡范生举人如何了?"

"姐姐放心。他眼下关在刑部大牢很是安稳,大理寺那边亦不好说什么。"玄真道,"这厮听说怀疑他杀人,吓得半死,但抵死不认。暂且让他在里头关着吧。"

欣媚微笑颔首,又道:"萧大人那里可有甚消息?"

玄真敛起笑意,低声道:"我病了这几日,前朝亦不曾去。今日萧湛总算辗转托人带了这件物什进来。"说罢,他起身走至乌木边花梨心大案旁,从边上的银锁屉子里取出用褐色素布包裹的一支箭来,"这便是当日伤我的毒箭。"

欣媚接过那支箭,拿在手里细细观瞧。那箭头上的血迹尚未拭去,已经干涸成可怖的形状,那尾翎……她突然一瞪眼,只觉天灵盖似被人敲了一记,声音亦颤抖起来:"真,真大人……这箭并非当日那支。"

玄真亦变了脸色,凑近细瞧道:"怎会?这可是萧湛派亲信送来的。"

欣媚目色惶惶,急切道:"当日,那支箭射在八仙桌上,将菜盘汤盏都打翻了。欣媚记得很清楚,有不少汤汁溅到箭身以及尾翎上。可是,您瞧这支箭的尾翎,干净如新,没有半点汤汁的痕迹。"

"为何?萧湛为何要调包这支箭?"玄真心念急转,"我想起来了,那家酒肆亦是萧湛常去的,莫非这一切……"

欣媚屈膝福了一福,道:"真大人,待您身子大好了,可否带欣媚出宫一趟?有一件要紧事,欣媚需亲自确认一下。"

7

省试一个月后,朝廷终于放榜。此番春闱考中贡元①者乃翰林院大学士司马奎的三子司马珏。司马大学士满心欢喜,在府上连摆五日筵席,各路王公贵族、大小官员纷纷前来道贺。一时间,门庭若市,风光无限。

六皇子玄亮与七皇子玄真亦受邀前来赴宴。二人传了皇帝道贺的口谕后,便在主宾席位坐了。玄真一向不喜这种热闹场合,除了与敬酒之人应承几句,便静坐着听旁人说话。礼部侍郎徐承赞正好坐在身侧,因他是本次省试的主考官,便有许多的人前来敬酒逢迎。鸿胪寺卿蔡坤走来,举杯恭谨道:"徐大人,下官听闻,皇上对本次省试选拔的贡士颇为赏识。除了司马公子之外,

---

①贡元:指省试的第一名。

贵妃娘娘的胞弟苏雨栾亦考中贡士，徐大人果然慧眼识俊杰也。"

徐承赞忙举杯相碰，笑道："蔡大人见笑。本官不过愚钝之资，全仰赖皇上天恩。司马公子与苏公子皆是人中龙凤，天资聪颖，文章出众，考中乃情理之中。"说到这里，他扭头望着玄真，笑道："说到科场文章，本官担任多次省试主考，见过最精妙的文章乃三年前真大人写的那篇《论民众之于社稷》，心怀天下、才思敏捷、文辞犀利、旁征博引，实乃稀世之才也。"

玄真见说到自己，慌不迭地摆手，面色赧然道："徐大人休再提此事。那时玄真年幼，不过上科场闹着玩儿，事后还被皇上训斥了一顿。"

众人听他这样说，一时默然。七皇子一向身世成谜，不受重视。三年前，他曾瞒着皇帝参加省试，一举考中贡元。皇帝知悉后勃然大怒，称皇子不得挤占平民之进士名额，不但将他的贡元革去，还给他安了个协管宫中内务的闲差。自此之后，他便在宫里随波逐流，当个富贵闲散的公子哥儿罢了。

玄亮闷声一哼，饮尽了杯中酒，笑道："七弟能考中贡元，乃得自父皇的真传。所谓龙生龙，总是不错的。"

众人皆附和道："父强子不弱，将门出虎子，人的天资乃落草时便定了的。"

这时，坐在徐承赞身侧的副主考官赵孟德幽幽一笑，道："说到这天资嘛，也不尽然。诸葛丞相满腹经纶，才高八斗，但诸葛公子这回却……名落孙山，榜上无名啊。"

蔡坤转动着如鼠般的小眼珠，笑道："诸葛丞相以身许国，日日埋首于公务，对公子的确是疏于管教了。听闻，那诸葛公子自幼受祖父母宠溺，对仕途经济颇不上心，连举人都是考了三回才中。这次落榜亦不足为奇了。"

"所以，科举取士摒除家族门第、官场请托，一切以程文为去留，是亘古以来最为公平的制度。"徐承赞捋一把下颌的短须，笑容满面。

"徐大人所言极是，太祖皇帝登基之初便重启科考制度，实在是圣恩浩荡啊。"司马奎举着一只嵌玉石雕花金樽走过来，笑道，"不过，徐大人主持科考多年，创设了一整套命题、评卷之法则，犹如我朝科举之父。试问，哪位考中进士的举子未曾读过徐大人的文章，受过徐大人的指教呢？来来来，老夫替犬子敬徐大人一杯，殿试之时还望多多提携才好。"

"不敢不敢。司马大人折煞本官了。"慌得徐承赞躬身举杯，一饮而尽。

蔡坤见势忙上前，凑在徐承赞耳畔低声道："徐大人，犬子今年二十有七，已两试不中，还望您闲时多多指教。"

"好说好说。"徐承赞举着酒杯，笑容可掬。

玄真听得无甚趣味，便借故起身去后院透气。谁知刚步入垂花门，便撞见一年轻女子亭亭立于一棵枝叶繁茂的海棠树下。她穿着一袭浅粉色薄缦纱衫，衣衫上遍绣金线海棠缠枝花，发髻间点缀着碎玉片与粉白绢花，鬓边簪一支赤金累丝并海棠花步摇。和风吹拂，花影幢幢，落英缤纷，女子低眸浅笑，道了个万福："小女子司马珠，见过真大人。"

玄真一愣神，方知是司马奎大人的独女司马珠，排行第二。他澹然一笑，回礼道："原来是二小姐，在下失礼了。"

司马珠捻一方淡青色绣海棠绢子掩嘴，轻声笑道："宴会无趣，大人定是躲闲来了。"

"二小姐聪慧。"玄真讪笑道。

司马珠轻移莲步，上前又福了一福，道："大人可还记得此处？"

玄真一怔，迷惑道："嗯？"

司马珠贝齿轻咬唇畔，低低道："珠儿十岁生辰那年，大人曾同太子殿下一道前来……"

玄真眉心一蹙，恍然想起来一些旧事，心底便有些不悦，作揖道："在下无意冲撞小姐，多有得罪，这便回席去了。"

"大人……"

玄真不欲多做纠缠，拔脚便走了。司马珠怔怔地望着远去的清癯背影，手中的绢子被绞得越来越紧……

回到宴会厅上，一名差役跌跌撞撞从门外跑进来，差点撞到玄真身上。只见那人"扑通"跪倒在地，急赤白脸道："启禀司马大人、徐大人，夫子庙前一众落榜的举子正在闹事，称此次科举多有情弊，取士不公，因而喧哗不服。"

玄真不由得心头一紧，举目望向毅王。对方以沉蔼的目光与他对视，皆知此事非同小可。

司马奎一拍桌案，勃然怒道："岂有此理！公然质疑科举，乃是对朝廷的大不敬！老夫这就去禀告皇上，将那些闹事的举子全都拘起来。"

筵席不欢而散，玄真辞别司马府，未乘轿撵，信步来至清淮河畔。迎面见一位年轻公子凭栏伫立。那人穿着一件湖青色团花暗纹的绸缎长袍，束起的发髻后系着天水蓝的丝缎飘带，显得风姿秀逸，吴带当风。

一见到玄真，那公子便作揖笑道："见过真大人。这身行头，可还入眼？"

玄真伸手揽过他的芊芊细腰，一举抱在怀中，低低道："公子如此清俊动人，在下都要为公子改好南风[①]了。"

欣媚羞臊地一拍他的手，挣脱道："真大人又戏弄人家！非要欣媚这身打扮出来，好不别扭。"

玄真忙掩住她的口，道："姐姐莫怪。咱们这回出宫是没有过了明路的，若被人瞧出你的身份……私带宫女出宫，可是死罪。"

欣媚意态闲闲，伸出手指戳了下他脸颊上的酒窝，取笑道："原来，真大人也怕死！"

"小真子胆儿小，一贯贪生怕死。不过，若是为了姐姐而死，亦是心甘情愿的。"他说得半真半假，眼底却有浓墨般的情愫徐徐漾开。

欣媚一愣神，却又被他捉住了右手，恍惚间只觉手心里多了一件物什。她摊开来一瞧，是一枚小巧莹润的羊脂白玉佩，镂刻了吉祥如意的图案，上头拴着一根编结红绳。

"这是……"她有些不解。

玄真低垂羽睫，唇角微微颤抖，似是竭力抑制汹涌的情绪："姐姐，小真子府上虽有不少奇珍异宝，但都是皇上赏赐的，再值钱亦与我无甚关系。唯有这枚玉佩，是我亲娘临终时为我戴在身上。虽然简素，却是小真子这一生最珍视的东西。姐姐收着这枚玉佩，便如同收着小真子的心了。"

他说完这几句话，便一径沉默，连头亦不敢抬起，生怕惊动了什么。欣媚愣愣地瞧着那枚玉佩，再细细体会他话中的真意，内心一时被欣喜和惊惧灌满。

[①]南风：同"男风"，指男色之意。

"真大人……欣媚不过一个粗鄙的乡野丫头，怎么当得起？"

玄真抬起头，目光盈盈地望着她，嘴角溢出一丝苦笑："姐姐这样说，便是嫌弃小真子了。"

"不，不！欣媚绝无此意。"欣媚慌忙摆手，面颊被一股子劲儿憋得通红。她长这么大，虽懂得许多探案的道理，却未曾尝过男女之情。此时此刻，心慌得突突乱跳，似要从胸膛跃出来一般。"真大人，欣媚愚笨，不知这种时候，该说什么话才好……"

玄真的眼眸里闪过一丝星芒般的笑意，伸手取了那枚玉佩，将红绳穿过她白腻的雪颈，他的双臂拢着她的脖子，脸凑得那么近，鼻尖几乎要碰到她，淡淡的茉莉清香让人心摇神驰。"姐姐什么都不必说，收下小真子的心意便好。一切且待来日。"

欣媚神思迷惘地抬眼看他，见一张俊脸满是柔情蜜意，好看得就似那春日枝头娇艳欲滴的桃花。她粲然一笑，认真说道："真大人的心意，欣媚定当全力报答。"

玄真见她说得郑重，又文不对题，不觉哑然失笑。二人正含笑对视，忽闻得前面清淮河岸边传来一阵叫骂声。放眼望去，只见前头一名穿着青色官服的官员跌跌撞撞，抱头逃窜，后头一群穿着长衫的读书人追追打打，叫骂不绝。

"徐承赞、赵孟德有眼无珠，取士不公，目无法纪，胆大包天，必严惩以谢天下。"考生们义愤喊叫，沸反盈天。

欣媚驻足观瞧，喃喃道："那名逃窜的官员似乎是本次春闱的副主考官赵孟德？"

玄真面色凝重道："不错。方才我在司马府已经听说，春闱发榜后，有不少考生拿泥巴抹掉榜单上的名字，抗议取士不公。如今，司马大人已经去禀告父皇了。"

"取士不公？"欣媚沉吟道，"这次科考风波不断啊。"

这时,打闹的人群已经来到他们近前,一个熟悉的身影在眼前闪过。"咦?那不是唐申白举人吗?唐举人!"

听到欣媚的呼喊,一身蓝色衣衫的唐申白驻足回头,见是他们二人,便趋回来作揖道:"真大人,方姑娘,二位怎的在此?"

玄真忙还了礼,道:"我二人正要去东市街办事,不想在此遇见如此情形。唐举人,究竟为何闹成这样?"

唐申白面容沉肃,语气中压着沉沉的愤怒:"真大人,此番春闱颇为不公,如司马珏这等不学无术之辈,竟然高中贡元,我等寒窗苦读的学子却名落孙山。众人皆以为取士不公,因而闹将起来,希望皇上能下令彻查,以昭示我朝政治清明、朗朗乾坤。"

玄真望着远去的喧闹人群,蹙眉道:"放榜后考生们质疑成绩之事,历来有之。但是,此次竟有如此众多考生觉得不公……"

唐申白郑重颔首道:"不错。二位大人皆知,此番科考时,北麓贡院内还发生了命案,这可是前所未有之事啊。众人都说,应子郊必是得知了考官情弊的黑幕,才被灭口的。"

"哦?"欣媚低呼一声,眸底泛起一丝忧虑。

晌午刚过,天色骤然阴了下来,紫宸殿里的气氛森冷得如同冰窟一般。侍立在两旁的大臣肃衣而立,屏声静气,望着鎏金雕龙椅上端坐的皇帝,连一丝大气都不敢喘。

"啪——"一本奏章被扔在金砖地上,随之而来的是皇帝的雷霆震怒,"一众举子游行示众,抗议取士不公,真乃我朝开国以来最大丑事。"

殿中大臣皆低首默然,几乎能听见有人牙齿打战的声响。

"诸葛丞相，此事该如何处置？"皇帝浑厚的声音贯穿朝堂。

一袭紫袍的诸葛乾迈着方步出列，倒身跪拜，神色沉痛道："启禀皇上，如今民意沸腾、震动朝野，老臣亦不胜骇愕。今番春闱颇为波折，考中发生一桩离奇命案，虽说抓获了凶手，但亦有人说那被杀害的举人是察觉了考官的情弊，遭人灭口。如此种种流言传于街市，玷污科举公信，损害朝廷威严，贻祸无穷也。臣请奏，朝廷调派人手，彻查此番春闱之情弊，务必要还天下读书人一个公道也。"

"公道？听卿之意，乃认定此番春闱确有舞弊之事了？"皇帝语意沉沉。

"回皇上，老臣以为，考场发生命案，考后又出现考生闹事，世间绝无此等巧合之事。"诸葛乾躬身道，"若此番舞弊竟至于杀人灭口的地步，可见牵连必然极广极深也。"

皇帝重重叹了口气，面色有些变化。"大学士有何见解？"

司马奎忙出列，跪伏在金砖地上，道："启禀皇上，老臣以为丞相之言未免耸人听闻。那科场命案已然了结，不过是一起图财害命的普通案件，只待大理寺复核后便能昭告天下。至于举子们污榜闹事……据臣所知，历朝都有质疑科举不公之事，无非是一些举子自视过高，结果与所期出入过大的缘故。若是朝廷姑息纵容这等闹事之人，只会有损我朝科举之公信。望皇上三思！"

"那么，依卿之见……"

"回皇上，老臣以为应派兵速速抓捕闹事的举子，严厉惩处带头挑事者，以儆效尤。"司马奎正色道。

皇帝以手扶额，双眉深锁，沉吟不已。

这时，毅王玄亮启奏道："父皇，儿臣听闻，闹事举子众口斥骂本次省试的主考和副主考。坊间亦有传言，称开考前便有人标价售卖贡士名额，其状十分恶劣。儿臣以为，一味压制民意，只会令民心背离，不如来一次彻底清查，拔除朝中毒瘤，以正国法而肃科场也。"

皇帝睇了他一眼，眸中颇有赞赏之意，一字一句道："毅王所言有理。既如此，朕命都察院左都御史胡宗来全权负责调查举子们反映的科场舞弊之事，大理寺、刑部派员从旁协助。"

底下一名穿着正二品红色团锦绣锦鸡官服的大臣跪拜领旨道："臣遵旨。臣定彻查到底，不负皇恩！"

第三章　鸩酒疑云起

1

玄真与欣媚来至东市街的花满记酒肆门前，萧湛已经带着一班衙役等候在那里。见到一身青衣公子打扮的欣媚，萧湛不禁一愣，面上呈现一抹绯红。"竟是方姑娘，在下几乎未认出来。"

欣媚学着年轻公子的模样，作揖道："萧大人好，今日我可是方公子。"

萧湛哂笑道："方公子请。已经按公子的吩咐，将这条街附近的百姓都清了出去。还有那架梯子也搭好了。"

衙役们在酒肆对面的东晟绸缎庄外搭了一架竹梯，可从街面直接爬上二层的窗户。欣媚颇为满意，道："好极了。本公子这便上去瞧瞧。"

玄真立时急了眼，拉住她的宽大袍袖，道："姐姐何必亲自上去？让衙役们去查看便是了。"

萧湛亦道："方公子身子娇贵，做不得这样的粗重活儿，还是让我等来吧。"

欣媚扬起柳叶眉，笑道："大人们莫要小瞧了欣媚。家父说过，探案务必亲身、亲见、亲闻，任何线索，凡能'三亲'者，绝不假手他人。还望两位大人成全。"说罢，不顾众人劝阻，撩起衣袍一步步登上竹梯，来至二楼的雕花木格窗前。只见一扇扇乌木做的窗格上雕刻着繁复的花纹，中间贴着明纸用以透光。欣媚一格一格细细地查看，终于在一块木格上发现了破损的明纸。那纸并不是被风吹破的，而是被人齐整整地撕下，露出里面钉着的钢板。再凑近看去，钢板上还有细钉凿穿的痕迹。

欣媚唇畔微微一勾："果然不错。"

玄真站在底下，见欣媚在梯子上左摇右晃，心惊胆战，连声呼喊："姐姐，小心啊！快下来吧。"

欣媚利落地从梯子爬下去，三两步跳到玄真跟前，笑道："真大人，如今且依我三件事，您被刺杀的案件便可告破了。"

玄真乍惊乍喜，忙道："莫说三件事，便是三十件，只要姐姐说出来，小真子哪有个不依的？"

欣媚笑道："第一，请找来那位曾与东晟绸缎庄张湘儿小姐定亲的公子钱二郎。第二，去东铁匠营寻一位铁头王，请他将近日新做的一样物件带来。第三，从京兆府调大壮、二壮两名衙役过来，命大壮带上他的弓箭。"

事情吩咐下去之后，欣媚便邀萧湛、玄真去花满记酒肆楼上饮酒。他们坐的仍旧是那一日的雅间，在黑漆八仙桌上摆了一席珍馐菜肴，打开一坛桃花酒，满满地斟上了。萧湛心中颇有些狐疑，道："方姑娘，方才这一出究竟何意？真大人遇刺一案，一直是刑部在办。据萧某所知，刑部调查了整条街市上的人，找到一位卖风筝的老翁。据这老翁讲，案发时他一直抬头望着东晟绸缎庄屋顶上方的天际，并未看到屋檐上有手持弓箭的伏击者。颇为烦难，此案便搁置了。"

欣媚嗤笑一声，道："这位老翁倒是在意料之外，这令此案越发扑朔迷离了。"

"方姑娘究竟有何高见？"

欣媚举杯相敬，道："萧大人，稍后便为您重现当日的情形。不过，在此之前，欣媚有一事请教。"

"哦？姑娘但说无妨。"

欣媚敛起容色，从身旁的包袱里取出一支箭矢，低低道："萧大人，这是您托人带入宫里的证物，即那一日射伤真大人的箭矢。"

萧湛拿过来一瞧，面不改色道："不错，正是此箭。"

"萧大人……"欣媚一面说，一面暗暗观瞧着萧湛神色的变化，"这支箭被人调包了，并非当日射伤真大人的那一支。"

"什么？"萧湛极为愕然，从座椅上跳了起来，再次将那支箭握在手里，仔细观瞧，声音都变了，"当日，大理寺将这支箭收入证物库，严加保管，绝无可能被人调包啊。"

玄真冷笑一声，道："萧大人做事不至于如此粗心吧。当时那支箭直挺挺射入这桌上的一堆菜盘汤碗之中，菜汤汁都溅到了箭身和尾翎上。但您看手上的这支箭，除了箭头那一点用来伪装的血迹，哪里有菜汤汁的踪影呢？"

萧湛的面色由白转青，眼底泛出森然冷意。"原来，真大人和方姑娘是在怀疑萧某……哼，萧某虽不才，但毕竟忝列大理寺正之职，知道高低分寸。偷换证物这样的事，萧某不会做，更不屑于做。"

"萧大人的为人，我等自然信得过。"欣媚双目灼灼，"但是，这箭矢被调包亦是千真万确之事。竟有人敢在萧大人眼皮底下动这样的手脚，只能说明一个问题，原来的箭上很可能藏着作案手法的秘密。"

萧湛听闻此言，稍稍缓过些神色，道："当日那支箭射来时，场面委实混乱。萧某曾瞟了一眼，那支箭躺在菜盘汤碗之间，与寻常箭矢未见明显不同。"

"不，萧大人，那支箭有一处大不相同。"欣媚起身，指着对面楼上的木格窗道，"这条东市街并非主干道，两边房屋相距不过丈①余。若是一名普通弓箭手站在对面楼上，将箭射到这张八仙桌上，按照一般的力道，应该是何种情形？"

萧湛身怀武艺，熟悉各类兵器，一听这话便明白了几分。"如此近的距离，即便只是普通的力道，那支箭也会扎入八仙桌。但那日，那支箭只是碰翻了盘碗，力道似乎弱了些……"

欣媚立在窗户旁边，击掌两下，道："正是如此。萧大人，真大人，请二位回避。"话音刚落，只听见外面传来一阵巨响，似铜锣敲击一般，然后一支箭直愣愣地射了进来，将桌上的碗盘打翻，擦过八仙桌，落到了地板上。

"大壮，这么多年了，你的箭术依然毫无长进啊！"欣媚嗤笑着冲窗外喊道。

"对不住，欣媚小姐，手一滑便脱了力道。"大壮的声音传来，仿佛就在隔壁。

"姐姐，这究竟是怎么一回事？"玄真抚着胸口，惊魂未定。

欣媚绕过八仙桌，从地板上捡起那支箭，递予他们二人："你们瞧瞧，这支箭与被调包过的箭，有何不同？"

萧湛接过去细细看了一回，右手的食指尖触到了箭尾的部分，凝神道："普通的箭尾仅是在箭杆的末端加上羽翎，但是这支箭的箭杆末端却多安了一个玄铁制的半圆球。乍看之下虽不明显，但细看就能发觉。这个铁制半球……是做什么用的呢？"

欣媚乌澄的眼眸闪过莹亮之色，笑道："萧大人，方才欣媚用竹梯爬上了张小姐二楼闺房的窗户，发现其中一块木格窗上的明纸被人完整地撕去，露出了里面的钢板。而方才箭矢射来之前能听到一声如击打铜锣般的巨响。萧大人应该能猜到是怎么一回

---

①丈：古代长度单位，一丈约等于3.33米。

事了吧？"

"那支箭是射到了钢板上，被反射回来的？"萧湛瞪着眼睛，面上满是愕然。

"反射？"玄真头脑亦转得很快，"原来那声巨响是箭尾的半铁球撞击上对面二楼窗户钢板的声音。如此说来，射箭之人应该是倒着拿箭，将箭尾射向了钢板。那半球撞上钢板反射回来，力道自然减弱不少……"

欣媚笑生两靥，道："正是。也就是说，射箭之人跟我们在同一侧的楼上。方才大壮的这支箭正是从隔壁雅间射出去的。"

"妙啊！难怪刑部将整条街都翻过来，亦找不到射箭的位置。谁能想到，那支箭是倒着射出去的呢？"萧湛深深叹服。

"不过，这其中还有一个反射方向的问题。若是箭矢垂直射向钢板，那么必定也是垂直反射回来。想要让隔壁雅间射出的箭反射到咱们这间屋子，就需要在对面二楼的钢板上加装一样改变方向的物件。因此，那块钢板上才会有细钉穿凿的痕迹。"

玄真忙接着说道："姐姐让东铁匠营的铁头王做的，正是这个物件吧。"

欣媚点头微笑道："其实也不是甚费事的东西，不过一片薄薄的稍有弧度的铁片罢了。由于二层雅间里头的桌椅位置皆是固定的，一般的箭术高手只需经过一定的训练，便可精准地反射中某个座位上的人。再加上他们在箭头上涂了毒，即便未射中要害，亦能将人置于死地。"

萧湛目色复杂，沉声道："如此处心积虑，究竟是何人所为？当时那箭矢射进来后，萧某便下楼去街对面追查放箭之人，未再理会这边的事……"

"是。穆太医替我处理完伤口后，我们三人亦立即赶去了街对面,不知何人进来收拾了桌上的箭矢。"玄真懊恼,"如今看来真是大意了,竟让近在隔壁的凶手如此轻易便进来调包了箭矢。"

欣媚冷笑一声,道:"放箭之人定然是当时在这家酒肆中的人。欣媚跟老板打听过,这家酒肆二楼总共不过四个雅间,当天生意惨淡,只有我们这一间有客人。所以,那放箭之人应该是从一楼偷偷溜上来的。而且,若不知道萧大人常常光顾这家酒肆,亦无从提前设下如此繁复的机关。因此嫌疑人便可锁定在当时楼下喝酒的大理寺一众衙役之中……"

萧湛面色一凛,警觉道:"难道是毛二?不,不对。那日毛二分明带人去抓捕胡范生了。"

欣媚鹅蛋般的面庞闪过冷冽的光,墨色眸子直勾勾地盯着萧湛。"萧大人,你怎么能肯定毛二没有同伙呢?"

萧湛的眼中尽是肃杀之意,豁然大喝一声道:"将当日在楼下喝酒的衙役全部带上来。"

须臾,狭窄的雅间里便站满了缩头缩脑的一众衙役,共有十二人。欣媚击掌两下,大壮和二壮便带着一名身穿长袍、书生打扮的男子走了进来。

"欣媚小姐,这位便是与张湘儿小姐有婚约的钱二郎。"二壮道。

彼此厮见过,欣媚向钱二郎道:"钱公子,如今有一桩喜事相告。只消您为衙门稍稍出力,便可正大光明迎娶东晟绸缎庄的张小姐了。"

钱二郎见萧湛穿着从五品盘金绣白鹇官服,心中十分敬畏,闻得欣媚如此说,不禁喜出望外道:"几位大人所言可当真?只要能与湘儿完婚,小人必定肝脑涂地,尽心竭力为朝廷办事。"

玄真凑到欣媚耳畔,低声道:"姐姐怎的信口开河?这张大官人已将女儿许嫁了鸿胪寺卿蔡坤大人了。"

欣媚笑盈盈斜睨他一眼，悄然道："真大人难道不愿意成全这对苦命鸳鸯吗？"

玄真一怔，旋即面色酡红道："有情人终成眷属。姐姐的心愿，小真子自当全力达成。"

欣媚扬了扬脸，对钱二郎道："钱公子，湘儿小姐眼下身陷一桩谋害人命的官司，犯的乃是株连九族的大罪，能救他们张家的便唯有你了。我且问你，最近三个月，你是否将张小姐闺房的窗户内侧钉了钢板之事告诉过旁人？"

钱二郎面露惶恐，嘴唇微微颤抖道："方姑娘如何得知……小人知晓湘儿房中的钢板之事？"

欣媚轻声笑道："钱公子曾是湘儿小姐闺房的常客，出入都是通过那扇木格窗户。张大官人用钢板钉死了窗户，您自然是头一个知晓的外人。况且，此事关系小姐清誉，张大官人不会自己说与人知，因而您又是唯一可能泄露机关的人了。"

钱二郎眉心微蹙，忸怩半日，方说道："小人无心败坏湘儿的名节，只是我俩早有婚约，情深意笃，如何拆散得开？得知张伯伯欲将湘儿许嫁蔡大人为妾，小人真是想死的心都有了。那钢板深厚，情肠难诉，小人便只得去酒肆借酒消愁。有一回，不慎与一位兄台说漏了嘴。"

"那位兄台今日可在这屋内？"欣媚道。

钱二郎进来时慌乱，未及得瞧见角落的那一众衙役，此时才回过头去细细打量。

"啊，石头兄，您也在此啊！"

欣媚循着钱二郎的目光望去，只见一名矮个子衙役正缩着脖子，拼命往人群后头钻。萧湛警惕地大喝一声："逮住石头！别让他跑了。"

2

晌午时分,未央宫寝殿中水墨青莲帷帐低低垂着,朱漆木格长窗下摆着一张紫檀木嵌珊瑚贵妃榻。贵妃苏明丽半阖着眼睛歪在榻上,一袭堂色织金丝芍药团花长衣的裙摆斜斜地拖曳在脚踏上。

大宫女牡丹踩着小碎步走了进来,低低道:"启禀娘娘,苏公子到了。"

话音刚落,一名穿着绛紫色三等太监宫装的男子跟了进来,下跪行礼道:"雨栾给贵妃娘娘请安,娘娘万福金安。"

明妃眉心虬结,摆了摆手,示意牡丹退下。转过脸,厚厚的脂粉将她装扮得如玉面观音一般,却也隐隐透出韶华已逝的哀凉。

苏雨栾见四下无旁人,不由喜上眉梢,换了亲昵的口气道:"长姐今日好气色。不知召雨栾入宫,是否有殿试的消息?"

"啪——"只见贵妃榻上扔过来一个攒心团枝花软枕,扑得他一阵晕眩。明妃带着怒意的声音响彻头顶:"糊涂东西!死到临头了还做梦哩!"

苏雨栾浑身一激灵,忙膝行几步上前,道:"小弟办事不力,未能替姐姐解忧。实在想不到,那人竟这样死了。"

明妃娥眉倒竖,眼角的细纹连脂粉都遮不住了,她怒道:"如今除了那件事,又有更棘手的了。本宫刚刚得知,皇上已命左都御史胡宗来前去北麓贡院,调查此次春闱中的舞弊情节。听说,是有一众举子在夫子庙前闹事,号称取士不公,实在可恨。"

苏雨栾双目圆睁，满脸惊惧之色。"举子闹考之事，小弟亦有耳闻，那不过是一帮穷酸破落户的强辩之词，皇上何必理会他们？长姐，此事可大可小，历来科举场上难免有些瞻情顾意之事，哪里说得清？若真要细究起来，恐怕牵连甚广，贻害无穷哪。"

"你道本宫不知其中的利害吗？今日召你来，便是要你好生去打点，让他们都仔细着些，切莫被这波无端的调查牵连才好。"明妃眼波一横，声音里含了两分悲意。

苏雨栾诺诺答应了。思忖半晌，抬眼小心觑着明妃，道："长姐，小弟听闻近日皇上来未央宫坐了两回，长姐复宠指日有望了？"

明妃沉默不语。塌边一只三足鹤纹铜炉里焚着浓浓的藏香，袅袅青烟从镂空的口中吐出，散发出一股刺鼻的气味。她"嗳"了一声，命苏雨栾在旁边一张小杌子上坐下，缓缓道："皇上不过念着与本宫多年的情分，面子上过得去罢了。如今待在安嫔的朝翔宫的辰光更多。本宫与皇后缠斗多年，没曾想却被孙娇娥那贱婢渔翁得利。听说，如今在朝堂上，毅王亦颇得皇上青眼呢。"

"长姐，小弟说句不当说的话。与后宫那些嫔妃争斗，不过是困兽之举。后宫之中，能够决定生杀宠辱的，唯有皇上。所谓一念得生，一念即死。"苏雨栾凑近明妃的膝前，仰面道，"长姐，为了苏家的满门荣耀，为了延王殿下的前程，您还得牢牢抓住皇上的心才是啊！"

明妃的手指紧紧蜷起，细长的蔻丹指甲深深地掐进掌心，恨声道："本宫怎会不知？只是皇上为了长公主的死，疑心本宫。如今又接连出这些事，本宫自顾不暇，哪里还有心思邀宠？"

二人正说话间，太监小福子从深红色的团福锦帘外走进来。

未央宫的前任掌事太监小德子畏罪自裁后，明妃便将原来的二等太监小福子提拔了上来。只见他"扑通"一声跪在地面的绣花毛毡上，声音有止不住的惊惶。"启禀娘娘，大事不好了。"

"混账东西！越发没个体统了。什么事也值得恁大惊小怪？"

小福子面色如纸一样白，嘴唇哆嗦着道："万将军传来消息，上回真大人遇刺一案，似乎被那个方欣媚寻出了马脚，如今咱们在大理寺的人恐怕保不住了。"

明妃与苏雨栾面面相觑，皆是一惊。苏雨栾面色焦黄，急急道："长姐，这事会不会查到咱们这里来？"

苏明丽咬着红唇，厉声道："不会。这些事万将军自然会料理干净。只是……一时的妇人之仁，弄得损兵折将，得不偿失。方欣媚这个贱婢，果真是留不得了。"

大理寺的西花厅内，欣媚与玄真对坐在一张紫檀雕花圆桌旁，桌上青花瓷盏中的茶水已经添了两回。玄真手指轻轻敲着桌面，笑道："姐姐方才的推演，实在精彩无伦，令人击节。不过，小真子有一事尚存疑问。"

"何事？"欣媚扬起清俊秀眉，俨然一个风流倜傥的公子哥儿。

玄真喉间不禁吞咽一口，差点儿呛到，咧嘴道："姐姐怎生得恁好看呢？"

欣媚羞臊得急了，伸手敲他一记脑门，道："镇日里净是这些浑话，再不理你了。"

"好姐姐……"玄真伸手握住她的手，道，"小真子只是疑惑，依你所言，那个叫作石头的衙役谋划此事由来已久，既要从钱二郎中探听得钢板之事,又要寻东铁匠营的铁头王做物件儿,还要练习数日以求百发百中——这些绝非一朝一夕可成。而那日你我去花满记酒楼喝酒并无定数,不过萧湛随口一邀,他设下这计谋岂非胜算太低?"

"所以,这计谋恐怕原本并非为你我所备。"欣媚笑道。

"哦,此话怎讲?"

"据说,花满记乃是萧湛大人常去的酒楼,那个雅间亦是他固定请客之处。若欣媚猜得不错,这桩计谋原本便是针对萧大人而设。"

"针对萧湛?"

欣媚抿唇一笑,道:"真大人细想,那石头日日跟在萧湛身边,但凡萧湛带着贵客到花满记吃酒,他便可以伺机下手。"说到此处,欣媚凑近玄真耳畔,低声道:"真大人,欣媚知道萧大人与太子殿下交好,若那日是殿下在酒楼与萧湛密谈,又会是何种情形?"

玄真脸色大变,又惊又惧道:"姐姐,实不相瞒,太子殿下从前的确去花满记吃过酒。若此计是冲着太子殿下,那果然是毒辣至极!若刺杀成功自不消说,即便太子殿下侥幸躲过这一劫,恐怕亦会对萧湛乃至整个大理寺失去信任,如同断了一条臂膀啊!"

"不错。而施行此计的真凶却躲在暗处,十分安全。瞧如今情形便知,刑部追查半月仍毫无头绪。"欣媚不觉含了几分忿郁。

"如此说来,这石头突然对咱们出手,目的是为了敲山震虎吧?"玄真思忖道。

欣媚颔首道:"嗯,此举一来是为了除掉我这个祸害;二来可以阻止太子殿下继续调查北麓贡院的案子;三来亦能让皇上对大理寺生出几分疑心，否则此案怎么会交给刑部去查办？只是欣媚觉得，他们这次动手多半是为情势所迫，行事匆忙，并未思虑得十分周全。原本为刺杀太子殿下所设的上乘之计，用在俺这个小奴婢身上反而是下乘之策了。"

"那是姐姐聪慧，才识破了他们的奸计。"玄真脸上的笑意渐渐收敛，眸色黯淡，"只是小真子不明白，一桩举人被害的命案，居然让他们动用了原本预备刺杀太子的手段……这背后究竟藏有什么惊天秘密？"

"恐涉及显贵人物！"萧湛硬朗的声音从门外传来，浅绯色身影一闪，已然来至他们跟前，"那石头……什么也没招，已服毒自裁了。"

"啊？"欣媚一时惊住。

萧湛面有愧色，踌躇道："丁大人的意思，凶犯既已畏罪自裁，便报予刑部，就此结案便罢。"

"不……"欣媚摇着头，像是无法从噩梦中挣脱般，"这手段分明是……"

"像是宫里头的。"玄真眸中闪出一抹厉色，"姐姐还记得，明妃娘娘宫中那个挥刀自裁的小德子吗？"

欣媚竭力控制神色，道："自然不会忘。萧大人，咱们在渡月轩搜查古井女尸一案线索时，欣媚在雪地下发现了一根金簪。当时，此事只有咱们三个知道，但长公主的金簪遗落在渡月轩的消息，却一下子传遍了皇宫。"

"你们的意思是……"萧湛眼底尽是森冷之意，"当时，石头的确在那群搜查渡月轩的衙役之中，是他将消息传了出去？"

欣媚点头道："他背后的那个人，正是策划长公主偷情丑闻之人。"

"果然是明妃。哼,也唯有她,才会派人潜伏在大理寺,设计谋害太子殿下。"萧湛方才在门外听了他俩一半的话,心中已十分惊惧,此刻更是愤怒。

玄真扼腕道:"如此看来,那个苏雨栾恐怕跟应子郊之死亦脱不了干系。"

欣媚望着萧湛,恳切道:"萧大人,欣媚有个不情之请。"

"方姑娘请讲。"

"请允欣媚见李叔一面。"

同一时刻,大理寺后院的密室内,大理寺卿丁耀祖负手而立,望着墙上一幅御笔亲题的"执法持平"匾额,长久不语。身后,礼部侍郎徐承赞苦着一张脸,语气颇为恭迎。"丁大人,此番春闱您是知贡举,徐某是内闱主考。皇上下令严查舞弊之事,自然是打了咱们俩的脸了。"

"哼,"丁耀祖冷笑一声,"徐大人,你们闱内的事,老夫一概不知。要说考场秩序,老夫还是可以拍着胸脯保证的。"

徐承赞上前一步,觑着丁耀祖的脸色,诡笑道:"丁大人,说这些场面话便没意思了。自古以来,考场舞弊屡禁不止,夹带资料、龙门调卷……种种手段,花样繁多,若是深查下去,还怕找不到绊子吗?"

"你——"丁耀祖剑眉横对,怒从心头起,"徐大人,考生们举报的是'取士不公',自然还是阅文荐卷中出了差池。"

徐承赞"嘿嘿"干笑两声,眸中闪过机警之色,拱手道:"丁大人,咱们同朝为官多年,宦海浮沉,仕途起落,难道还看不透吗?此番皇上既已下令调查,自然得查出点儿什么来。若是一点问题都没有，岂不是皇上疑心错了吗？"

丁耀祖冷冷地瞧着他，低声道："徐大人希望查出什么来？"

徐承赞凑近一步，道："徐某今日前来，正是想同大人商议，这番调查到底该从哪里入手。"

丁耀祖黑着面皮，眼眸微微转动，睇他一眼，道："调查乃都察院左都御史胡宗来负责，你我又有何置喙的余地？"

"大人此言差矣。"徐承赞眯起眼睛，笑道，"胡大人虽是钦差，但对于考场和闱内之事毕竟不熟，还要请教于咱们。徐某方才已去御史府上探过口风，胡大人因未主理过科场事宜，许多规矩不甚熟稔，颇需得力之人从旁协助呢。"

"徐大人的意思是……"丁耀祖面容沉静，故作不知。

徐承赞眼眸中闪过狡狯之色，笑道："徐某向胡大人谏言，丁大人在朝中一向秉公执法，颇有威望，且知贡举与内闱乃是完全隔绝，不如由丁大人负责复查考卷评阅事宜。"

"这……老夫毕竟是春闱的知贡举，利害相关，担任复查之职还是不妥。"丁耀祖忙摆手道。

"丁大人若想避嫌，那么请大理寺派得力干将调查，亦是可以的。"

丁耀祖捋了捋下巴上的短须，冷笑道："徐大人如此精心筹谋，看来是已有了应对之良策。"

徐承赞从身上掏出一张银票，悄悄纳入丁耀祖的袍袖中，低声道："丁大人，此事又有何难？自科举创立以来，那些通关节[①]的字眼情弊，都是他们房官[②]知道。只要大理寺放出点手段来，定能找到那与考生私通情弊之人。"

[①]通关节：指考官与考生通过卷面上特定的字眼来进行串通作弊。
[②]房官：负责评阅考卷的人，也称为同考官，对考卷以蓝笔加批后推荐给主考官。

丁耀祖将袖中的银票塞回徐承赞手中,厉声道:"徐大人,这是做甚?老夫一向只知效忠皇上,凡于国于民有利之事,自会奋不顾身,全力以赴。若是要让老夫混淆是非,颠倒黑白,那是万万不能的。"

徐承赞眯起眼睛,轻嗤了一声,道:"徐某素闻丁大人品性高洁,瞧不上俺们这些腌臜手段。呵呵,请丁大人放心,徐某还会向胡大人进言,关于那桩春闱考场内发生的命案,事已了结,盖棺定论,不宜再生枝节了。"

丁耀祖的目光斜刺里横来,带着几分肃杀之意,旋即又展颜笑了起来:"徐大人年纪轻轻便深谙官场门道,前途不可限量也。"

"哈哈哈……"二人相视而笑。

3

欣媚跟在一名小狱卒后头,亦步亦趋地走入大理寺的"地"字号大牢。因死囚不许探视,萧湛只得让她装扮成送饭的差役自行入内。她穿着一身黄色窄袖皂衣,头戴圆顶巾,手里提着一只竹篮,来至关押李二郎的牢房。

"吃饭了。"那小狱卒喊了一声,便朝她递个眼色,打开牢门后,退了出去。

欣媚走入牢房内,只见这里比她之前被关押的女囚房更加腌臜不堪,地上的杂草堆里混着人的屎尿,房间里弥散着一股浓重的恶臭。她将手上的竹篮往一处稍干净的空地上一搁,竭力屏住气息,轻声道:"李叔,是我,方欣媚。"

那个蜷缩在角落的干瘦人影动了动,勉强支起身子。一双熬得通红的眼睛难以置信地看着她。"欣媚小姐，你怎的来了这种地方？"

欣媚苦涩一笑，从竹篮里取出了两个白馒头和一碟咸菜，哽咽道："李叔，您受了这不白之冤，欣媚怎能坐视不理？您放心，我一定会找到真正的凶手，为您申冤。"说罢，她把馒头递给李二郎，目光却在他身上逡巡不已。李二郎虽然没有被用重刑，但也挨了好几十棍，腰部和腿上都是瘀青、结痂。而且在这恶臭熏天的牢房住了一个多月，即便生龙活虎之人亦熬得衰弱不堪了。

"欣媚小姐，叔一生行得正、坐得端，从来不干亏心事，却没料到竟得了个这样的结局。"李二郎一边啃着馒头，一边苦笑道，"这些日子来，我算是看透了。这趟水很深，栽赃嫁祸，诬告坐实，官官相护，哪还有什么申冤的机会？欣媚小姐不必再为我费心了。"

欣媚右手用力攥紧。"李叔，任凭这世间再浑浊不堪，自还有一个真相在。爹爹说过，只要是人做的事，必然有迹可循。只要咱们能找准切入口，抽丝剥茧，定能还原事件的本貌。"

李二郎望着眼前这个娇弱的身躯，呆滞的目光不免温柔起来。"欣媚小姐，看着你，就仿佛看到了当年的木令兄，意气风发、热血激昂。哎，叔实在不该讲那样的丧气话，枉费了你的一番心意。"

欣媚含笑点头，道："李叔，您从前跟着我爹爹，办案经验颇丰。欣媚求了萧大人进来，就是想再当面听听您的意见。"

李二郎面色凝重，沉吟道："关键的人证还是张小宝啊……"

欣媚低垂下头，不无遗憾道："萧大人说，京兆府结了案后，张小宝便失踪了。大理寺的衙役去张小宝家提人，都说他去南方做生意了。但见他家新修了茅棚，还添置了许多家具物什，似是日子好了不少。"

"意料之中的事。我只是想不通，小宝为何要编造那通话来冤枉我。"李二郎深锁眉头，长长叹息。

欣媚墨玉色的眸子一闪，低低道："李叔，说起那晚的事，其实张小宝比您更为可疑啊。每次有考生上茅厕，他都要前去接应，趁此机会将应子郊杀害，自是无比便利的。"

"不，"李二郎沉重地摇了摇头，"小宝不可能是杀害应子郊的凶手。其一，他那日提了一盏明纸灯笼前去引路，手里并未带任何棍状的凶器。其二，他在接应和送回考生时，都站在距离号舍门前二尺开外的地儿，其间我一直盯着，未见他有任何刺杀的举动。"

欣媚垂下头，思忖道："李叔，即便张小宝不是凶手，但若是他从旁协助，某位考生就有可能借着上茅厕的机会，从自己的号舍溜进应子郊的号舍了。"

"话虽那么说……但以叔对考场内舞弊手段的了解，小宝他做不了这等事。"李二郎语气十分笃定。

"这又是为何？"

李二郎嘴角蜷起一抹苦笑，道："欣媚，叔已经参加了五回省试了，还不知其中的门道吗？每回开考前，打招呼说情的大有人在。每个号筒都有两名号军看守，一正一副。一般来说，要托人情必须跟正职的号军说，跟副职说是无用的。若是私底下托了副职的号军，那可犯了大忌，被正职知道了绝不会留情面，必定狠狠告到知贡举大人那里去。而考场人员协助作弊，轻则流放罚俸，重则斩决。因此，若真要行串通舞弊之事，必然是先托请了正职，再由正职知会副职，两下商量好价钱，方得便宜行事。"

"那么，李叔你……"欣媚问得有些发怯。

李二郎抬了抬眉，坦然道："叔从前做副职时，因不好驳了正职的面，勉强也收过一两回银子。但提了正职之后，所有的请托都推掉了。这一回，我亦早早告诫小宝，要在我这个号筒里做事，必须清清白白，不得沾染那些可能触霉头之事。逞一时之快，留终生之恨，这样的事我在贡院里见得实在太多了。"

欣媚深深吸了一口气，叹道："可是，若张小宝所言俱实，这案子便越发离奇了。在如此重重严密监视下，凶手是如何从一间号舍溜进另一间号舍杀人的呢？"

李二郎撕下一块馒头，塞进嘴里，温言道："方捕头不是说过？只要是人做的事，必然会留下痕迹，欣媚小姐，叔死不足惜，但此案情节恶劣、干系重大，你一定要找出真相。"

欣媚从"地"字号大牢出来后，又换回了青衣公子打扮。玄真一面替她系好发髻上的带子，一面关切地问道："姐姐，李二郎可曾透露什么新的线索？"

欣媚摇了摇头，道："李叔自然怀疑是张小宝陷害他，但又不认为张小宝参与了杀害应子郊之事。"

"哦？"萧湛在一旁锁着眉，"但是，'玄'字号筒里面的考生皆没有作案的可能。如此一来，李二郎不是要把自己逼上绝路吗？"

欣媚谈谈一笑，道："萧大人，李叔跟了家父多年，亦是个认死理儿的人。比起自身的处境，他更在乎真相究竟如何。"

萧湛感慨两句，送了他们出来。刚行至仪门首，忽见堂前的空地上围了一群官装打扮的人。为首的穿着一身猩红圆领蟒袍，黑面阔嘴，正是内侍监的掌事太监孟贤德。

"奴才拜见真大人。"他上前行礼道。

"免了。"玄真抬手道，"孟公公来大理寺作甚？"

孟贤德眼睛一眯，眼角挤出两道深深的褶子，沉稳道："内侍监今日查点宫中人数，发现尚食局的司药房走失了一名宫女。李总管命奴才出来调查，闻得有人在大理寺瞧见了那婢子。"说罢，他将目光大喇喇地落在欣媚的身上，右手一挥，身后的两名小太监便上前将欣媚制服在地。

"喂，这是作甚？"欣媚使劲挣扎，却被旁边一名小太监狠狠踢了小腿，酸疼得叫不出声来。

玄真霎时变色，呵斥道："孟贤德，休得无礼！"

孟贤德显然有恃无恐，对着欣媚高声喝道："三等宫女方欣媚私逃出宫，穿着男子衣服招摇于市，实乃对宫廷威严之大不敬。立即逮捕回宫，宫规处置。"说罢，又面容平静地望向玄真，道："真大人，内侍监处置犯错的宫人，不知您有何吩咐？"

"孟公公，其实方欣媚出宫乃……"玄真心内焦惶，却一时无法找到合适的说辞。原本皇上已经下旨，命他们不得再调查贡院的案子。若说出宫查案，更是欺君罔上，罪加一等。他急得面色发白，背脊渗出一身冷汗，将小衣都浸湿了。

"真大人若无他事，奴才便告退了。"孟贤德瞟了玄真一眼，拔脚便要走。

萧湛焦急地看了眼玄真，亦无他法，只得求道："孟公公，欣媚姑娘乃皇上亲封的'宫廷捕快'，此番来大理寺主要是协助断决一些疑难杂案，还望公公通融则个？"

孟贤德一甩袖子，冷冷道："萧大人，'宫廷捕快'确是皇上亲封，但出宫办事亦要皇上准许，可不是区区一个大理寺能够差遭的。您这话说得咱家就不明白了，莫非大理寺的权力已高过了皇上？"

萧湛立时面如土色，心知被抓住了话柄，不敢再言。玄真竭力挤出一个和善的笑容，拉过孟贤德，道："欣媚姑娘今日出宫，本是去我府上送药。都是玄真贪玩，拉着她出来逛逛，还望孟公公全个面子罢？"

孟贤德立时跪在地上，朗声道："奴才只是奉旨办事，并无通融的权力，望真大人莫要为难奴才！"

"你……"玄真怒极。宫女私逃出宫，按宫规立即赐白绫吊死。若有协助出逃者，亦要视情从重处罚。孟贤德背后的那个人，筹谋得实在精妙。

"带走！"孟贤德喝令手下将欣媚拖走。

"住手！方欣媚出宫乃是奉了皇后娘娘的懿旨。"突然，从门外走进来一名身着青色祥云暗纹蟒袍的男子，手持一本折子，"皇后娘娘的手谕在此。"

孟贤德一怔，跟在他身后的小太监们亦软了腿脚，纷纷跪伏在地。欣媚定睛一瞧，这个如天神般从天而降的男子正是穆宏。只见他气定神闲地往院中央一站，也不看旁人，对玄真拱手拜道："真大人，今日皇后娘娘突发旧疾，药方中有一味公丁香，恰巧司药房中断了供，因此命下官带着司药房的宫女欣媚出来找寻。方才在街上，下官与欣媚走散了，幸而真大人遇见，将她带来了大理寺，方不至于出了差池。"

玄真立即会意，忙笑道："原来欣媚姑娘是奉皇后娘娘旨意出宫办事的，玄真不知内情，拉着她乱逛，实在惭愧。如此，还请穆太医带她速去采购药材，交付差事吧。"说罢，又居高临下地睨着跪在地上的一众太监，道："孟公公，你们也回宫复命去罢。今后当差还需谨慎,连皇后娘娘的懿旨都未传达,李总管是不是年老昏聩了?"

孟贤德腿脚颤抖,连连在地上磕了几个响头,道:"奴才谨遵真大人教诲。一切皆是奴才的错,与李总管无干。奴才们这便回宫去了。"

穆宏冷冷地瞥了玄真一眼,拉上欣媚便走了。

4

穆宏拉着欣媚出了大理寺,转入前面的一条僻静小巷中。欣媚跌跌撞撞地跟随他的步子,嚷道:"疼……疼……穆叔,你轻点儿。"

穆宏松开她的手肘,斜睇着她,呵斥道:"不疼你不长记性。"

"噫!穆叔好没道理。太子殿下命欣媚调查玉佩丢失一案,之前你也是默许的,怎的又来训我?"欣媚揉着手肘,满脸委屈。

穆宏不禁扭头看她,见她一身男装打扮,宽大的袍袖越发衬得身量纤细,脸廓俊美,英姿飒爽。他心底一软,说:"我也不过是白操心。"

欣媚凑到他跟前,谄媚地一笑,道:"叔,你怎的恁神通广大,竟能预知我会在大理寺遇难?"

穆宏拍了一记她光洁的额头,没好气地说道:"我哪里有甚神通?不过是方才去司药房送方子,见内侍监的太监在那里乱哄哄地查人,又发现你不在,便知事情不妙。忙跑去皇后娘娘那里求了这道手谕。"

"那你又是怎么寻到大理寺的呢?"欣媚眨巴着眼睛,一脸机灵。

穆宏笑意浮上双眉："你道我在宫里这些年，都是白混的吗？内侍监那里自然也会有些我的耳报神了。"

欣媚一歪脑袋，笑道："哈哈，我猜得果然不错。穆叔，你可真是深藏不露呀。"

穆宏温柔含笑，伸手理一理她鬓边散落的碎发，突然瞥见了她雪白脖颈上的那根红色编绳。他的眼眸暗了几分，径直将那编绳从领子里扯了出来，见挂着一枚小巧的白色玉佩。

"这是……"

欣媚的脸登时涨红如虾子色，含羞带怯地忸怩半日，道："这是真大人赠予欣媚的。"

穆宏的手似乎抖了抖，面色阴沉如压境的乌云，旋即电闪雷鸣。"方欣媚，你知不知羞？私相授受，暗通款曲，这样不知检点的事情，你怎能做得出来？你将你爹爹那么多年的教导置于何地？你将我教你的礼义廉耻置于何地？"

穆宏这次真气得狠了，满脸通红、浑身乱战，双唇剧烈地颤抖着。训完这几句，便立在那里喘气，憋得一句话都说不出来。欣媚何曾见过穆宏发这么大的火，吓得整个人都蒙了，眼泪珠子扑簌扑簌往下掉。

"叔……"缓了好久，欣媚才喊出这一句，带着万分委屈的哭腔，"你别生气，别生欣媚的气……"

穆宏这才醒转过来，望着她受惊吓的脸庞，心中顿时被懊悔和内疚占据。他虽一贯对她严厉，却从未这般疾言厉色地训过她，更何况方才的言辞激越，几乎全是羞辱和攻击。他垂下头，面色败如死灰，心更是灰暗到了极点。

"罢了，罢了，"穆宏沉沉地叹了口气，"你人大心大了，我不该再管你。"

欣媚方才见穆宏发怒,心中只是觉得委屈,但此时见他说出如此生分的话,心头却涌上来一股前所未有的恐惧。她急切地伸手拉住他的袖子,咬着牙道:"叔,你不能不管我。你答应过我爹爹,会管我一辈子的。"

她满面泪水,却把眼睛瞪得大大的,下巴坚毅地绷紧,像是在巴巴地讨要一个承诺。穆宏心头一震,像是被什么敲醒了一般。他曾在挚友方木令的灵前立下誓言,要护他的女儿一世周全。今日如此失态,是怎么了⋯⋯

穆宏将心底针尖般的痛楚忍了再忍,竭力挤出一个酸涩的笑容,抚了下她的发髻,道:"是我失言了。我今日在别处受了气,不该撒在你身上。"

欣媚望着他唇边那一抹勉强的笑意,心知他是在宽慰自己。"叔,你的话欣媚都会听的。这玉佩若果真不妥,我回头便还给真大人去。"

穆宏的目光像被风扑了的烛火般颤了颤,摆手道:"收下已是不妥,还回去愈加不妥。你又不是不知他那个人,亦是有些痴病的,指不定再闹出什么事端来。"

欣媚眨巴两下眼睛,面色和缓了些许,噘嘴道:"这可是叔说的,那我真的不还了哦。"

穆宏木然望着巷子深处,似有无尽心事。"你好生收着吧。只是⋯⋯那七皇子心思深沉,明哲保身,性子又风流,恐非良配。况且,他虽不受宠,好歹也是个皇子,你去他府上亦不过做个妾氏罢了,还得看来日贺太妃会不会怪罪⋯⋯"

"穆叔!你都说哪里去了?"欣媚听得头皮发麻,哭笑不得,"欣媚不过收个小礼物,哪里来那么一大堆麻烦事?人家现在只想替李叔翻案，才没那个闲心呢。"

穆宏见她懵懂不知事，心里只是苦笑，掏出一方雪青色帕子替她抹了眼泪，道："罢了。咱们还是快去药铺抓了药，回宫去吧。"

"等等。"欣媚拦住他，伸出右手在他跟前摊开，眼眉上挑。

"怎的了？"

"叔把人家弄哭了，给钱买糖吃。"欣媚鼓着腮帮子，一脸得意。

"都多大的人了，还来这一套？"

欣媚凶恶地瞪他一眼。"叔可不能坏了规矩！"说罢，又把眉眼一弯，赖兮兮道："方才进巷子前，我瞥见街那头有卖糖葫芦的。叔，人家进宫后就没吃过糖葫芦了，给买一串呗。"

穆宏望天无语，从袖内掏出一枚铜钱扔给她。欣媚掂了掂，道："穆叔，太医院的俸禄可不少，你咋越来越抠门呢？一枚铜钱不够，人家要买豆沙夹心馅儿的。"

穆宏被她怄得忍不住笑道："一串糖葫芦也值得你费恁多口舌？走罢，给你买两串。"

"嘻嘻！叔最好了。"欣媚挽上穆宏的胳膊，朝巷口去了。

二人来至东市街上一家叫作"鹤年堂"的生药铺，寻此前相识的太医胡永权买药材。一进铺子里，小门子便热情地点头哈腰道："穆太医好，您大驾光临，怎的不提前知会声儿？"

穆宏温然道："胡太医可在坐堂？"

"好巧不巧，胡太医这会子出门去了。"小门子耷拉着头，有些不好意思。

"去哪儿出诊了？"欣媚望着堂中央挂着的"宁静致远"匾额，不禁暗笑。上回来时，胡太医向穆宏求了这四个字的墨宝，竟真的挂了起来。看来，穆太医果然在京城中颇有声名。

小门子搓着手，笑嘻嘻道："并不是出诊。公子不知，今日街市口孟待诏的府上闹了起来，甄大娘子正吵着要休夫呢。胡太医闲着没事儿，便看热闹去了。"

"甄大娘子？可是此前在梨香苑闹过事的那位孟三官家的夫人？"穆宏道。

一听说"梨香苑"三个字，欣媚便鬼灵精怪地瞥了穆宏一眼，蹙起鼻尖，手上比着"不知羞"的手势。穆宏板着脸不睬她。

"可不是哩。方才不知出了什么事，大理寺来了一众衙役，要抓孟待诏，甄大娘子便哭闹起来，把四方近邻都惊动了。"小门子道，"要不是胡太医命俺在此看门，俺也真想去瞧瞧哩。"

欣媚扯了扯穆宏的袖子，低低道："穆叔，咱们也去凑个热闹。看看大理寺抓那孟三官作甚？"

二人抓好药材后，便来至街市口，果然见一座黑瓦白墙的小宅院外围满了百姓。人头攒动间，欣媚瞥见黑漆大门内，一名穿着褐色如意暗纹锦袍的妇人瘫坐在地上，手里揪着一名男子的发髻，哭诉不已。那男子穿一袭暗灰色绣炼鹊官服，发丝散乱，面红耳赤，羞愧得几乎要钻进地缝里去。

欣媚拉住旁边一名穿着布衣、满头银发的老妇人，问道："大娘，这是在闹啥？"

那大娘抬头觑她一眼，见是一位俊俏的公子哥儿，便笑得满脸褶子。"哟，公子还未成婚吧？这夫妻间的门道儿，你多听听也好，将来娶了妻也不至于行差踏错，毁了一世英名。"

"此话怎讲？这府上的孟待诏犯了何事？"欣媚问道。

那老妇人凑近她耳边，低声道："老妇人亦是听人讲的，说这位孟待诏趁着大娘子回老家探亲时，在外面养了一个小妾。怎奈大娘子回来后，收紧了财权，孟待诏开销不起，只得将小妾送了人。这小妾日日好不啼哭，抱怨不迭——'奴家将官人视为终身依靠，怎料你家大娘子一回来，你便将我送了人。你的良心到哪里去了？'"

老妇人演绎得绘声绘色，把一旁的穆宏都听乐了。

"这孟待诏见不得美人垂泪，便想方设法弄银子，想买回小妾。这不，此番春闱他被选中做房官，总算有了来财的路。不知跟外面哪个团伙串通，在考前便四处公然售卖关节字眼，说是必能考中哩。"老妇人一面摇头，一面啧啧道，"公子可知，一个关节能卖多少钱哪？"

欣媚盘算了片刻，道："一百两银子？"

"噫！看公子相貌堂堂，却是那不食人间烟火之人哪。"老妇人眯着眼睛笑道，"卖关节可是杀头的罪名，一百两银子谁肯干啊？听说，通常都要卖到一千两银子往上呢，最多的还卖出了六千两之多。"

"简直是暴利啊！"欣媚听得瞠目结舌。

"可不是哩。这回，据说是卖出的关节实在太多了，孟待诏哪里顾得过来？不少举子花了钱却未考中，便纷纷闹将起来。皇上下令严查，大理寺一查便查到了这位孟待诏的身上。"老妇人道。

穆宏在欣媚耳畔低语道："在宫里亦听说了，一众举子闹事，称省试取士不公。不过，皇上似乎派了左都御史胡大人负责调查，为何大理寺亦插手了？"

"嗯。萧大人并不在其中,此事不知是谁主理。"欣媚微微颔首,转而又问老妇人道,"大娘,那位甄大娘子又是为何吵闹?"

老妇人嘿嘿笑道:"甄大娘子一向是个醋缸子,这回孟待诏又为了小妾做出这等丑事,让他们甄家丢尽了脸面。因而在院子里闹着要休夫,说是大理寺将人带走之前,必须将和离文书写了。还要大理寺将那小妾逮来,治孟待诏一个停妻再娶之罪呢。"

欣媚失笑道:"这大娘子也是个敢爱敢恨的性情中人了。"

"可不是?大理寺的衙役们哪里见过这样的场面,又不会调停,所以围了这半日都没个结果。"老妇人说罢,目光暧昧地望着欣媚,道:"说了这许久,不知公子是否已定了亲?老妇人家中有一小女,年方二八,样貌端庄,与公子可堪匹配。不知公子意下如何?"

"呃……"欣媚一愣,面红如天边的云霞,"大娘的美意心领了,只是小生……"

欣媚说着忍不住抛眼色去瞧穆宏,想让他帮衬几句。结果,大娘却误会了,面色大变,鄙夷地瞪了他们两眼,悻悻走开:"哎,世风日下,这样俊的两位公子,居然不爱娇娥……"

欣媚跟穆宏两下对视,不禁捧腹大笑。

"穆叔,你有何想法?"

穆宏沉思良久,肃然道:"欣媚,都听见了罢。做妾氏一个不慎便会被送人,还是得做正头大娘子才好。"

"叔,你想啥呢……"

5

文德殿内的龙书案前,摆着一只紫铜八足蟠龙大熏炉。从铜铸龙口升腾起龙涎香的袅袅轻烟，模糊了书案后皇帝的面孔，只能听到慵懒的声音远远传来："胡爱卿办事倒麻利，才七日工夫，便将春闱舞弊之事都查清了？"

都察院左都御史胡宗来跪在地下，回禀道："微臣仰承皇上天恩，不敢懈怠，从大理寺、翰林院调派人手对本次省试的所有考卷逐一复核，并对考生所举报的情况进行核查。结果发现，有三份被房官推荐的考卷，水平未达到取士的标准。又查找了分配考卷的号簿，发现这三份有问题的考卷，皆为同一名房官所荐。"

"哦？是何人？"皇帝声音中带着威严。

"是翰林院的一名从九品待诏，叫孟三官。"胡宗来垂首道，"此人生性骄奢淫逸，常年流连烟花柳巷，在外头还包占了一个小妾。怎奈家中正妻管教甚严，手中无闲钱可供挥霍，便趁着担任省试房官的机会，做起了'通关节'舞弊的生意。微臣查到，此人背后还有一个团伙，是贡院的五名差役。考前，这些差役到处与举子们接洽，寻找愿意买'关节'之人。据交代，中前三甲的关节要价六千两银子，若是不中可退回三千两；上榜的关节要价三千两，若是不中可退回一千五百两。另外也有托人情打折扣的，交了一千两至三千两不等……"

皇帝的眉间衔着一抹好奇，轻哂道："交六千两，退回三千两，岂不是稳赚不赔的买卖吗？"

"皇上圣明，的确如此。据微臣查知，此案与其说是一桩舞弊案，不如说是一桩诈骗案。那孟三官伙同差役们四处兜售，共卖出去了一百一十三个关节，合计收取四十五万两白银。即便考后退回了将近一半，也净赚了二十万三千二百两。"胡宗来语速飞快，理顺词清，"那些买了关节的考生事后互相通气，方知被骗，这才闹上夫子庙，号称取士不公。"

"好……真好啊！我朝竟然养出了这样一群没出息的读书人！"皇帝勃然大怒，将龙书案拍得震天响，"舞弊不成被骗，还要到朕这里来讨公道，简直荒唐至极！"

龙颜震怒，将整座文德殿憾得如同风雨中飘摇的船只。底下一众臣子皆跪倒在地，两股战战，缄默不敢言。皇帝喘息良久，方才缓过神来，目光森然地往地上跪着的众臣一扫，道："房官犯事，难道主副考官便可独善其身吗？"

礼部侍郎徐承赞和翰林院编修赵孟德慌得立即匍匐在地，连连申告道："皇上圣明，我等受孟三官蒙蔽，未能严格把关，取了三名不合格的贡士，愿受失职之罚。"

胡宗来瞥了他们一眼，神情端然道："启禀皇上，微臣对主副考官之事亦做了详细调查。那孟三官共举荐了四十七篇文章，其中四十四篇皆被主副考官退回。所取的三篇文章虽未达到录取标准，但在这四十七篇当中实属佳品。微臣以为，据此看来，主副考官并非不尽心履职，不过是遵从了闱内一些不成文的惯例罢了。"

"什么惯例？"皇帝问道。

赵孟德战战兢兢地磕了个头，道："启禀皇上，历来主副考官都要稍稍平衡各位房官手中录取的人数，若是有的房官录取多人，有的一人未录，亦会引发争议。孟三官所荐的文章整体水平较差，徐大人与微臣商议，取了最优的三人入选。"

徐承赞亦附和道："启禀皇上，开考前皇上曾亲自面谕臣等，嘱托此番春闱务必严谨。微臣谨遵圣谕，与副主考赵大人一道，恪尽职守，秉公取士。然那孟三官实在胆大妄为，所荐之卷皆为交通关节所作。微臣失察，令三人蒙混过关，有负皇恩，请皇上降罪。"

皇帝胸膛起伏，锐利的目光渐渐平息。"罢了，你们都起来吧。胡爱卿，罪行既已查清，当如何处置？"

胡宗来眉目肃然，躬身道："启禀皇上，此番科举舞弊大案，情节恶劣，所涉人数众多，幸得皇天庇佑，真正因舞弊获利者仅三人，未对科举之公正造成倾覆性的影响。以微臣愚见，按我朝律法，考官及应试举子有交通嘱托、贿买关节等弊者，应斩立决。同时，革去那三名舞弊举子的贡士，从落榜考生中按文章优劣再增补三人，以示公正。"

皇帝垂首沉吟，眉目间有举棋不定之态，复向大理寺卿丁耀祖道："丁爱卿怎么看？"

丁耀祖忙跪着拜了一拜，道："启禀皇上，此番所审之贿买关节、诈骗营私等种种情实，可谓目无三尺，若不重加处治，无以惩戒将来。只是……若将那贿买关节的一百一十三位举子一律处死，未免杀戮过重，引发朝野震动。不若宽严相济，只将孟三官等主犯斩决，令众举子流放，以示皇恩浩荡。"

皇帝右手的食指与拇指轻轻一拈，缓缓道："科场为取士大典，关系最重，岂可恣意贪墨营私？然此案所涉人数过多，若一时处死，朕于心不忍。兹判孟三官等主犯斩立决，其余举子俱从宽免死，各杖责四十板，流放三千里。革去三名舞弊的贡士，视情增补。"

"皇上圣裁，吾皇万岁万岁万万岁！"众臣下跪领旨谢恩。

这时，总管太监李秀英从殿外急匆匆踱了进来，跪倒奏报道："启禀皇上，宝华殿出现异兆，智深长老以为不祥，奏请龙意圣裁。"

皇帝双目一瞪，从蟠龙宝座上站了起来。

宝华殿中弥勒佛金身显现异象之事瞬间传遍了宫闱。欣媚跟同屋的宫女小梅也悄悄溜出来，围到宝华殿前看热闹。此时，皇帝已经带着群臣离去。玄真穿着一身云蓝色缠枝如意纹锦袍，负手立在廊下，指挥着小太监们将围观的宫人们清出去。瞥见欣媚的身影时，他眸中闪过一丝笑意，上前作揖道："姐姐也是来瞧热闹的？"

欣媚抿嘴一笑，道："都说宝华殿出现异象，传得神乎其神，便想来瞧瞧。看这架势，真大人是不会让俺们进去的了。"

玄真望着她细白脖颈上的那一截编结红绳，心中有说不出的欢喜，和声细语道："姐姐要去的地方，小真子怎敢阻拦？"说罢，冲欣媚身边的小梅甩了个眼色，那小梅立即会意，喏喏地告退了。

"姐姐，事情颇为蹊跷。且随我来。"

玄真带着欣媚走入宝华殿，只见正殿中央供奉着一尊通体以汉白玉雕琢而成的释迦牟尼像，而发生异象的弥勒佛像则供奉在东侧的配殿里面。二人信步走入，东配殿内金漆雕梁巍峨，重重经幡悬挂，佛龛上坐着一尊金身弥勒佛像，前面地上还摆着一只火盆，里面的炭火哔剥作响，四周还散落着未燃尽的经文箔纸。欣媚一眼便看到弥勒佛宽大的肚子上用墨笔写着三行小字：

　　科举圣事，岂容亵渎？
　　一手遮天，其心可诛。
　　流弊不除，国将不复。

那字体为工整的簪花小楷，只占了弥勒佛腹部一小块区域。欣媚反复瞧了几遍，问道："真大人，这些字迹便是所谓的异象吗？"

玄真压低了声音道："正是。姐姐莫急，我找人说与你听。"他扬一扬手，殿中一名穿着绛紫色圆领蟒袍的小太监躬身走了过来，"这是宝华殿负责洒扫的太监五福，方才就是他发现了弥勒佛身上的异象。五福，你且将事情的经过再讲一遍。"

五福抬眸瞅了欣媚一眼，按捺住满腹疑惑，垂首道："是，真大人。今日早课后，智深长老说，因巳时毅王殿下要来参拜，命奴才将殿中地面再清扫一遍。奴才不敢懈怠，拿着扫把簸箕，从东配殿一直扫至西配殿。奴才可以对佛祖发誓，清扫东配殿时，这尊弥勒佛身上金光灿灿，并没有那几行小字。待扫完西配殿，毅王殿下便驾到了，在正殿敬香礼佛后，又说要到两间配殿参拜。谁知，毅王殿下一踏进这东配殿，便瞧见弥勒佛的肚子上添了几行小字。他走近前去读了一遍，面色煞白，训斥奴才们胆大妄为。奴才只得据实相告，在毅王殿下驾临前，这佛像上明明没有任何字，也没有任何人进入过东配殿，实在不知那两行字从何而来。毅王殿下惊诧不已，连呼神显异象，唤来智深长老商议，并派人禀告了皇上。"

玄真已是第二遍听，面上的疑惑却不减分毫，他愁眉苦脸道："姐姐，此事实在古怪，宝华殿中除了五福，未有任何人踏入，弥勒佛像上的字迹又是从何而来？如今，皇上将调查此事的差事交予了小真子，我实在是一筹莫展呢。"

欣媚微微一笑，又转身犀利地望着五福，道："既然异象显现前没有旁人踏入过宝华殿，最可疑的不正是唯一在殿内的五福公公吗？"

五福一听唬得面如土灰，忙跪下道："欣媚姑娘，可不敢说这样的话呀。五福已受智深长老教导，皈依了佛门，岂敢做出如此亵渎神明之事？求真大人明鉴啊！"

玄真摆了摆手，道："姐姐，五福应是清白的。方才智深长老亦道，五福斗字不识，更遑论写出一手如此漂亮的簪花小楷了。况且，即便他被人收买，谎称出现异象，一旦事情败露，宝华殿的一百多号僧人皆要陪葬……"

"是啊！即便是杀了奴才，奴才亦不敢在佛祖面前撒如此弥天大谎啊。"五福哭得十分委屈。

欣媚的眸中浮现一抹了然，笑道："五福公公莫慌。我且问你，方才清扫地面之时，这宝华殿的门窗是开着的还是关着的？"

"回欣媚姑娘，窗户都是关着的，唯有那两扇殿门开着，但门外有侍卫把守，若有人进来必然会通报。"

"如此说来，能动手脚便只有进殿的那一刻了。真大人，欣媚从前听过一个法子，用笔蘸了米汤写字，等干了后便瞧不出字迹了。之后，再喷些以海藻浸泡的药酒在上面，字迹便又会显现。"

"姐姐的意思是……"玄真眼眸一转，"毅王殿下进东配殿参拜之时，将药酒喷洒在佛像金身上面，使得那米汤所写的字显现了出来？"

"真大人以为如何？"

玄真扬眸轻笑道："听闻今日胡宗来大人已查明春闱舞弊之事，称是一名叫孟三官的房官所为。然而，刚要结案，宝华殿里便显出如此异象。皇上不免对科场之事又生疑窦，遂命胡大人继续调查是否还有其他情弊。这异象若真是毅王殿下所为，或许他对科场弊案是个知情人了。"

"那个……"五福怯懦地举了下手，插话道，"启禀真大人，欣媚姑娘所说之法似乎并不可行。"

"为何？"欣媚噘嘴道。

五福壮着胆子道："回欣媚姑娘，方才毅王殿下和身边的两位侍从走入东配殿时，奴才亦跟在旁边。甫一进门，我等便都瞧见了佛像身上的小字，当中并没有让毅王殿下喷洒药酒的时间和机会呀。"

欣媚眨了眨眼，有些受挫。她低头思忖片刻，走至弥勒佛像前，又将那些小字仔仔细细来回看了几遍，伸手摸了摸佛像的肚子，喃喃自语："这透明的碎屑是……"

"姐姐？"

"五福，西配殿里供奉着哪尊佛？"

五福听得心头一震，耳根子不免红了，低声道："西配殿供奉的是密宗的欢喜佛。"

"也是金身佛像吗？"

"正是。"

"带我去瞧瞧。"

这下连玄真亦急了，忙拦住她道："姐姐，那个……还是不看为好。天色不早，我送姐姐回去吧。"

"真大人，此事极为要紧，欣媚必须去瞧瞧。"说罢，她不管不顾地往西配殿走去。五福跟在身后，一面拿眼觑着玄真，一面手忙脚乱地替欣媚开门。

西配殿与东配殿的陈设截然不同，佛龛简素无华，昏暗的光线中，香雾缭绕，一进去便让人有种晕眩之感。欣媚举眸望去，只见佛龛的莲座上供奉着一尊金身佛像，却是男女双身的造型，那女子抱坐在男子的身上……

"这便是欢喜佛？"欣媚虽然懵懂，亦觉知了什么，一时有些瑟缩。

玄真在一旁使劲儿咽了下口水，低声道："姐姐不该看这些，咱们快出去吧。"

"不。"欣媚摆了摆手，径直走上前去，伸手在那佛像身上四处乱摸。

玄真呆若木鸡，眼睛红得快要沁出血来。"别，别啊！姐姐，你，你悠着点儿……"

欣媚摸够了，回过头来，目光炯炯。"真大人，欣媚已有了解开异象之法。"

6

"真大人？"

欣媚唤了三遍，玄真才从一片混沌的思维中转醒，扭头看着欣媚，又不禁红了耳根。"姐姐的喜好与众不同，真乃奇女子也。"

欣媚迷惑地扬一扬眉，道："什么喜好？真大人方才在西配殿时，便面红如涂朱，该不是患了什么急疾吧？"

玄真忍了忍心头涌动的情绪，咬重了字音道："姐姐，小真子是个……男人。"

欣媚蹙了蹙眉，道："真大人若是身子不适，欣媚去喊穆叔过来替你瞧瞧？"

"不，不必了。我好得很。"玄真以手扶额，连连摇头。

欣媚无暇理会他，回头道："五福，请你准备的都好了吗？"

"回姑娘的话，都备好了。"五福讷讷道。

玄真这才察觉他们已回到东配殿门首，便疑惑道："姐姐方才说，异象之谜已经解开，究竟是怎么一回事？"

欣媚指了指外面的天色，道："真大人请留意，今日天气潮湿，若是弥勒佛肚子上的字是在五福清扫完东配殿后写上去的，那墨迹恐怕到现在还未干透呢。因此，那些字一定是更早的时候写上去的。"

玄真颔首道："嗯，不错。"

"然而，早课前后，宝华殿的僧人们却未发现这行字迹，说明什么？"欣媚眸色骤亮。

玄真尽力避开她的目光，思忖道："字迹是在五福扫地前写上去的，但五福却未看见，莫非那字迹能够隐形吗？"

欣媚用力一拍玄真的肩膀，笑道："真大人果然睿智。那字迹正是被隐去了。"

"如何隐去？"玄真被她拍得肩膀热乎乎的，脸又红了一层，"之后又如何显现？"

欣媚击掌两下，将右臂向前一展，道："真大人，且随欣媚进去瞧瞧那神迹如何显现吧！"

二人步入殿内，乍然一看，却见弥勒佛金身像上的小字不见了。玄真甚奇，忙走近前去仔细查看，原来却是佛像的肚子上面被贴了一层金箔纸。那纸上面涂着一层金粉，颜色、光泽皆与佛像相似，不细瞧的话根本无法察觉。

玄真醒悟过来，道："姐姐，这便是隐去字迹的方法？"

欣媚点头道："不错。欣媚在弥勒佛的金身像上发现了这种透明的小碎片，看似米糨糊干透之后留下的痕迹。因欣媚不懂佛堂事宜，便去西配殿查看另一尊欢喜佛的金身，却发现那上面并没有这样的碎片。所以，欣媚便能够断定，是有人将金箔纸糊在佛像上，遮去了原本就存在的字迹。"

"原来如此。"玄真微微颔首，却仍有不解，"只是，金箔纸糊上去容易，之后又要如何取下来呢？方才五福说了，这东配殿一直关着窗户，并无人进来过呀。"

欣媚盈盈一笑，又击掌两下，只闻得空气中飘来一股焦糊味儿。玄真定睛一瞧，有一条火舌从窗户那边一直延伸到了佛像上，不一会儿便烧光了那层金箔纸。碎屑飘飘扬扬落到佛龛下面的炭火盆里，不知情者会以为是烧金元宝留下的灰烬。

"妙，果然是妙。"玄真忍不住击节赞叹，"方才那条火舌……"

"是将细棉线浸了灯油，粘在金箔纸上的。这条棉线一直伏在地上，通过窗户的缝隙延伸到外头，一般人很难察觉。等需要烧纸之时，从窗户外将它拉起来悬在空中，火苗便能够快速地烧到佛像身上。"欣媚细细解说道，"宫里的金身佛像乃是用纯金打造，自然不怕烧，连痕迹都不会留下。"

玄真越听神色越肃穆，对五福使了个眼色，道："五福，在宝华殿中装神弄鬼可是杀头的罪名。你且退下，嘱咐知情的相关僧人，管住自己的嘴，方才欣媚姑娘所言之事，绝不能对外透露半分。不然，我可保不住你们一百多号人的性命！"

五福听了面色煞白，颤巍巍地磕头道："奴才知道，奴才谨遵真大人之命。"说罢，跌跌撞撞地出去了。

这里厢，玄真凝眸望着欣媚，声音沉缓道："姐姐，依你之见，设下如此精巧机关、伪造这宝华殿异象之人，会是谁呢？"

欣媚低眉浅笑道："实际做事的多半是宫中的小太监，但背后的主使嘛……真大人心里知道，又何必来问我。"

玄真重重地叹了一口气，道："果然还是毅王。火烧金箔纸虽然不会烧坏金身，但难免在佛龛和地面落下许多灰烬。而如今这佛龛上干干净净，必然是毅王在假装发现字迹后，命五福去传唤智深长老，趁此机会将灰烬做了清理。"

"正是如此。真大人可越发进益了。"欣媚掩嘴笑道。

可玄真却仍是愀然不乐，语气越来越冷："姐姐，你可知毅王扯出如此弥天大谎，究竟所为何事？"

欣媚一愣，垂首道："宫中内斗，欣媚不懂。但方才真大人提到，毅王或许是春闱舞弊案的知情人。他是为了替人申冤，才出此下策吧？"

玄真眸光深邃地看了她一眼，道："下策有时亦是上策。既然毅王安心要查舞弊之事，那小真子便送他一个人情吧。若是能趁此机会，查出春闱的更多内情，或许还能为李二郎翻案呢。"

欣媚伸手戳一下他的额角，道："就你会偷奸耍滑。欣媚在此先谢过了。"

"哈哈，反正皇上也从不指望着我能查出什么来，姐姐的这番神机妙算便先烂在我的肚子里了。"玄真凑近她身旁，见四下无人，便伸手要去揽她的腰。

欣媚身子一闪便躲过了，正色道："真大人，上回出宫捉我的那位孟公公，你可查知他是奉了何人的旨意？"

玄真面色一黯，道："恐怕还是与明妃脱不了干系。小真子查到，那孟公公上个月贪墨了一笔采购织品的钱，被明妃拿住了，因而受到胁迫。姐姐放心，小真子已在宫里安排了人手，定会护姐姐周全。"

欣媚羞赧低头，声音如泉水般玎玲："但凭真大人安排，欣媚没有什么不放心的。"

玄真容色暧昧，伏在她耳畔，低低道："小真子恨不得日日夜夜守在姐姐的身边，那样方可真正放心呢。"

朝翔宫中，四名小太监正将一架十二扇紫檀木雕花海棠刺绣屏风往正殿里面抬，后头跟着的两名小太监还抬了一尊半人多高的和田白玉镶金佛。毅王玄亮与安嫔对坐在殿中一张嵌螺钿大理石八仙桌旁，品着苏南新贡的一壶洞庭碧螺春。

安嫔身着一袭湖水色绣青云白玉兰罗衣，挽一个家常髻，望着青花瓷茶盏中碧莹莹一方茶色，笑道："不是母妃不领你这份孝心，只是恁多的家具，这宫里哪儿堆放得下？快别搬来了。"

毅王用青花瓷茶盖撇一撇茶沫子，笑道："母妃说的哪里话？如今父皇临幸您这儿最多，若不精心修饰些，岂不让人笑话宠妃的宫殿简朴无物，有损父皇的颜面？"

安嫔兀自含笑不语，眉间漫上一丝犹疑。"亮儿，本宫听闻近日科举之案扰乱纷纷，皇上颇为忧心。"

"母妃亦听说了？此事牵连颇广，据传明妃的胞弟苏雨栾亦牵涉其中。"毅王眉目间有些喜色，"若能查实，倒是一件大快人心之事。"

"亮儿，"安嫔语气渐重，"木秀于林，莫要强出头。"

"母妃放心，儿子知道分寸。"毅王低首饮茶，并不与生母对视。

安嫔的面色愈加忧虑，语调中含了几分严厉。"今日早朝时，宝华殿那边传来消息，说一尊弥勒佛金身像上出现了异象，上面书写着关于本次春闱流弊之语。小太监还回话说，是毅王殿下去宝华殿敬香时，发现了那异象。"

毅王略收下颔，嘴唇微微一抿，笑道："确实有这样一回事。父皇对此颇为忧心，申饬左都御史胡宗来查案不力，已经发回重查了。"

"亮儿，你究竟做了些什么？"安嫔一瞬不瞬地望着自己的儿子。

"呵，母妃为何这样问？儿臣不过是为社稷思虑，提醒父皇如此诡谲的异象，恐怕并非一名九品官员的去留就能够平息，还要慎重为好。"毅王讪笑道。

"亮儿，聪明反被聪明误啊。你以为自己做的手脚，就没人能够勘破吗？"安嫔眼角挤出了细纹，每一丝都是为儿子烙下的深深担忧。

"母妃是……如何知晓？"毅王面露惊惧。

安嫔冷声道："你从来都爱舞刀弄剑，只对国事上心。今日突然去宝华殿敬香礼佛，便发现了佛像身上的异象，难道还不够惹人怀疑吗？"

毅王面色沉静如水。"母妃放心。神谕这种事，谁敢多言呢？即便是宝华殿的僧人们，也只求顺水推舟，不要祸延自身便好了。母妃休要多虑。这些事儿子自会处理好。"

"何苦来？此前因长公主一事，鸡鸣寺三十六名僧人一夜惨遭屠戮。如今宝华殿有一百多名僧人，你何苦去牵连他们？若是他们因此获罪，你的罪孽可就太大了……"

毅王有些不耐烦地站起身，伸手按了按母亲的肩，勉强笑道："母妃总是这些妇人心肠。父皇自幼便教导儿子，做大事者不拘小节。况且，此事亦牵连不到宝华殿头上，母妃放心便是。"

安嫔见他起身要走，不由得哀怨涕泪道："亮儿，母妃并无甚宏愿，只求我儿一生平安顺遂便好。"

"儿子晓得。"毅王点点头，"父皇虽然命胡宗来对春闱之事再行调查，但殿试亦不能拖下去了，只定在明日。父皇命儿臣从旁协理，这便去准备着了。"

"好。多替你父皇分担,莫要再生事端。"安嫔殷殷叮嘱。

毅王利落地行了个礼,便迈步离去了。

7

京城郊外的凤鸣山顶建有一座雁栖阁,孤零零兀立于一块巨大的岩石之上,仅有一条碎石小道可供上下。因地势险要,亭中景观愈加秀美绝华,晴日里青山叠翠,白云缭绕,万丈金光铺洒于山谷间的潺潺江面,如同登临人间圣境,教人只愿"红颜弃轩冕,白首卧松云"。

殿试发榜的翌日,高中状元的司马珏邀请诸葛子羽、苏雨銮、沈瑜、胡范生、唐申白等一众人来雁栖阁饮酒作别,并叫了梨香苑的浪琴和沈翘翘姑娘作陪。一大早,司马府上的小厮们抬着七八只箱子来至雁栖阁。在亭中放了一张花梨木嵌玉石八边桌,玉石桌面上雕琢着一幅阴阳八卦图,据说是出自京城名匠之手。精美的珍馐果盘、玲珑糕点,满满铺陈了一桌。酒壶酒杯皆是银器打造,斟上琼浆玉液,在阳光下曳出粼粼之光。

众人登上雁栖阁后,临风观景,吟诗作对,自在玩耍了一阵。接近晌午,众人纷纷来至八边桌旁落座。司马珏端坐于上首,提一把银刻花山水人物提梁壶,为每人面前的高脚银杯斟满了酒。他端起酒杯,喜形于色道:"小弟不才,斗胆邀请诸位年兄前来相聚。水酒一杯,还望不弃!"

苏雨銮笑道:"状元大人相邀,吾辈岂敢不赏脸?况且,今日梨香苑'二小'姑娘皆来捧场,试问这样的声势除了司马府,普天之下还能有谁?"

"苏兄取笑了。"司马珏兴致颇高,暧昧地瞧了身边的沈翘翘一眼,道:"承蒙两位姑娘仗义,未曾驳了小弟的面子。在此先敬两位姑娘一杯。"

浪琴笑靥如花,执起酒杯,道:"俺们院中人家鄙薄,却都是极爱诗文的。司马公子乃新科状元,奴家们怎能不来贺一贺?"

苏雨栾挑着眼梢,轻笑道:"琴姑娘一向待人亲厚,读书人中有口皆碑。倒是沈姑娘颇为难得,是谁那么大的面子,能把您给请来?"

沈翘翘一改往日清丽的打扮,穿一袭灼灼红色绣千叶桃花的金银线华衫,梳了漆黑饱满的新月髻,斜簪着一对金镶玉步摇,发髻间缀满了和田玉片和纱绢珠花,显得明艳动人,国色天香。她盈盈一笑,语气却不含分毫笑意:"苏公子知道,奴家性子寡淡,一向不爱凑热闹,所做的事不过为了心中所属之人罢了。"

"哟,这倒是奇了。莫非今日酒席上,有翘翘姑娘的心上人?那倒要听一听。"众人皆起哄道。

然而,沈翘翘却毫不留情地剜了他们一眼,垂首望着自己水葱般的手指,不再说话。司马珏见气氛有些尴尬,便又举杯道:"诸位年兄,今日一别,不知何时还能相聚,务必尽兴才好。今后诸位无论在何处任职、官至几品,都切莫忘记咱们同考之情谊啊。"

众人皆点头称是,满饮了杯中酒。来自临安的沈瑜笑道:"我等皆碌碌之辈,哪里比得上状元郎司马公子,殿试时颇得皇上青眼,将来必定如司马大学士般,官至一品,前途无量也。"

前一阵因涉嫌杀害应子郊被关进刑部大牢的胡范生,不知从哪里托了关系,已放了出来。虽然只中了三甲的"同进士出身"①，亦满心欢喜，笑道："说起殿试，鄙人实在对司马仁兄之才感佩万千哪。皇上对仁兄在省试中的那篇文章称颂不已，直言单凭那一篇文章，不必再试，已是状元之才也。"

苏雨栾亦只中了"同进士出身"，面色便有些讪讪的，道："小弟倒是很好奇，司马兄台的那篇文章究竟有何妙处，能得皇上如此夸赞。"

诸葛子羽乃是落榜之人，碍着诸葛丞相的面子才受邀参加。此时，为显融洽，便插话道："小弟亦听家父谈起司马兄台的文章，据说文采艳丽、议论正确、词翰爽美，众考官皆称善，推举为第一。"

这时，一直默默垂首吃菜的唐申白抬起头来，目色黯然道："如此说来，我等落榜之辈愈加要拜读一番了。不知司马兄台的闱墨②何时能刊印成册？"

司马珏眼角有些微细纹，摆手道："诸位切莫再取笑小弟。说来亦是凑巧，本次春闱的题目，小弟此前练过类似的文章，因而写起来特别得心应手罢了。"

沈翘翘瞟了他一眼，冷笑道："莫非，状元大人一早便得知了试题？"

司马珏面色一变，道："沈姑娘，这话可不敢乱讲。十年寒窗苦读，自然练习过无数的文章题材，偶尔撞上亦是有的。"

"说得是呢。即便提前练习过，也要文章好才行。若是资质平平，即便照抄上去亦入不了皇上的眼啊。"浪琴忙打圆场道。

沈瑜端起面前的银酒杯抿了一口，笑道："别的不说，光是

---

①科举一般来说会取三甲。一甲通常只有三人，即状元、榜眼、探花，称为"进士及第"；二甲和三甲取士人数不固定，分别被赐予"进士出身"和"同进士出身"。
②闱墨：又称"刻朱卷"，是一种科举考试考卷的出版物，类似于高考高分作文集。

皇上提到的那句'不历卒伍之岁，无以为猛将；不经州部之年，不可为宰相也'，小弟听后便拜服之至了。"

众人听了皆点头称善。这时，唐申白突然在旁呻吟了一声："呃……"

"唐兄，怎的了？"诸葛子羽忙站起身，扶住他的手臂，关切地问道。唐申白面色铁青，双手捂着胸口，似乎有难言之痛。诸葛子羽殷切地揉肩捶背，帮他纾解痛楚。

苏雨栾嘴角往上一扯，面露不屑道："哟，还怕人不知你俩背地里那点子事吗？"

司马珏站了起来，眸底含着一缕轻蔑，道："诸葛贤弟，知你与唐兄亲密，可今日大家聚会，还有两位姑娘在此，你俩别过逾了。"

唐申白缓了口气，抬起眼帘瞪了他们一眼，道："是非终日有，不听自然无。我俩清清白白，哪里来这样不尊重的话？"

"哼，尊重是自己挣来的。别给脸不要。"苏雨栾面色如青瓦冷霜。

诸葛子羽面色憋得通红，突然对着桌子底下呵斥道："哪里来的畜生？"

众人一惊，皆往八边桌下望去，只见一名穿着深蓝色短褂的仆役正趴在地上，咧着嘴笑道："回大人，奴才正为诸位大人们擦鞋呢。"

司马珏急欲缓和气氛，忙佯装怒道："来兴儿，你这狗奴才，还不好好伺候着。"

"状元爷放心，奴才定为诸位大人将鞋擦得干干净净，好平步青云，早登凤阁鸾台呀。"来兴儿能说会道，一时众人皆笑了。

苏雨栾眼角飞起，端起面前的一杯酒饮了半盏，语含讥诮道:"你俩成日家设言托意,咏桑寓柳,自以为避人耳目,只恨俺们拿不住。今日若要自证清白,且请唐兄饮下我这半盏残酒,便信你俩无事。"说罢,便俯过身,将半盏酒搁在唐申白面前的桌上。

唐申白浑身一颤,怒不可遏地看着苏雨栾,唇角颤颤。"苏公子,莫要欺人太甚。"

"哼,是我苏某欺人太甚,还是你唐兄急着攀高枝儿啊?"苏雨栾毫不避讳地直视着他,目色烈烈,几欲杀人。

空气胶着如凝胶一般。众人见闹得僵了,都纷纷站起来说和。诸葛子羽看不过眼,伸手要去拿那只酒杯。"唐兄,小弟替你喝。"

"不,"唐申白拦住了,目光恨恨地看着苏雨栾,声音带着粗砾的沙哑,"苏公子,今日唐某饮了这杯酒,过往种种便就此揭过了。"说罢,他端起酒杯,一饮而尽。

苏雨栾的眸中淬满了毒意,大笑道:"好啊,唐申白,真有你的。忘恩负义的小人,总有一天让你死在我的手里!"

一语未了,唐申白的身子便剧烈地晃了晃,旋即从口中吐出一大口血来。两眼珠木然地转了转,往上一翻,便一头栽倒下去。

第四章　美人机关尽

1

一大清早,欣媚跟在一名小太监身后,绕过一座朱红色雕鹤纹影壁,来至东宫西侧的偏殿门前。一名穿着青色圆领蟒袍的太监立于门首恭候多时,打了个千儿道:"劳烦欣媚姑娘亲自走一趟,世才心中颇为不安。事急从权,还望姑娘海涵。"

欣媚忙福了一福,道:"许公公休说这样见外的话。您特地送来李叔的消息,欣媚感念在心。"

许世才白皙的面容在一棵灼灼桃花树的映衬下,越发显得粉面红唇,俊秀清逸。他舒朗一笑,压低声音道:"欣媚姑娘,咱们里面说话。"

欣媚随他进入偏殿的正厅,分宾主落座。小太监捧上两只青花缠枝莲盖碗,各冲泡了一碗香气扑鼻的太平猴魁。芽叶在水中徐徐展开,舒放成朵,茶汤清绿,隐隐逸出兰花香气。欣媚知许世才乃是太子身边的红人,颇受重用,自然吃穿用度都与寻常二等太监不同。

"姑娘尝尝这新得的猴魁,味道还算醇厚爽口。"许世才和声细语道。

欣媚用茶盖撇了撇沫子,抿唇在碗边轻轻啜了一口,道:"嗯,甘甜鲜爽,果然是极好的。欣媚曾听人讲过,太平猴魁甘香如兰,幽而不洌,饮后有一种太和之气,弥沦于齿颊之间,乃至味也。"

"欣媚姑娘好见识。"

"许公公谬赞。不过是欣媚跟随父亲探案时学到的一点皮毛罢了。"欣媚眨巴眼睛,见四下无人,便压低了声音道,"许公公,您方才命小太监递来消息,说是李叔的案子已经核准了?"

许世才郑重颔首,凑近欣媚道:"不错。此前因真大人求了太子殿下,大理寺便一直压着那案子未予复核。今日早朝皇上已第三次问起此案,还说春闱已放榜,那贡院的案子也应一并了结,以安民心。丁耀祖大人受不住了,回大理寺便将那案子的人犯提了出来,据说核准了三日后问斩。"

"什么?"欣媚惊得从紫檀雕花椅上跳了起来,旁边小几上的茶碗都震得叮当响,"案情尚有疑点,怎可如此草率?"

许世才低眉顺目,幽然道:"杀人偿命,何况在科场犯案,罪加一等。判处斩立决已是丁大人手下留情了。"

"不,不是这样的。"欣媚眼眶骤红,泪珠子潸潸而落,"李叔是被冤枉的,那个编造证词的张小宝无端失了踪迹。欣媚无用,还未查清真凶犯案的手段……"

见她落泪,许世才亦不免心软,道:"欣媚姑娘莫急,世才兄妹蒙姑娘大恩,定当结草衔环相报。如今有另一桩案子甚为可疑,世才猜想可能与贡院之案密切相关。若是能查清此案,或许就能顺藤摸瓜,为李二郎翻案了。"

"什么案子?"欣媚拿手背使劲抹了下眼泪,双眼睁得滚圆。

许世才眼底透出一抹异样,缓缓道:"昨日晌午,新科状元司马珏邀请一众考生以及梨香苑的两名姑娘在凤鸣山的雁栖阁聚会。众人饮酒正酣,突然发生了口角,一位叫作苏雨銮的进士定要另一名落榜的举子喝掉自己杯中剩下的残酒。那举子果然答应了,却在喝下半盏酒后气绝身亡。经仵作验尸,乃是中了鸩酒之毒。"

"中毒？"欣媚寻思道，"既然喝的是旁人剩下的残酒……那位递酒的苏雨栾进士如何了？"

"安然无恙。"

"也就是说，这毒是在苏雨栾进士喝了半盏之后，才下入残酒中的？这其中，可有什么机会……"

许世才摇了摇头，道："据在场的人讲，当时众人都站在桌边，无人有机会往那只酒杯中加入毒药。"

"此事发生在凤鸣山，应该由京兆府负责调查。"欣媚眸色暗沉，似忆起不快之事，"他们可有何结论？"

许世才痛惜道："正因为田杰礼大人断得太快，才令人生疑。京兆府的衙役在被害的举子下榻处找到了一封遗书，上面写着科举落榜无颜见家乡父老等语。田大人据此认为，那举子乃因春闱落榜，心灰意冷而自裁。毒药亦是在喝下残酒时自行偷偷服下……"

欣媚的脸颊上浮起一抹嫣红，憋得越来越红，如鲜血一般："哼，田大人的手段还是那么老辣。许公公必然知晓，苏雨栾进士乃明妃娘娘的胞弟……"

许世才嘴角微微一勾，道："姑娘思虑得极是。世才听闻，那贡院凶案中，苏雨栾的号舍就在被害举子的隔壁；而此次又是苏雨栾将半盏残酒递予了死者。若说都是巧合，怕是骗鬼的罢。"

"田杰礼大人对明妃娘娘果真是忠心耿耿。"欣媚冷笑道，"可是，任他再怎么一手遮天，亦绕不过'情理'二字。若说那举子因落榜痛不欲生，为何偏偏要选择在一场同窗聚会中自裁？况且，自裁者的遗书为何没有带在身上，反而从下榻处被找到，焉知不是事后有人伪造的呢？"

许世才一脸敬意，拱手道："姑娘果然心思敏捷，皇上亲封的'宫廷捕快'诚不欺也。"

欣媚目光从他的面上瞥过,思忖道:"许公公,不知那位被害的举子是何人?"

"据说是一位来自冀州的才子,叫唐申白。"

欣媚心中暗自跌脚。"唐兄?欣媚听闻他与应子郊十分契厚,莫非……"

许世才微微颔首:"不错。世才亦怀疑,他们二人是否因知晓了某些内情,被人灭了口?"

"欣媚想起一事,当初众举子在夫子庙闹事时,我曾遇见唐兄,他道应子郊或许是得知了考官情弊的黑幕,才被灭口的。"

许世才一击掌,道:"如此看来,若是能查明唐申白被害的真相,或许李二郎的案子也就迎刃而解了。"

"查,一定要查。"欣媚扼腕愤恨道。

许世才恭恭敬敬地作了个揖,从腰间取出一块紫檀木牌,道:"这是世才向太子殿下求来的腰牌,可便于姑娘出入各处查案。只是,此事不宜张扬,姑娘切记低调行事,莫要再让那些歹人寻到口实。"

"欣媚明白。多谢许公公!"欣媚接了那块雕刻着"东宫"字样的木牌,告辞去了。

这里厢,许世才渐渐站直了身子,面上漾起从容而淡定的笑意。他侧过身,望向碧纱橱后头的暖阁。一身青色宫衣一闪,玄真从里面走了出来。

"真大人!"许世才恭敬地行礼道。

玄真的眸中衔着一抹凌厉的狠意,凝视他片刻,重重甩了下袍袖,一言不发地离开了。

* * *

春日午后的梨香苑，晴丝袅袅，柳下红窗庭院，鱼吹水叶粼粼，显得格外静谧美好。绣楼二层姑娘的闺房内，一应描金家具，珠玉摆设，古玩字画，满目富贵祥和。一道灵兽呈祥锦绣的珠绫帘子后头，摆着姑娘平日起居的软榻，上面铺着金心绿闪缎大坐褥，设大红缠枝花暗纹的靠背引枕，安放着一张香红木螺钿小几。

此刻，欣媚正伏在小几旁。未免引人瞩目，她穿着一身浅橘色绣菊蕊挑银纹罗衫，挽着一个燕尾髻，头上缀着茜色米珠绢花，俨然一副俏丽丫鬟模样。她信手拈起一枚玫瑰搽穰卷儿，吃得津津有味。"果然穆叔的主意不错，琴姐姐这里既掩人耳目，又甚样的人都来得，真真是查访探案的好地儿。"

穆宏坐在软塌旁边的一张梨花木雕花椅上，笑道："你这猴儿，来了这半日不是品茶就是吃果子，如此叨扰琴姑娘，真后悔带你来了。"

浪琴坐在螺钿小几的对面，穿一身半新不旧的桃红撒花烟罗衫，盈盈瞥一眼穆宏，道："穆太医说这样的话，便是瞧不上俺们这里了。说起来，奴家倒是要多谢欣媚姑娘，若不是查这个案子，穆太医这位贵客哪里肯到梨香苑来呢？"

穆宏面色一红，低声道："琴姑娘休取笑了。"

欣媚瞧他二人眉来眼去，噘嘴道："琴姐姐，既然欣媚帮你引来穆太医，你可得卖我一个人情哦。"

浪琴拿绢子掩嘴一笑，道："欣媚姑娘这样可人疼，奴家自然无不奉承。"

欣媚轻笑道："此事不难。欣媚只想请姐姐再回忆下，雁栖阁案发的那日，苏雨銮是如何将半盏残酒递予唐举人的？"

浪琴媚然一笑，眼眸不自觉瞥向穆宏，道："那日，沈妹妹对奴家说，大学士府的三公子相邀去雁栖阁唱曲儿。因他是新科状元，实在推却不过，便与沈妹妹一道去了。本来众人饮酒作乐，相安无事，谁知那苏公子与唐公子发生些龃龉，便闹了起来。苏公子将半盏残酒搁在苏公子面前的桌上，要他饮了此杯方肯罢休。"

"放在桌上？"欣媚眼前一亮，"那么，有人趁此机会调换了桌上的酒杯，亦是有可能的吧？"

浪琴垂首思量片刻，婉顺笑道："恕奴家直言，席间恐怕无人有此机会。"

"为何？"

浪琴站起身来，宽大的袖子蜿蜒垂落。"姑娘且听奴家细细分说。当时，苏公子提出如此无礼要求后，众人皆十分惊诧，觉得未免闹得过于不堪，便纷纷起身劝解。奴家记得，除了奴家与沈妹妹之外，当日众位公子穿的亦都是衣袖宽大的春衫，若有人站着伸手去桌上调换酒杯，袖子晃动，必然十分扎眼，不可能看不到。"

欣媚眼中露出敬佩之色，道："欣媚从前真是有眼不识泰山，原来浪琴姑娘才是女神探也。"

浪琴娇羞地啐了一口，道："穆太医，您这位侄女儿真真是嘴巴不饶人。奴家不过白说嘴几句，她便这样羞臊人。"

穆宏笑着作揖道："姑娘莫怪。回头我替姑娘教训她。"

"呀！穆叔，这便护着我未来的婶子了？你们两口子，真真不知羞！"欣媚边说边用手指戳着脸颊，扮鬼脸。

浪琴被逗得柳腰歪斜，头上的珠翠玲玲乱颤。穆宏怄得又是瞪眼又是鼓腮帮子，连连摇头骂她"猴儿"。末了，欣媚转头正色道："琴姐姐，欣媚仍有一事不明。那苏公子与唐公子争执，为何偏偏要他喝下自己剩的半盏残酒？这听起来似乎……"

浪琴闻言不免含羞低下头，轻声道："此事说出来，恐怕污了姑娘的清听。说起这位唐公子，在京城的秦楼楚馆乃至俺们梨香苑中，亦是颇有些名声的。"

"哦？唐公子是梨香苑的常客？"欣媚问道。

浪琴轻摇臻首，道："不，唐公子从未踏足梨香苑，恐怕亦不会去寻花问柳。然而，梨香苑的不少恩客都与他相识，甚至交往亲厚。那苏公子半年前从临安府来至京城备考，曾与俺们院中的香莲如胶似漆，日日厮混在一处。可有一日，苏公子却搂着香莲道，你虽美貌温顺，却不若唐卿也。香莲以为苏公子另觅了相好的，有些气不忿，便四处央人打听。后来才得知，苏公子口中的唐卿乃是冀州来的举人唐申白公子。"

一时，室内静谧无声。欣媚面孔发僵，这才发觉自己一直张着嘴，脸上的肉都酸痛了。"琴姐姐，您是说那唐申白与苏雨栾是……"

浪琴眼眸流转，叹息道："是呢。奴家后来还听说，唐公子自幼家境贫寒，在冀州时便在一户开商铺的大官人家里做书童，靠大官人的资助方才能入私塾读书。那大官人待他倒是极好，只是难免常安排他迎来送往一些达官贵人，因而唐公子的名声便不大好听了。"

欣媚脑中浮现出唐申白那张素净正气的面孔，实在无法将其与这些腌臜之事联系在一起。她扭头与穆宏对视一眼，见对方眼中亦有痛惜之意。

"据香莲说，唐公子三年前便来至京城，混迹于晓月试馆内，靠各路贵府的公子接济度日。自苏公子来京后，唐公子平常食宿交际等费用，皆是出自苏公子。那日雁栖阁的酒席上，奴家见唐公子转而与诸葛公子亲厚,心中便知这是一桩说不清的风流冤案了。"浪琴道。

欣媚听了,蹙起一对柳叶细眉,手腕轻轻叩击着螺钿小几,沉吟不已。这时,门外传来小丫头子的通报:"琴姑娘,京兆府的官差大人带着两位公子来到了。"

2

大壮、二壮从门首的一架象牙雕唐代仕女图插屏后面一闪身,便来至厅上见礼。浪琴姑娘正端坐在上首的一张金丝楠靠背椅上,笑盈盈道:"有劳二位官差大人,快请坐。"

欣媚与穆宏坐于下首的两张金丝楠木椅上。大壮上前拱手作揖,殷勤道:"欣媚小姐,我等已将那胡范生和沈瑜传来。此事田大人不知,还望一会儿莫要露馅儿。"

欣媚大咧咧一摆手,道:"这是自然。两位哥哥,难道欣媚还会卖了你们不成?你们坐下,我还有话问。"

二人在下首的两张檀木方凳上坐了,道:"欣媚小姐有何吩咐?"

欣媚双目清澈,盯着二人道:"田大人可曾命仵作验过现场的酒食和器皿?"

"回小姐的话,自然是验过的。"二壮抓耳挠腮道,"唯有唐举人服毒的那只高脚银杯中残留有毒的酒液,其余酒杯和菜肴中皆未发现毒素。"

欣媚颔首,面色却不松快,道:"大壮、二壮,你俩跟随我爹爹多年,凭你们的经验,此事可还有其他异样之处?"

二人面面相觑,皆道:"从断案来看,倒未觉出异样。"

见欣媚纳闷，大壮在旁笑了一声，道："有一事倒值得说道，但与本案无干。小的发现沈翘翘姑娘的酒杯中被加了分量不轻的蒙汗药。定是有人心怀鬼胎，欲迷晕了沈姑娘，行那不轨之事。"

欣媚听得义愤填膺，恨声道："真没想到，这些新科进士，竟是一群衣冠禽兽！"

浪琴却只是摇头苦笑："俺们这些苦命人，莫说公子哥儿了，便是那些小厮们亦没有半分尊重。奴家记得那日，司马府的一名小厮还借着为宾客擦鞋的工夫，偷偷捏俺们的脚，被沈妹妹狠狠踢了心口。"

欣媚拍手道："踢得好！琴姐姐，以后这样的台子，不去也罢。不然，穆叔该多担心呢。"

穆宏瞪她一眼，不言语。浪琴颧骨微敛，语带哀怨道："俺们院中姑娘，又有甚节操可言？横竖是那些老爷公子手中的玩物罢了。"

"琴姑娘莫这样说。在穆某心里，姑娘品性高洁，深明大义，乃不可多得的挚友。"穆宏一脸肃然，语气郑重。

浪琴眼中闪过难以抑制的欣喜，贝齿咬住下唇，忍了忍泪，道："承蒙穆太医不弃，视奴为友，奴家此生亦无法报答万一。"

欣媚眼珠来回飘移，看看这个，又瞅瞅那个，酸溜溜道："呀，大壮二壮，看来咱们的贺礼该备起来咯。"

"又浑说！"穆宏没好气地剜了她一眼，恨不能在她身上剜出个洞来，转而对大壮二壮道："听闻，京兆府在唐举人下榻之处找到了一封遗书？"

"是呢，"大壮往对襟短褂内一掏，取出一个信封来，"欣媚小姐，这是俺偷偷从证物房拿的，您看一眼便好，俺得立即还回去。"

欣媚连声道谢，忙取过来一瞧，只见上面工整地写着"寒窗十年，三遭落第。无颜面对家乡父老，无颜苟活于世。申白败矣。"欣媚抬头，问道："可曾验过笔迹？"

"验过。"大壮道，"因唐举人所带的书稿皆焚了，田大人特地请省试的主考官徐承赞大人找出了唐举人应试的卷子，对了笔迹，确系他本人所写。"

"书稿都焚了？"欣媚疑惑道。

"是呀，欣媚小姐，据晓月试馆的馆主姜尚隆讲，春闱放榜之后，唐举人便意志消沉，常常饮酒无度。有一回，小厮送饭时，见房中炭盆内有烧焦的纸片飞出，或许是那个时候，将书稿焚了。"二壮道，"田大人以为，此事亦是唐举人自裁的一桩佐证。"

"晓月试馆欣媚曾去过，门窗并不严紧，若有人在官府搜查之前，偷偷将一封遗书塞进唐举人的房间，亦是可以做到的。"欣媚深锁双眉道。

"可是，欣媚小姐，那封遗书毕竟是唐举人的亲笔啊！"大壮道。

欣媚眨了下眼，又道："遗物还有什么？"

大壮寻思道："唐举人生活简朴，不过几件家常衣衫，还有一小包细软，里面是些散碎银两和几样玉饰。小的记得，其中有一根通身碧绿的玉簪，头部还缀了一颗硕大的东珠，看起来价值连城呢。"

二壮在一旁搓着手，面色有些羞臊。"试馆里的人都说，这根玉簪乃是苏雨栾大人所赠之物。想当初，二人在试馆内同进同出，同吃同住，羡煞旁人哪。"

欣媚面色红了红，道："未得亲见，总归不如意。下回，我得去京兆府亲眼瞧瞧这些证物。"

"哎哟,欣媚小姐,您可别为难小的了。此案已了结,田大人是断断不会准允重新调查证物的。"二壮愁得仿佛下巴都尖了几分。

欣媚故作恼怒,喝道:"你俩也算是有些城府的,如此明显伪造自裁的案件,居然还看不穿吗?"

"小姐何出此言?"大壮二壮慌得差点儿跪下。

"那封遗书虽然是唐举人亲笔,但出现的时机和地点都不对。"欣媚道,"其一,若唐举人真心想自裁,悄悄儿找个无人处服毒或者吊死,才是一般自裁者所为。为何偏偏要选择在众目睽睽之下?其二,既然唐举人写了遗书,为何自裁时未带在身上?若是身上带着遗书,众人一看便知,官府亦无须再多加调查了。现实中往往有另一种情况,那便是某人因一时忧惧写了遗书,后又改变想法,将那封所谓遗书随手一丢,却被别有用心者利用了去。其三,唐举人与苏雨栾虽有龃龉,但细软中还保存着对方赠予的礼物,说明二人并非真正交恶,雁栖阁那一幕不过是争风吃醋罢了。如此一来,唐举人为何非要在苏雨栾递酒之时,服毒自裁呢?"

大壮二壮激动得眼底噙了泪花,半跪着拱手道:"方木令大人思维缜密、步步推演的断案之法……我兄弟真是许久未见了。欣媚小姐凡事尽管吩咐,我等定赴汤蹈火、在所不辞。"

"二位哥哥言重了。"欣媚忙上前虚扶一把,"那么,便请那二位公子进来说话吧。"

北麓贡院内帘的弥封所内,气氛如狂风骤雨来临前的天幕,阴沉压抑得快要沉没了一般。左都御史胡宗来坐在一张黑檀书案后头,手里拿着一份弥封的考卷,微微颤抖着,眼底蕴着沉沉的怒意。

"去把徐承赞、赵孟德带来!"

约莫一盏茶的工夫,两名分别穿着靛蓝色三品官服和云青色七品官服的官员躬身迈碎步走了进来。两人一见胡宗来便跪在地上,行了大礼。"胡大人急急传唤,不知有何吩咐?"

胡宗来亦不让他们起身,将手上的卷宗往案上一掼,喝道:"大胆徐承赞、赵孟德,你二人身为主副考官,蒙受皇恩,竟然干出这等贪赃舞弊之事,该当何罪!"

徐承赞两股战战,重重磕了一个头,颤声道:"大人何出此言?此番春闱,下官秉公取士,绝无贪私之行为,望乞大人明察。"

赵孟德有些懵懂,亦附和道:"胡大人明察秋毫,外头那些浮言私议可是听不得的。"

"混账东西!本官从翰林院抽调十七名庶吉士逐一核查本次省试考卷,结果竟发现有八份考卷朱墨不符①。尤其是考生诸葛子羽,其墨卷内草稿不全,朱卷内有七处被人改动过。"胡宗来怒不可遏,青筋暴起,"此事若传扬出去,必然物议沸腾,天怒民怨。难怪当初徐承赞你这厮急急来找本官,要将那房官孟三官'通关节'之事做实,却原来是为了掩盖你们擅改朱卷之罪行!"

徐承赞唬得面色如纸,跪在地上连连磕头道:"胡大人息怒啊!此事下官委实不知。内帘之中,我等主副考官所用皆为墨笔,如何能改得了朱卷呢?会不会是房官们所为?"

"哼!"胡宗来一拍桌案道,"房官们进入内帘只许携带和使

---

①朱墨不符:为防考官徇私舞弊,应试人的原卷(即墨卷)须弥封糊名,由誊录人用朱笔誊写一遍,送交考官批阅,称为朱卷。朱墨不符是指墨卷和朱卷内容不相符。

用蓝笔，此事本官已命人细细查对过，并无一名房官携带朱墨入闱。恰恰是副主考官赵孟德，有人曾见他手上沾染朱墨，形迹可疑。"

赵孟德唬得差点儿咬了舌头，磕头如捣蒜般，分辩道："启禀胡大人，下官不敢欺瞒。因贱内不懂规矩，将一朱墨锭放入笔盒内，被误带入内帘。"

"那你又为何要改朱卷的内容？"

赵孟德额头汗水连连，颤声道："回大人，只因下官爱才心切，见有几份卷子立意新颖、语速顺畅，堪为佳作，只稍有几个错字，便随手改去了。"

"哼哼，赵孟德，你以为这样的说辞便可蒙混过关吗？"胡宗来高声喝道。

这时，徐承赞跪直了身子，一脸正气道："敢问胡大人，您方才所说的八份朱墨不符之考卷，是否取中？"

胡宗来翻了翻卷子，晦着面色道："皆未予取中。"

徐承赞登时硬气起来，道："启禀胡大人，下官记得确实看到过几篇朱笔修改较多的文章，以为系誊录误写，且文句亦不很通，所以未予取中。至于赵副主考擅自修改朱卷一事，下官确有失察之责，望大人治罪。"

赵孟德扭头愕然地看着徐承赞，旋即低下头去，一声不吭。

"诸葛子羽……"胡宗来手里拈着一支朱笔，沉吟良久，瞪视他们道，"你二人身为省试的主副考，竟出现如此重大纰漏，难辞其咎。至于其中是否有情弊之罪状，本官还要细细查问。你二人且回去，无本官准允不得离开府邸。"

二人忙磕头谢恩，去了。

3

梨香苑浪琴姑娘的上房里，从象牙插屏背后进来两人，一人是来自江州的胡范生，一人是来自临安的沈瑜。时隔一个多月，二人已从默默无闻的举子一跃成为炙手可热的新科进士，穿着行头亦不可同日而语了。

众人寒暄礼毕，分宾主落座，小丫头子捧上茶和果盘。胡范生举袖端起一只描金莲纹茶盏，望着盈盈如一方红玉的茶汤，笑道："都说梨香苑里膏粱锦绣，白玉为堂金作马，果然名不虚传。就这一盏武夷肉桂，怕是市面上有银子亦买不着的。"

沈瑜亦笑道："可不是？这茶开盖便能闻得一股醇厚的雅香，令人眼饧骨软。"

浪琴手中扭着一方缀蜜蜡的宝络绢子，抿嘴笑道："奴家这里无甚可招待的，让二位大人见笑了。今日相邀，乃是宫里的欣媚姑娘有些差事要办，还望大人行个方便。"

沈瑜抬眼望着欣媚，道："欣媚姑娘此前在贡院时已见过的。有甚吩咐，但说无妨。"

欣媚此前便觉得沈瑜谦逊有礼，颇为和善，便也含了十分温润的语气："岂敢岂敢？欣媚乃是奉上头的命令行事。"说罢，从腰间掏出那块"东宫"的腰牌晃了晃，忙又收好，"此事机密，还望二位大人切莫为外人道也。"

二人仿佛瞥见了"宫"字，又未看得十分真切，心中皆惶惑，只得道："我等明白，请姑娘放心。"

欣媚敛容正色，低声道："关于唐申白举人服毒一事，二位大人皆为亲见。欣媚心头有一疑问，还望解答一二。"

说罢，便将方才怀疑唐申白并非自裁的相关疑点说了出来。

二人听后皆沉吟不语。欣媚见状，忙道："二位大人乃是皇上钦定的进士，聪颖过人、出类拔萃。欣媚愚钝，实指望求教于大人也。"

胡范生尴尬一笑，道："说起来，鄙人亦觉得唐举人服毒之事十分离奇，明明苏公子喝了前半盏酒无事，谁能想到那酒里突然便有了毒。然则，当时席上众人皆不可能往那杯中下毒，因而除了唐举人自己服毒，又能有何他解呢？"

沈瑜思索良久，缓缓道："胡兄，其实席间有一事倒颇为古怪。彼时，宾客都在称颂司马公子省试考取贡士的那篇文章，唐举人突然双手捂着胸口，似有疼痛之意。由此，诸葛公子才替他揉肩捶背，引来了苏公子的误解。"

欣媚眼色一亮，道："沈大人的意思是，唐举人在喝下那杯毒酒之前，便已经显示出胸部疼痛的征兆？"

穆宏双手轻轻摩挲着茶盏，道："胸部疼痛，或许是中毒导致气血凝滞，亦或许是突然犯了心症。不知仵作那边有何说法？"

大壮见穆宏的眸中似有探询之意，忙道："仵作刘三丙验尸，说唐举人乃中毒身亡，并无身染重疾的迹象。"

胡范生不以为然道："可是，毒明明就在那半杯酒中，其他菜肴果品我等亦吃了，皆无恙啊。"

"不。"沈瑜刚要说什么，花梨木三足香几上的小碟中，一个茶果被他的袍袖一带，滚落到左靴边。他颇不好意思，忙立起转身，蹲下将茶果拾了起来，右手拈着那枚茶果，若有所思道："说起来，那日登凤鸣山时，唐举人亦带了一包茶果，说是亲手做的豆沙馅蛋黄酥。他分与我等吃了几个，还说家境贫寒，临别无甚可赠，只以茶果聊表情谊。"

"但那些茶果,咱们亦都吃了呀。"胡范生道。

大壮忍不住插嘴道:"若是唐举人亲手所做,那么在其中一只里面加入毒物,是完全可以做到的。那茶果入肚之后,毒物包裹在面馅里,一时未被肠胃吸收,过了一段时间才逐渐渗入肌理,毒发身亡。"

欣媚怔怔听着,似乎神游天外,面容颇为迷惘。穆宏看了她一眼,道:"大壮,唐举人自己带的那些茶果,还有剩下的吗?"

大壮面容沉肃道:"回穆太医,俺们只在亭中的那张八边桌上发现了吃食,其中有一盘的确是茶果,其余地方,包括唐举人的身上,并未发现任何茶果。"

二壮接过话茬:"桌上那盘茶果也验过,的确是无毒的。"

胡范生冷笑一声,道:"沈兄未免耸人听闻了。唐举人分茶果时,鄙人就在他身侧。那些茶果看起来毫无异状,更无区分的标记,唐举人让大家随意从中挑选,怎么可能在其中一只下毒呢?况且,我记得唐举人自己并未吃下茶果,而是将分剩的茶果交予司马府的小厮去摆盘了。"

"这……"浪琴举眸望着欣媚,见她仍旧一言不发,眉头紧拧,像是坠入一张弥天大网,不得挣脱。

午后,皇帝批阅了一会儿奏章,觉得神思困乏,便信步来至御花园的金鱼池边散闷。园中花木扶疏,夭桃娇杏,芳菲怡人。金鱼池的一块巨石边,一名穿着天青色春衫的少年负手而立,朗朗背诵着诗文名篇。旁边一只青绸杏花绣墩上,坐着一位穿蓝缎绣暗纹罗衣的美人,那缎子是以金线、银线和桑蚕丝密密织成,盈蓝中透着金银的光泽,在春日光照下显得尤为夺目。皇帝眯起眼睛细看,才发觉是明妃与其子玄杰在此处春日赏读。他心头一热,走上前去,笑道:"玄杰,在背诵什么书?"

母子俩原本面朝着金鱼池赏景,闻言慌忙起身行了大礼。玄杰刚满十四岁,生得天庭饱满、地阁方圆,浑身贵气。他朗声道:"回父皇,前几日太傅说,父皇早朝时提到了《菜根谭》为当今第一本传授修养人生、处世之道的好书,儿臣颇有兴致,便寻来诵读记忆,以增情志。"

皇帝笑道:"很好,可有何进益?"

玄杰躬身一拜,道:"父皇面前儿臣不敢妄言。不过,方才读到'人生重结果,种田看收成'一句,倒颇有感触。正所谓,'声妓晚景从良,一世之胭花无碍,贞妇白头失守,半生之清苦俱非也。'"

"不错。看人要看后半截,你能悟到这点便算不错。"皇帝频频颔首,"对于成大事者,结果远远比过程重要。"

"父皇说的是。善始者不如善终。丘明公[①]亦云,过而能改,善莫大焉,便是提醒世人不要因一时过错萎靡不振,勇于改过便是大善。"

皇帝闻言,颇为慨然,不由得望向垂首立于一旁的明妃。只见她身上的袍子乃是最寻常样式的蓝缎斜襟襦裙,头上梳着简朴的妇人髻,一应钗环皆无,只在发间缀了几朵浅粉色绢花,乍看过去便如同一名村妇一般。但若走近前细看,她肌肤胜雪,唇红齿白,身上的蓝缎衬得面颊莹润有光,仿佛一朵出淤泥而不染的白莲。

"丽儿,是你?"皇帝情不自禁地唤道。

[①]丘明公:指左丘明,相传为《春秋左氏传》作者。

"皇上……"只娇怯怯喊了这一声,明妃的眼中便滚下两行泪来,"贱妾愧见圣颜,不敢叨扰!这便告退了。"

皇帝忙拉住她的滑腻皓腕,柔声道:"说的什么话?朕……虽不常去未央宫,心里总是惦记着你的。"

明妃唇角压下一抹隐隐喜色,凄然道:"臣妾无福无能,伺候皇上不周,便只能尽心教养皇儿。近来,臣妾常常伴玄杰读书、作文,眼见他进益不少,心中着实欢喜,也算不负皇上的期许了。"

皇帝轻轻握住她的手,笑意如清风明月:"爱妃为朕教养出这样好的儿子,朕心甚慰。玄杰已长成了,明日便上早朝听政议事吧。"

明妃与玄杰面上皆是惊喜,忙下跪叩首谢恩。明妃对玄杰谆谆叮嘱道:"杰儿,父皇对你如此信任,你务必勤勉功课,谨言慎行,多多为父皇分忧才是。"

"儿臣谨记。"玄杰恭顺道。

皇帝面色颇为欣慰,笑道:"玄杰一向孝顺,将来可堪大用。"

正说话间,只见一名穿着绛紫色三等宫女服的小宫女急匆匆从金鱼池背后的假山坞洞里穿过。皇帝惊呼:"什么人?"

侍立在两旁的太监忙围了上来。总管太监李秀英呵斥道:"哪来的婢子,如此无礼?还不带过来!"

那小宫女抬头见一袭明黄袍服,便吓得面如土色,颤颤巍巍地被两名小太监架着带了过来。李秀英问道:"你是哪个宫里的?"

那小宫女将头埋得低低的,道:"奴婢是坤宁宫新来的宫女,名叫春晓。"

这时,明妃身边的大太监小福子眼尖,指着那宫女的手,道:"娘娘,这婢子手中似乎拿着甚物什……"

众人看去,果然见她右手攥得紧紧的,藏在膝盖窝旁边。李秀英道:"拿过来。"话音刚落,两名小太监便不由分说地上前,掰开她的手指,从里面取出了一只青绿色绣锦鲤荷包。

皇帝瞥了一眼,道:"似是男用的荷包。"

明妃不看则已,一看吓得面色惨白,道:"皇上,这荷包……是臣妾绣的呀!"

"哦?"皇帝满脸疑惑。

明妃夺过来,细细看了一回,道:"确实不错。这荷包是臣妾的微末针线功夫。前些日子,因胞弟苏雨栾即将赴试,臣妾特地绣了这锦鲤,预祝他金榜高中。怎么会落在坤宁宫的宫女手中?"

皇帝越发生疑,接过荷包拿在手里看了看,又打开纽子,从里面取出一只小巧的黄纸包来。李秀英一个机灵,叫道:"皇上当心,还是让奴才来打开吧。"说罢,小心翼翼地抖开那只黄纸包,里面装着一些褐色粉末。

皇帝立时变了脸色,气息渐渐粗重,喝道:"宣太医院令孙守诚!"

孙太医很快就到了,查看了那粉末之后,面色惶恐不已,命人去寻了一只猫来。那猫刚服下些微的粉末,立时浑身抽搐,七窍流血而亡。孙守诚跪倒在地,回道:"启禀皇上,据微臣推断,这粉末应是鸩毒。"

明妃吓得跌坐在地,一双明眸噙满了泪水,哭道:"这究竟是怎么一回事?为何雨栾的荷包里面装着鸩毒?"

皇帝心中早已料到,眼眸微转,沉吟不已。这时,玄杰上前一步,道:"父皇,儿臣想起一事,昨日京郊雁栖阁发生了一桩命案,一位落榜举人在宴席上中鸩酒之毒身亡。当时,儿臣的舅舅苏雨栾亦在席上。听闻,京兆府已破获此案,乃是那名举人因落榜羞愧而自裁。但是……"

皇帝睇他一眼,加重语气道:"如何?"

"儿臣听闻,'宫廷捕快'方欣媚今早出宫去了,似乎还在调查这桩案子。"玄杰目色澄明地望向皇帝,显得毫无城府。

"若是重新调查,又发现了这个装鸩毒的荷包,那苏公子岂不成最有嫌疑的了?"小福子在旁边细声细气地说道。

明妃跪直了身子,双手紧紧抓住皇帝的手腕,哭道:"皇上,这分明是有人要陷害臣妾与弟弟呀。"

李秀英用手指着地上的小宫女,喝道:"还不快说,这荷包究竟是怎么回事?"

那小宫女目光怨毒地看了他们一眼,突然冲上来,从孙太医手里夺过黄纸包,将那些粉末一吞而尽。随后,嘴里咳出一大口血,两眼一翻,香消玉殒。

"啊!又一个死无对证……"明妃哭天抢地道,"臣妾此身百口莫辩,百口莫辩了!"

4

日影西斜,如血的残阳透过雕花红漆木窗,照出一地斑驳的光影。送走了胡范生和沈瑜,欣媚又与大壮、二壮嘱咐了一些事,便也让他们回去了。

浪琴见她神色不豫,便道:"欣媚姑娘操劳了一日,奴家这里备一桌酒席,好好为姑娘舒筋解乏。"

欣媚忙起身，笑道："琴姐姐别客气，叨扰这半日，着实过意不去。天色不早，我们也该回去了。"

浪琴温婉一笑，道："姑娘自方才起，便似有满腹心事。叫奴家好生过意不去。"

"姐姐多虑了。欣媚不过是心头有些疑惑，不解不快而已。"欣媚笑道。

穆宏亦起身作揖道："琴姑娘不必挂心。这丫头自幼便是这副脾气，若是她有解不开的谜，便镇日锁着个眉头，见谁都晦气。"

说得三人皆笑。浪琴道："奴家好生羡慕，欣媚姑娘自幼便得穆太医这般关心照拂。"

欣媚凑近，捅了捅她的肋下，坏笑道："姐姐还怕将来穆太医不疼你吗？"

浪琴红了脸，施施然送二人出来至廊下，却迎面看见前头上房里走出来一个熟悉的身影。那身云蓝色缠枝如意纹锦袍的主人转过来，冠玉般的面庞顿时失色，愕然道："姐姐……和穆太医怎的在此？"

这时，沈翘翘从玄真身后走了出来，披着一件碧色夹银线曼陀罗薄纱衣，见到众人时，含笑福了一福，便俏生生立着不说话。

穆宏轻轻一哂，道："我等自然不似真大人，是梨香苑的常客了。"

玄真面色颇有些不自在，秀长的眉毛微微一拧，道："姐姐，小真子是来办事的。"

欣媚倒是浑然不觉，步履轻盈地上前道："莫非真大人亦是奉了太子殿下之命，来向沈姑娘探询雁栖阁那日的情形？"

玄真的目光似火苗被风扑了扑，讪笑道："正是。"

欣媚给沈翘翘施了个平礼，道："敢问沈姑娘，昨日雁栖阁的案子，可有何头绪？"

沈翘翘亦还了礼，语气却是淡淡的："方姑娘抬举了。奴家不过一介烟花女子，又不似姑娘这般聪慧，哪里能有什么主意？"

"沈姑娘深明大义，方才正与我说了十分重要之事。"玄真打了个手势，"天色不早，宫门快下钥了，咱们边走边说。"

说罢，三人辞别了梨香苑，乘坐玄真带来的一辆朱轮华盖马车，往皇宫方向去了。欣媚坐在车上，迫不及待问道："真大人，适才沈姑娘究竟透露了甚要紧的事？"

"是舞弊。"玄真眸色凝亮地看着她，"沈姑娘听一位参与筹办省试的恩客讲，唐申白举人一直坚称本次省试有大量舞弊行为，他本人亦动过花钱买关节的心思，差点儿上当受骗。他还听说有人在考场利用枪手'龙门调卷'，胆大妄为。"

"什么是'龙门调卷'？"欣媚不解道。

玄真笑盈盈望着她，道："原来这世上还有姐姐不知之事，那小真子倒要好好卖弄一番。所谓'龙门调卷'便是通过在考场内交换考卷的方式，实现由他人代替考试。我听说过最离奇的手法，便是买通了送饭的差役，利用给考生送饭菜的机会，把答卷粘贴在碗底，送给考生。"

欣媚闻言，眉头微微一抬，似乎想起了什么。

穆宏亦插话道："据传，前朝诗人温默安才高八斗，却常常贪图银钱在考场替人做'枪手'。有一回，他在一场乡试中替八名考生代写文章，简直神乎其技。但也因他代考太过出名，自己却终身未中进士，实在是捡了芝麻、丢了西瓜。"

"竟然还有人以此为生？"欣媚哑然失笑。

这时，玄真正色道："沈姑娘说，唐举人曾在一次举子们闹事的集会中声称，便是舍弃了自己的前程，亦要揪出背后操弄省试之人，还我朝科举一个公正之道。唐举人此番被害，恐怕与科场上的情弊之事脱不了干系，与那位应子郊的死或许亦有关联。"

"只是……"欣媚微微蜷曲起手指，"欣媚一直疑惑，即便要杀唐举人灭口，为何偏偏选在众目睽睽之下动手？当时席上坐着新科状元和一众进士，个个都机敏过人，若是不慎被人瞧出端倪，岂非得不偿失？"

"或许凶手是为了嫁祸给席上某个人？"穆宏道。

"嗯，或许……"欣媚低低应声，继而不再开口。

说话间，马车已经到了皇宫的西南角门。暮色四合之际，只见宫门口有许多提着羊角宫灯的太监侍立着。欣媚跟随玄真、穆宏下了马车，两名紫衣小太监便围了上来，将欣媚双手反剪制服了。

司药房尚宫王珍香立在前头，喝道："带走！"

玄真忙上前阻拦。"王尚宫，这是何意？"

王珍香面无表情，躬身福了一福。"回真大人，方欣媚屡犯宫规，屡教不改，奉明妃娘娘旨意，废了她的三等宫女身份，送往烧火房做苦役。"

"怎可如此？欣媚姑娘乃奉了……"玄真的话差点出口，才意识到不能泄露背后的情由。

王珍香冷冷一笑，道："奉了谁的旨意？真大人，恐怕您还不知，皇上刚下了旨，皇后娘娘凤体违和，不宜操劳，今日起由明妃娘娘暂摄六宫事。"说完，冲身后的小太监扬一扬脸，便押着欣媚往皇宫里去了。

玄真和穆宏不禁面色乍变，两人对视一眼，心头犹如重云压过，几乎无法喘息。

夜里戌时末，下起小雨，雨声淅淅沥沥叩响窗棂，声声密集而清越。御史府的书房内，胡宗来靠在一张乌木七屏卷书式扶手椅上，擎着一盏桂东玲珑茶兀自出神。小门子前来禀报："大人，礼部侍郎徐承赞大人求见。"

胡宗来眉心一跳，道："白日里不是才见了，又来作甚？"

小门子忸怩道："回大人，那徐大人带了许多礼品，分给了门房众人。俺们都不敢收下。但瞧他的神色，若见不着大人必不会甘休的。"

"哼，营私罔利的小人，本官才不与他沾染半分。轰回去。"

小门子凑近两步，压低了声音道："大人，徐大人特命小的给您带一句话儿。"

"什么话？"

"你中有我，我中有你，天下事皆坏在这里。"

胡宗来眉头一耸，沉吟半响，道："让他进来。"

须臾，头戴一顶方巾帽、一身素衣长衫打扮的徐承赞躬身进来见礼。胡宗来既不还礼，亦不让座，只是斜睨着他，冷冷道："徐大人夤夜前来，所为何事？"

徐承赞一脸恭谨，道："启禀胡大人，白日里有些话不方便讲，未免大人疑惑乃至错判，故而特意前来回禀。"

"哦？可是关于那朱墨不符之事？"

徐承赞点了点头，道："回胡大人，此事并非下官与赵孟德贪墨徇私，实乃迫不得已而为之。"

"有何内情?"

徐承赞从衣内掏出一份折子,递上去道:"恳请胡大人一观。"

胡宗来接过去瞅了一眼,不由得面色一惊:"竟都是这些子弟……"

徐承赞沉肃道:"那八份朱墨不符的考卷,个个背景深厚。譬如这一位洪孟,便是江淮知府洪仕林的公子。江淮一向盛产食盐,据传洪府中私藏数十万盐引。胡大人,私自囤积盐引乃重罪,为何洪仕林反而能平安无事?"

胡宗来的喉结动了动,仿佛有一口酸涩的苦水难以下咽。

"还有这一位诸葛子羽,就不必下官多说了。诸葛丞相权倾朝野,在皇上面前,一句话能顶旁人十句。您说,咱们惹得起吗?"徐承赞又道。

一时,胡宗来颇为踌躇,道:"本官自然认识诸葛丞相之子,想着丞相平时刚正不阿,此事断不会姑息,然则……"

"哈哈哈,"徐承赞拊掌笑道,"胡大人此言差矣。护犊乃人之常情,饶是再刚正之人,若是遇上子女的事情,亦免不了睁一只眼闭一只眼,甚至还要亲自出面呢。"

"你是说,这件事丞相出过面?"胡宗来惊诧道。

徐承赞摇了摇头,道:"与这些官员接洽舞弊之事,皆是赵孟德一人所为,下官实不知情。下官亦是到了阅卷时,见这几份卷子改动过多,逼问赵孟德,方才得知有此事。胡大人,下官只是区区三品,又怎么敢揭发朝廷一品和封疆大吏的事情?况且这背后是否还有更位高权重之人,也未可知。于是,只得将这些考卷一律黜落,亦算不负皇恩了。"

胡宗来眼珠一转,忙伸手让道:"哎呀,本官失礼了,徐大人进来许久，竟一直站着。快快请坐。"说罢，右手的食指与拇指互相捻搓着，又思忖良久，道："徐大人，依你之见，此事该当如何了结？"

徐承赞微微一哂，道："这八份卷子虽然朱墨不符，却并未影响省试结果。胡大人何不就此封存，另寻一由头将赵孟德处置了，亦不算纵容了祸首。"

"唉，"胡宗来重重叹了一声道，"贤弟啊，此事恐怕已由不得你我了。你道那十七名参与考卷核查的翰林院庶吉士是谁安排的？其中有皇上的亲信，恐怕早已将这消息递上去了。"

徐承赞一拍大腿，跺足道："唉，此事曲折了。"

皇宫尚食局的烧火房是最下等宫人做苦役的地方，跟浣衣局并称"二狱"，即吃苦受罪的炼狱。一大早，穆宏去几位娘娘宫中请了平安脉，便急急往这边赶来。刚踏进烧火房，便觉有一股焦烫的热浪迫上来，渗入他的衣领和皮肉，好似整个人都要烧起来。他心底焦急，在一众劳作的宫人中四处寻找那个纤瘦的身影。

"穆叔！"一个脆生生的声音喊道。

穆宏循声望去，只见欣媚拖着脚步走来，穿着一身坏领磨襟的硬浆蓝布衫儿，脚下趿一双毛边儿的粗布鞋，发髻歪斜，一绺鬓发垂落，脸上皆是又黑又粘的炭灰渣子。他心疼不已，伸手理一理她的鬓发，道："这才一夜工夫，怎的弄成这样？"

欣媚拿脏乎乎的手擦一擦自己的脸，瞬间又划出两道黑印子，落拓笑道："铲了一夜的煤灰，当然浑身都是炭渣了。"

穆宏掏出一封银子，与管事的太监说了半日情，好容易才将她带至后院透口气。欣媚在井边打水洗了脸,往石栏凳上一坐,摊手道:"穆叔,饿呢。"

穆宏从怀里掏出一只纸袋,里面有两个热气腾腾的饭团:"快吃吧。"

欣媚一顿狼吞虎咽,风卷残云后,咂摸了几下味道。"咦?这饭团不似穆太太的手艺。"

"嗯,我做的。"穆宏垂首道。

"嘻嘻,欣媚口福不浅,穆太医多久未亲手做吃食了?"欣媚美滋滋道,"果然失之东隅,收之桑榆呢。"

穆宏瞥了她一眼,耐着性子道:"还笑!都落到这般田地了……我昨日去坤宁宫打听,据说皇上亲自逮住了坤宁宫的一个小宫女。此女鬼鬼祟祟拿着苏雨栾的荷包,里头装了鸩毒的粉末。又有人提到太子命你出宫重新调查雁栖阁之事,皇上便认为是皇后欲施计嫁祸苏雨栾和明妃。"

"怎会这样?"欣媚心念急转,"那小宫女……"

"饮鸩自裁了。"穆宏道,"皇上看见这一幕,便想起了当日未央宫小德子割颈自裁的情形,越发觉得明妃从前亦是遭人陷害的了。为此,龙颜震怒,这才下旨命皇后养病,由明妃摄六宫事。"

"哼,可笑。"欣媚冷笑道。

"怎的了?"

"苏雨栾这几日并未进宫,皇后又是如何取得他的贴身荷包的呢?"欣媚道,"况且,若是皇后要将杀害唐申白的罪名嫁祸给苏雨栾,那么应该把装了鸩毒的荷包扔到雁栖阁附近才是,为何偏偏要带入宫中,还被皇上给撞见了呢?"

穆宏低头含笑,道:"这妮子,什么都逃不过你的眼睛。不过,或许皇上心中早就生了疑影儿,才会一叶障目吧?明妃这次兵行险着,栽赃到自己头上,反而收到了连消带打的效果。"说着,他又沉下脸来,道:"可是,你怎么办呢?烧火房的苦役是终身不得出宫的。我昨日去求了皇后娘娘,但她目下自身难保,更不想在这风头上跟明妃冲撞。你暂且忍耐,我一定再想法子。"

欣媚轻轻拍了拍他的肩,梨涡轻旋道:"穆叔不必担心,山人自有妙计。猜猜我在烧火房遇见了何人?"

"谁?"穆宏投去探询的目光。

"未央宫的三等宫女灵芝,便是那死去的腊梅①的同屋之人。"

5

这日早朝,皇帝佝偻着身子坐在鎏金雕龙椅上,宽大的明黄龙袍拖曳下来,更加衬出他的孱弱和疲惫。

"朱墨不符。荒唐至极!"他的力气仿佛被抽尽了,只干瞪着眼道,"谁能告诉朕,这次春闱还有什么是朕不知道的?"

丞相诸葛乾一袭紫袍慨然出列,上拜道:"启禀皇上,改朱卷是只有主考或者副主考才能做到的事,已触动了科举公平之底线。老臣斗胆建议,本次省试宣布重考。"

毅王亦出列奏请道:"父皇,丞相所言极是。本次省试先后出现科场命案、同考官卖关节诈骗、八名考生考卷朱墨不符、一名举人无端中毒身亡等一系列案件,其背后很可能还有重大隐情。据儿臣所知,民间对此番省试发生的种种案件皆有谤议,不

---

① 此案详情参见《谁令骑马客京华》。

若重考以还天下读书人一个公正廉明。"

这时,大学士司马奎急匆匆出列,下跪道:"启禀皇上,臣以为省试重考万万不可啊!科举乃举国大考,岂容如此草率行事?若宣布重考,一来考中的进士定会哗然喧闹,不服上告;二来庶民无知,还不知要如何揣测此事,恐引发民心不稳。"

"大学士此言差矣。若是改朱卷之事传扬出去,才会令百姓非议,动摇朝纲哪。"诸葛乾据理力争道。

司马奎斜斜地睨他一眼,嘴角讥笑道:"诸葛丞相是不是因为自己的公子没考上,才如此急切地希望重考啊?臣倒是听闻,丞相之子亦在改朱卷之列呢。"

诸葛乾面容沉肃道:"启禀皇上,犬子的考卷为何遭人篡改了朱卷,老臣实在不知。但老臣一向洁身自好,绝无请托舞弊之事,望皇上明察!"

皇帝目色如墨,如一道无法看清的深渊,渐渐将殿内的一切吞噬殆尽。"胡宗来主理调查春闱之事,有何说法?"

胡宗来战战兢兢出列,上拜道:"启禀皇上,微臣无能,此前未能查得改朱卷之事,还请皇上降罪。经微臣调查,改朱卷乃是副主考官赵孟德一人所为。昨夜,御史台会同大理寺前去搜查,发现赵孟德府中早已腾挪空了,连一只碗都没有剩下。后来,又追至清淮河码头,发现赵孟德装了一大船的金银准备运回安阳老家。他一个翰林院从七品编修,何来这许多的金银呢?此外,微臣亦对主考官徐承赞严加审讯,得知他在阅卷时发现了部分朱卷被改动过多的问题,但因碍于副主考官的情面未予言明,只是将那八份考卷全部黜落了事。"

"哦?那八份考卷皆未取中?"

"是的,皇上。因而微臣斗胆建议,严惩赵孟德,但省试不宜重考，否则平地起波澜必遭其害也。"

司马奎一迭声附和道："臣附议。皇上已亲自举行殿试取士，若省试重考，岂不是要推翻皇上钦定之事？此乃对皇权之大不敬啊！"

皇帝轻捻下颌的短须，道："赵孟德身为副主考官，擅自修改朱卷，情罪重大，问实后斩立决。其余请托改朱卷的考生……"说到此处，他瞟了瞟诸葛乾，又道："革去一切功名，终身不得再考。"

诸葛乾袍袖下的手微微蜷紧，跪拜磕头道："老臣谢主隆恩！"

这时，太子玄明上前躬身一拜，道："启禀父皇，儿臣以为，方才六弟列举此次春闱发生的系列案件，颇为关键。其中或许还有重大隐情，儿臣提议派精干力量彻查应子郊、唐申白举人之死。"

"此二人之死不是已有定论了吗？"延王玄杰的身影一闪，白胖的面上露出意味深长的笑意，"启禀父皇，儿臣本不敢妄言，但太子殿下无端提起重查旧案，不免让人心生疑惑。"

"此事容后再议。退朝！"皇帝大袖一挥，将众人疑虑的目光皆挡下了。

转眼间，欣媚已在烧火房做了两日苦工。第三日清早，她刚铲了炭灰装车，准备运去西北角门，一个怯生生的女声叫住了她："欣媚姐姐，您昨儿看了半夜的炉子，太辛劳了。灵芝帮您去运炭灰吧？"

"这……怎的生受？灵芝，你已帮我运了两日炭灰了，若是被管事的谢公公知道,怪罪下来,恐怕会牵连你。"欣媚道。

灵芝本是未央宫中的小宫女,自上回明妃失宠后,便被发配到了烧火房。三四个月的光景,她已被炭火熏得皮红肉糙,完全没有了原先的水灵模样。"姐姐何必见外?咱们都是同病相怜的苦命人。"

"听说,我来之前,这里一直是你负责运炭灰的?"欣媚眼底闪过一抹狡黠。

灵芝点头道:"是呢。最苦的差事总是压给新来的人。"

"可是,我听嬷嬷们夸你,说自你进来之后,便一力承担了运送炭灰的差事,便是后面又来了新人,也未曾将这苦活儿交出去呢。"欣媚低眉斜眼觑着她。

灵芝面上讪讪的,道:"运炭灰实在又苦又脏,新人都不愿意干,灵芝便多担待些了。"

"呵呵,若不是明妃娘娘故意要磋磨我,命我干最苦最累的活儿,想来你定是不会放手这桩差事的。"欣媚凑近她的脸,鼻息间有咻咻之气,"灵芝,你是不是特别不愿意我来烧火房干这运炭灰的活儿?"

灵芝目色惶恐,抬眼看她道:"姐姐说的哪里话?我不过看在往日的情分上,想为姐姐多分担一些罢了。"

"情分?咱们有那么好的情分吗?"欣媚冷笑一声,从衣内取出一只金镶玉镯子,"这是昨日运出的炭灰中藏的一只镯子,你可认得?"

灵芝顿时面如死灰,颤颤道:"姐姐,你……"

"果然是份好差事,将宫中的金银首饰、古玩字画藏在炭灰堆里,偷偷运出宫去卖了。这几个月定赚得盆满钵满吧?"欣媚道。

灵芝双膝一软，跪倒在地，拽着欣媚的裤脚，哭求道："姐姐饶了我罢。私运宫中财物是死罪。灵芝一时糊涂，听信宫门口侍卫教唆，干了这杀头的营生，还望姐姐可怜则个，千万不要说出去。灵芝情愿将三个月来所得尽数奉送，只求姐姐饶命啊。"

欣媚两眼一瞪，喝道："要饶你也容易，只消老实回答我一句话。这三个月中，你是否曾从宫中偷卖出去一枚玉佩？"

"玉佩？"灵芝神色变了又变，"宫中有许多小宫女和尚宫托我卖玉佩的，不知道你说的是哪一块？"

"白色的羊脂玉佩，上面镂刻了字。"

灵芝眉心微跳，唇畔动了动，却还是默默摇了摇头。

欣媚眸色一沉，转身道："那便没法儿了。我只能将这镯子交予谢公公去。"

"不，姐姐，千万别……"灵芝跪着拉住她的衣袖，咬牙狠心道，"我仿佛记得有那么一枚玉佩，看起来不怎么值钱的，是……腊梅死前让我交予她哥哥的。"

"腊梅！"欣媚两眼圆睁，惊道，"什么时候？"

"就在腊梅被人害死的前一日中午，她悄悄塞进我的衣袖，让我送去给她的哥哥许世才。那之后，她便没了踪影。后来，牡丹姐姐派我去浣衣局取衣服，两下里一忙，我便把腊梅嘱托的事给忘死了。第二日得知了她的死讯，我又怕被她哥哥责骂，便没有再把这玉佩交出去。"

欣媚冷笑道："是怕被责骂，还是一时起了贪念？"

灵芝死死拽着欣媚的袖子，哭道："姐姐，灵芝知道错了，不该一时贪图银钱。只是腊梅当时并未说这枚玉佩有甚来历，我看着亦不像是贵重的东西，便留下换点银子了。"

"你将这枚玉佩卖予了何人？"欣媚道。

灵芝眼泪汪汪,摇头道:"我每次都将要运出宫去的首饰古玩装成一个小包袱,埋在炭灰下头。西北角门有一位叫老闫的,他负责将炭灰车运送去城郊,卖给那些收炭灰做肥料的作坊主。这中间,他们是如何交易这些首饰古玩,我就不知了。反正最后我能拿到一成的银钱。"

欣媚暗暗咬牙道:"那么,你可还记得那枚玉佩是什么模样?"

灵芝蓦然一愣,道:"不过是一块普通的羊脂白玉,大概比铜钱大一些,上面镂刻着图案,似乎是一个字。"

"是什么字?"

灵芝面露怯色,道:"姐姐,你知道的,灵芝并不识字。"

正说话间,从烧火房的院门外冲进来一个身着青衣的小太监。因走得急切,他两靥酡红,粉面含春,进门便作揖道:"欣媚姐姐,一切皆妥了。"

欣媚不禁大喜,眉开眼笑道:"多谢真大人周旋!欣媚这边亦问得八九不离十了。事不宜迟,咱们快走罢。"刚迈两步,又扭头瞅了地上的灵芝一眼,道:"真大人,灵芝是重要人证,还请务必派人严加保护。"

"姐姐放心!小真子自会安排。"玄真说罢,拉起欣媚的手,往西北角门去了。

6

刚出西北角门,便见一辆青绸顶马车停在那里。穆宏穿着一身石青色杭绸素面直裰,立在车旁低首沉思,端的是一位谦谦君子,温润如玉。欣媚三两步跳上去,笑道:"穆叔,你怎的来了?"

穆宏抬起首来,黑曜石般的眸子深深望着她,道:"若不是我逼问真大人,你还打算瞒我到什么时候?"

欣媚见他语气颇有责备之意,便有些招架不住,觍着脸道:"欣媚不是有意瞒着你,是怕走漏了风声坏事。"

说罢,她将那张沾了许多黑道道的小脸一扬,两只眼睛巴巴地望着穆宏。穆宏哭笑不得,拍了一下她的脑袋,道:"还不快去车上洗漱更衣。"

待欣媚将自己捯饬停当,穆宏和玄真入得车内。见她穿着一身鹅黄色撒花烟罗衫,一把青丝在后头松松绾起,峨眉不扫、铅华不御,如一朵出水芙蓉般俏丽。玄真不禁赞叹:"好一位话本里走出来的莺莺①小姐。"

穆宏语带讥诮道:"崔莺莺不过一个漠视宗族礼法、与人私订终身之女,有甚可比的?"

玄真被他这一顿抢白,羞得面红耳赤,垂首不语。欣媚知穆宏心中对玄真一向不喜,忙转过话头道:"真大人,您方才说一切皆妥了,可是皇上已答应重查贡院之案?"

玄真的眉间蕴了一抹钦佩的笑意,道:"姐姐的主意自然不会有错。不过,此事能如此顺利,还得多亏毅王。"

"六皇子?"穆宏眉心微曲。

"是啊,我去文德殿时,毅王正在侧。我向皇上回禀,发现宫中有人在干私盗首饰古玩的营生,而死于北麓贡院的那名应举人,生前曾得了一枚宫中流出去的玉佩。两桩事体看似关联不大,实则有千丝万缕的勾连。若应举人之死乃是因那枚宫中流出

---

① 莺莺:指元代王实甫创作杂剧《西厢记》中女主人公崔莺莺。

的玉佩或者是得知了宫中的某个秘密,那么此案背后恐怕有着更为重大的隐情。"玄真娓娓道来,"说到此处,毅王突然开了口。他道,此番春闱两名举子遇害,民间传言颇坏,甚至有人说朝廷为了息事宁人,一桩案子草草拉来号军充数,另一桩案子未经深查便认定自裁。"

欣媚闻言笑道:"毅王说这样的话,皇上岂不要气歪了鼻子?"

玄真刮一记她的鼻子,笑道:"姐姐真大胆,连皇上都敢编派。毅王还说,近来有人见过一名号军四处躲藏,说是被人买通了陷害李二郎,如今正遭人追杀灭口呢。"

"果真?此事咱们倒不知呢。"欣媚惊道。

"可不是?有他这些话,皇上终于下了决心,命大理寺重新调查北麓贡院的命案。小真子见机亦忙请了旨,暂缓将那号军李二郎问斩,并请'宫廷捕快'暗中协助调查。"玄真面露得色,似一位等着领赏的孩童。

穆宏面色这才缓和了一些,道:"劳真大人费心了。"

"穆太医说的哪里话。欣媚姐姐的事便是小真子的事。"玄真的目光黏在欣媚身上,旋即又沉了面皮,"姐姐,说起来这回遣你去烧火房的事,皇上似乎并不知情,完全是明妃为了一己之私。若不是我暗中派人在烧火房严加看顾,明妃的暗桩不知道已经害了你多少次了。"

欣媚惊得霍然坐直了身子,道:"明妃的暗桩?莫非是灵芝?"

"并不是。动手的都是些无名小辈,真正的主使还未查清。一次是饭食中下毒,还有一次是夜里欲将你绞死……"玄真说着,不禁抓住了欣媚的手,"姐姐,小真子实在怕极了。"

"啪——"穆宏重重拍了一下车壁,恨声道:"欣媚,不要再查了。我去求皇后娘娘,让你立刻离开皇宫。"

欣媚银牙暗咬道:"叔,你以为离开皇宫,明妃便会放过我吗?这深宫的争斗看得多了,倒是明白了一个道理。若要想高枕无忧,必须将敌人击倒。叔,既然他们这么害怕,欣媚更要查出真相,予他们致命一击。"

玄真紧紧握着她的手,道:"姐姐放心,小真子会一直在你身边,护你周全。"

穆宏望着他们交握在一起的手,移开眼眸,叹道:"罢了。如今你们要去何处调查?"

"是啊,姐姐。据西北角门口那些侍卫交代,所有运出宫去的首饰古玩并无特定流向,京城内的几个黑市都有涉及,若要一一调查,犹如大海捞针啊。"

欣媚的眼中闪过一线光亮,道:"不必去查黑市。真大人,请带欣媚再去趟北麓贡院。"

一名身材颀长的男子穿着浅绯色官服,飒飒立于北麓贡院门首。欣媚等人下了马车,那人便上来拱手道:"大理寺新受皇命,重查贡院一案。听闻方姑娘要三进贡院,便也来听一听姑娘之高见。"

欣媚忙还了礼,笑道:"萧大人在此,我辈岂敢胡言乱语?欲查明此案,还全得仰赖大人,不知上回托您查的那样物件是否有结果?"

萧湛眸色老练沉稳,道:"姑娘交代的事,萧某自然尽心。省试第一场所有出场的考生中,凡携带了玉佩或者玉器的,萧某皆一一查访，但是并未发现有一枚镂空雕刻了字的羊脂白玉佩。"

欣媚点点头，面上露出了然之色。"不出所料。那便好办了。"

说话间，众人已来至"玄"字号筒。欣媚举眸望去，那一间间鸟笼似的号舍栉比排列，号舍门口悬挂着黄杨木牌，用黑漆书写着号舍的编号。

"二十九，三十，三十一……"欣媚在应子郊曾待过的"三十一"号舍门前停驻，朝左右瞧了瞧，西侧"三十"号的考生是冀州举子唐申白，东侧"三十二"号的考生是明妃的胞弟苏雨栾。她行至门牌前，眯着眼睛又细看，突然伸出手去，在木牌子上掸了掸，道："有些脏哩。"

萧湛在一旁道："这两日雨水多，沾了泥沙也是有的。"

欣媚满腹心事，又后退两步，再次来回看了看左右两间号舍，面上阴晴不定。

"姐姐，有何不妥？"玄真问道。

"真大人，能否请当日为'玄'字号筒送饭的小差役前来问话？"欣媚眸光微微异样。

须臾，那名叫作小栓子的差役便被喊了过来，见到众人忙跪地行礼。"见过列位大人。"

欣媚细看过去，这小厮约莫十四五岁年纪，个头很矮，短脸尖腮，一双乌黑的眼睛闪着机灵的光芒。欣媚把脸一拉，冷厉喝道："小栓子，你收受钱财，替人在考场内徇私舞弊，该当何罪？"

此话一出，众人皆惊，小栓子更是愣在当场，连连磕头道："这位姑娘，小的虽不知礼，亦晓得科场舞弊是重罪，万万不敢造次。还望姑娘可怜则个，切莫冤枉好人哪。"

萧湛亦奇道:"方姑娘这样说,可有何凭证?"

欣媚面上衔着一缕笑意。"此事说来相当直白。唐申白举人曾说,应子郊赴省试前将一枚玉佩装进贴身荷包里。然而,我们在应子郊尸身上的荷包里却并未发现这枚玉佩。方才,萧大人又说所有考生携带出考场的物件中亦未见这枚玉佩。那么,合理的推测是,这玉佩多半是被考生之外的人拿走了。"

"那,那不是李军士做的吗?他曾向张小宝亲口承认,将玉佩拿到黑市脱手了呀。"小栓子急赤白脸道。

欣媚眼眸中尽是肃杀之意,冷笑道:"张小宝的话多半不真。近日,有人曾见到他四处躲藏,说是被人买通了陷害李军士。那玉佩之事自然也是无中生有了。"说罢,她拿眼觑着小栓子,狠毒得仿佛能将对方一口吞下。

"如此说来,'玄'字号筒中,有机会盗取玉佩的便唯有这位送餐的差役了……"玄真在一旁帮腔道。

小栓子果然禁不住吓,身子一软几欲栽倒,匍匐在地道:"姑娘明鉴啊!小栓子那日送餐时,连这间号舍都未曾踏足,什么玉佩……更是见都没有见过啊!"

欣媚见吓唬得差不多了,便缓了口气道:"哎,小栓子,我等也为难,此案上面催得紧,皇上已下了好几道手谕。若再寻不到那玉佩,大伙儿都吃罪不起呀。我且问你,此次省试是否有人托你考中传递消息?"

小栓子见问这事,忙不迭道:"回姑娘的话,虽有此事,但小的可以对天发誓,绝不是传递考试相关的消息。"

众人听得十分迷惑,唯有欣媚镇定地说道:"那么,他们传递的是什么消息?"

小栓子瘪着嘴,一副快哭出来的模样:"说是一桩生意,让小的在送饭时递几张银票和纸条,但内容绝对与省试无关。"

"你怎知与省试无关?"

小栓子哭道:"望姑娘可怜见儿,小的大字不识一个。若是官人们蒙骗小的,小的也只是一个死罢了。"

"让你递银票和纸条的举人都是谁?"欣媚瞪圆了眼睛胁迫道。

小栓子两手一摊,道:"小的还未接到指令,送饭时便出事了。这营生自然就黄了。"

"是谁给你下指令?"萧湛渐渐听出些眉目来,神色亦变得冷峻。

"小……小的不能说,说了便是有十条命也赔不起。"小栓子大嘴一咧,哇哇哭了起来。

接下来,任他们如何威逼利诱,小栓子把牙关一咬,死都不肯吐露背后的指使者。萧湛不胜其烦,找来手下的衙役,道:"将他带下去,好生刑具伺候,务必让他吐口。"

欣媚却独自沿着号筒的巷子来回踱步,手指轻轻敲击着右腿外侧,目光似薄雾般迷离。突然,那雾色中透出一道深邃之光,她豁然转身,大步往号筒的栅栏门口奔去。玄真跟在她后头,急忙道:"姐姐,这是要做什么?"

欣媚来至栅栏外,指着门口立着的一只土陶大水缸道:"萧大人,快让他们把缸里的水舀净了。"

萧湛虽不解其意,却也不敢怠慢,忙差人取盆舀水,不到一盏茶的工夫,那水缸便见了底。众人探头一瞧,只见有一枚白色玉佩孤零零地躺在缸底,仿佛已经等候多时。萧湛立即会意,跳入缸中将那玉佩取了出来。

欣媚接过来一看,只见这玉佩比铜钱略大一些,通身的羊脂白玉,上面镂刻着一个繁复的汉字。她端详半日,转头望着穆宏道："叔，欣媚识的字亦不算少了，为何不认得这个字？"

玄真眼角漫过一丝温笑，道："姐姐，此乃是先秦的篆书，写的乃一个'骊'字，一般指黑色的马，传说中亦指黑色的龙。"

"龙？"欣媚的眉心蹙起得更深，几乎挤成一个"川"字。

萧湛仍沉浸在发现玉佩的震惊中，道："方姑娘，萧某实在糊涂，你是如何得知那枚玉佩藏于水缸之内？"

欣媚笑生双靥道："此事不难，不过是一步步推演罢了。方才已经说了，这枚玉佩一不在应子郊贴身的荷包中，二不在所有出场考生携带的物品中，三不是李叔或者张小宝取走，考场的其他官吏皆未踏足'玄'字号筒，无盗取的机会。至于那小栓子嘛，李叔亦同我讲过，这小厮的确未曾进入号舍。如此一来，便只剩下唯一的可能性——玉佩还留在贡院内，并且被藏在了某个地方。"

"可是，究竟是谁藏起了玉佩？"萧湛疑惑道。

"自然是应子郊本人。"欣媚笑道，"萧大人可记得？诸葛子羽曾说，开科前一日，应子郊满面喜色，自称此番春闱不仅能够高中，而且还将有丰厚的银钱进账。唐申白也说，省试当天应子郊不仅将玉佩贴身带着，还说这玉佩能佑他高中一个进士。如此种种，是否能够推断，应子郊已将这枚玉佩卖了一个好价钱，并打算拿这笔钱换一个好前程？"

玄真面露惊诧道："姐姐该不会是想说，应子郊带着这枚玉佩进入贡院做交易吧？"

欣媚抿嘴一笑，道："正是。众人皆言，应子郊对这枚玉佩极为珍视，平日里几乎从不示于人前，定是藏于隐秘之处。偏偏在省试这样的大考中，他却将玉佩简单地装在腰间的荷包里，是否太不谨慎了？然则，若是他准备在考场内与人交易，那么将玉佩放在荷包里，方便取出，亦是合情合理的。"

一径沉默的穆宏终于忍不住开口道："照这么说，反倒奇怪了。既然省试大考威严肃穆，应子郊又为何要与买家约在贡院内交易呢？这儿可不是适合交易的地方。"

欣媚娇俏地斜睇他一眼，笑道："穆叔说的是，一般人不会选这样的地方交易。因而，这绝非应子郊本人的意愿，多半是买家提出在贡院内交易，因为买家不愿意暴露自己的身份……"

"不愿暴露身份？"玄真墨色瞳孔露出凝重之色。

"正是。考生一进入贡院，便不能随意走动，更不能出去，最方便进行不见面的交易。"欣媚眼里盈满晶亮的锐气，"能想到这一层，还得多亏真大人对欣媚讲的'龙门调卷'手法。您说，有人曾买通了送饭的差役，利用给考生送饭菜的机会，把答卷粘贴在碗底送给考生。欣媚便想到，若是买家通过这种方式将银票送给应子郊，而应子郊则在入场时将玉佩偷偷藏于某处，收到银票后再将藏匿地点写在纸条上递给买家，那么双方便可在不见面的情况下完成交易。"

"可是，方才那小栓子明明说交易未曾进行。姐姐又怎么知道，应子郊将玉佩藏于这水缸之中呢？"玄真道。

欣媚将手一挥，晃着脑袋笑道："不过凑巧猜对而已。方才欣媚细细查看了应举人的号舍，见里面并无藏匿玉佩的空间。而这号筒的巷子里亦空空荡荡，无处藏物。一路走来，唯有栅栏门前的这口大水缸，为了防火蓄满了水，若是将玉佩掷于缸内，既便利又不会惹人察觉，便请萧大人一试。"

"等一等。若有小栓子作为中间人，双方直接通过小栓子交换财物即可，何必非要将玉佩藏于这水缸底部呢？"萧湛困惑道。

"是的，若有中间人，在外边亦可实现双方不见面的交易。"玄真道。

欣媚唇角微扬，笑道："二位说得不错。只是此事极为隐秘，买家连中间人亦信不过，不希望中间人窥到这枚玉佩的模样。一旦开考，这贡院便是一间巨大的密室，将玉佩藏于其中十分安全。而小栓子又目不识丁，即便偷看了那张纸条，亦不知玉佩藏于何处，两下里皆十分妥当。"

"买家好谋算啊。"玄真叹道。

"方姑娘，萧某还有一事不明。你说的交易方法对买家来说似乎太过冒险。若是应子郊写的藏匿地点是错的，甚至压根儿没藏，买家岂非竹篮打水一场空？"萧湛疑惑道。

"不会。买家既然让应子郊将玉佩藏在贡院内，便说明他是在省试结束后亦能进入贡院的人。"欣媚笃定道，"如此一来，应子郊心中自会揣度，买家背后势力庞大，不可小觑，更不敢相欺。"

"是。应子郊在明处，买家在暗处。若是使诈，反而会弄巧成拙。"穆宏沉着脸道。

"小栓子必定知道更多内幕。"萧湛一拍大腿，"方姑娘，事不宜迟，萧某还是亲自去审问他为好。"

欣媚颔首道："如此便辛苦萧大人了。"

7

离开贡院后，穆宏提出带欣媚回自家歇一歇脚。欣媚满心欢喜道："甚好！欣媚都几年未见穆太太了，想念得紧哩。"

玄真面上有些讪讪的，想开口跟过去，又忌惮穆宏的眼色，便道："如此亦好，姐姐且去穆太医府上探个亲，小真子将这枚玉佩带回宫让人瞧瞧，查一查这物件的来历。"

于是，欣媚便乘着马车来至阔别三年的穆家宅第。这座宅子是穆宏的太祖爷爷辈流传下来的。黑瓦白墙，前后共三进，前堂后寝，以穿廊相连，两侧有耳房、偏房，西南角门边上还建了一个小花园。

听了小厮的报信儿，穆太太早已迎至仪门首，拉住欣媚的手，双眸凝睇："孩儿，可想煞我了。"说罢，又执手相看，频频颔首道："三年多不见，小丫头子眼眉都长开了，真是个标致的美人儿了。"

欣媚听得又羞又臊，扭股儿糖似地缠在穆太太怀里，道："穆太太怎说恁不正经的话，回头穆叔又该羞臊我了。"

穆太太四十出头年纪，绾着一个贵妇的高髻，斜插着一支点翠蝙蝠长簪，穿一袭堂色胭云缎暗纹锦袍，既高贵端庄又简素亲切。她斜睨一眼穆宏，道："宏儿不敢，他若欺负你，我第一个不饶他。"

穆宏一脸憋气样，委屈道："娘，这蹄子在宫里未曾把您儿子气死，已算是万幸了。"

说罢，三人大笑。一同来至东面花厅上，当中一张花梨木五福捧寿桌上已摆满一桌席面，有一盘八宝鸭片、一盘金陵盐水鸭、一盘西湖醋鱼、一盘芝麻青鱼脯、一瓮枸杞红枣煲鸡蛋羹，还有一大盆肉片酸笋汤。

三人落了座，命小丫头子筛上酒来。欣媚端起白玉莲纹酒盅，放在鼻下闻了闻，道："清香甜醉，可是桂花陈酿？"

穆太太眉开眼笑，道："这丫头鼻子最灵，什么味儿都瞒不过她。这是去岁金秋摘取了含苞待放的鲜桂花，浸成桂花露，渗入葡萄酒中，又甜又香。"

"是啊，桂花性温味辛，煎汤、泡茶或浸酒内服，可以化痰散瘀，常饮用还有助于养颜美容。"穆宏道。

"难怪穆太太从未变样儿，原来是常喝桂花酒的缘故。"欣媚举杯恭敬道，"如此，欣媚便借花献佛，先敬祝穆太太青春常驻，容颜不老。"

穆太太被逗得笑逐颜开，喝了满满一杯，道："这猴儿就是能逗我笑。哎，自你入宫后，我便没这么高兴过了。"

"那便是穆叔的不是了。"欣媚佯装责备道，"叔若是早日娶回一房媳妇儿，白日里陪您说说话，做个伴儿，再生一窝孙儿孙女，承欢膝下，您可就有的乐了。"

说到此处，穆太太面色微变，一缕淡淡的愁雾漫上了眼角。欣媚见状忙宽慰道："不过，太太您可别急，叔心里已经有相好的了。"说罢，掩着嘴暗笑不已。

穆宏急道："这蹄子，休胡说。"

穆太太看看穆宏，又看看欣媚，脸上满是好奇。"哦，是哪里的姑娘？"

欣媚一壁觑着穆宏，一壁壮胆说道："穆叔没好意思跟您说，是怕您嫌弃。这个姑娘我见过的，容貌和性子都是极好的，只是……"

"怎的了？"

欣媚抬眼哀戚戚地看着穆太太，道："太太休生气，那姑娘叫作浪琴，乃是梨香苑中的……头牌姑娘。"

"啊？"穆太太一愣，又转过脸去看着穆宏，眼中满是不可思议，"青楼姑娘？宏儿断然不会……"

"娘，您休听她胡言乱语。"穆宏恶狠狠瞪了欣媚一眼。

穆太太面上掠过一抹了然，伸手刮了一下欣媚的鼻尖，笑道:"你说的这个姑娘,我倒从未听宏儿在家提起过。他提的最多的便是你这个小蹄子,又想什么吃食了,又在宫里闯什么祸事了。"

欣媚嘟囔着嘴道:"穆太太,人家哪有那般不堪?这位浪琴姑娘虽然是烟花女子,但性子温柔,待穆叔也是一片痴心。欣媚看得出来,她可是这么多年来,穆叔唯一能看得上的女子呢。穆太太,您可别因为门第之见而断送了一桩好姻缘呢。"

"欣媚!休再浑说!"穆宏已红了耳根,声音亦带了一丝怒意,"这些话是你一个未出嫁的姑娘该说的吗?"

见穆宏发怒,欣媚伸了伸舌头,忙往嘴里塞了一块鸭肉。穆太太意味深长地瞧着他俩,缓缓道:"说起来,欣媚也到了该许人家的年纪了。"

一听这话,欣媚的心肝儿都颤了颤,那块鸭肉差点噎在嗓子眼儿里:"穆太太说的什么话,欣媚不要听。"

"这妮子还知道害臊了,果真是长大了呢。"穆太太搂过她的肩,亲昵道,"心里可有中意的人?"

穆宏眸色阴沉,避过视线,兀自喝了满满一盅酒。欣媚面上尽是赧色,忸怩了半响,方从脖颈上取下那根编结红绳,道:"穆太太,宫里有一位大人待欣媚极好。这……是他赠予欣媚的玉佩。"

穆太太微微愕然,接过那枚玉佩,拿在手里端视。"这倒并不是一块好玉。"

穆宏冷言相讥道:"一看便知毫无诚意。"

穆太太斜睨他一眼,语气便有些严厉:"宏儿,你可从不是那爱慕奢华之人。想当初,你与小蝶相恋之时,互相赠一块旧帕子便满心欢喜了。"

闻得此言,穆宏如吃了一记闷棍,垂首不语。

欣媚见气氛有些尴尬,便开解道:"说得是呢。欣媚自幼便羡慕穆叔和小蝶姐姐。这世上若是有人能这样待我,便是死亦无憾了。"

穆宏抬头,凝神望着她,眸子里蕴着点点星芒。

穆太太深以为然,拇指轻抚着那枚玉佩。"所以,东西贵重与否,倒不说明什么。年轻人相识于微时,谁有那金银可赠?一块璞玉,便是心意了。"

欣媚眼神一滞,脑中忽然灵光乍现,急急抓住穆宏的胳膊,道:"穆叔,从前小蝶姐姐赠予你的那块帕子在何处?能否借欣媚一观?"

饭毕,欣媚便悄然往后院走去,熟门熟路地溜进了穆宏的卧房。十多年前,穆宏随祖母一道住在江州,因查案验尸之事与方木令相识,结为忘年好友。穆宏的祖母在当地亦是大户人家,住在县衙附近的红墙高门之内,欣媚便常常上门去蹭吃蹭喝。那时,她只是一个六七岁大的小丫头,自由出入于穆宏的书房和卧房,还跟在穆宏和庞蝶的屁股后头嬉笑玩闹。京城宅子的这间卧房,她亦是走惯了的。四年前,穆宏将她接来京城时,她便住在旁边的西厢房里,没事儿常跑到穆宏的卧房里读医书、看医案。

一眼看去,屋内的陈设几乎一成未变。靠东墙放着一张紫檀木雕花架子床,挂着素色暗纹锦帘帐,床上的湖蓝色云锦被叠得整整齐齐。北墙和西墙是两整排紫檀木书柜,密密麻麻摆满了各类医书和医案。靠南窗的一张紫檀梅花枝长案上,亦堆叠了许多医案,只在角上放着一枚端砚和一个竹制笔筒,筒里零星插着几支毛笔。欣媚伫立呆看一会儿,不禁唇畔微勾,这份熟悉的干净整洁,让她的心霎时安宁下来,如同寻到了归处。穆宏从身后追进来,低低道:"多大的人了,还这么乱闯!"

欣媚扭头"扑哧"一笑,道:"我可是得了穆太太的令,来搜查穆叔的定情信物!"

穆宏白了她一眼,垂首走至床头的紫檀木嵌螺钿雕花矮柜旁,从里面取出一只描金乌木漆盒,小心翼翼地打开。欣媚不敢凑上去,知那盒子里皆是穆宏珍藏的与庞蝶有关的物什。空气中仿佛飘过一声哀叹,穆宏转过身来,递给她一方帕子。那是一方浅黄色桑蚕丝绢帕,上面绣着一枚红色枫叶和一只翩翩飞舞的彩蝶,还用墨笔题了两行诗句。

红枫归雁引秋来,飞蝶落花共徘徊。

欣媚只看了一眼,便笑道:"果然没记错,这红枫暗含着穆叔的名字,飞蝶则是小蝶姐姐的名字。记得那时候,还是欣媚替你俩传的帕子呢。"

穆宏不言语,面色暗红,又蕴着一缕淡淡的伤感。

欣媚往长案旁的小杌子上一坐,托腮道:"两情相悦,往往爱将双方的名字缠在一处。穆叔,那枚玉佩上的'骊'字可以拆成两半,左半边是'马',右半边是'丽'……"

"马和丽……"穆宏倚在案边,凝思道,"会是谁呢?"

欣媚眼睫微垂,突然又如振翅蝴蝶般抖了起来。"穆叔,你还记不记得?萧大人说过,苏雨銮随身携带入考场的黄花梨衣箱中,藏有一张面值一万两的银票。若这银票是为了与应子郊交易的,那么这个'丽'字很可能是指明妃苏明丽了。"

"明妃?"穆宏震惊道,"那么,左半边这个'马'又会指谁呢?"

欣媚双眼微眯,透出两道凌厉之光。"哎呀,一叶障目不见泰山也。那回,欣媚与真大人追踪长公主至鸡鸣寺,谁知禁军校尉万马龙突然出现,称接到密报,欲冲进寮房捉拿长公主的奸情哩。如今想来,他究竟受何人指使?"

"当时欲对付长公主的,自然是明妃了。"穆宏颔首,"说起来,渡月轩一案中,万马龙亦是最早赶到现场的。虽说禁军戍守宫闱安宁,但宫人事务一般由内侍监掌管,他实在不必蹚这浑水,除非⋯⋯"

"除非他亦受了明妃娘娘指使。"欣媚与穆宏视线相接,心领神会,"若是'骊'字左半边的'马'是指万马龙的话,那么腊梅所指的那桩不伦之事,便是明妃和禁军校尉了。"

穆宏脸色大变,喝道:"丫头,此事太过骇人听闻,绝不能从你的口中说出去。更何况,腊梅那桩案子已经了结了。"

欣媚的一对柳叶眉微拧,道:"可是,这件事或许还牵扯眼下贡院的案子。正因这枚玉佩能够证实明妃娘娘的奸情,苏雨栾才会出高价购买玉佩,在贡院内行那诡秘的不见面交易呀。"

第五章　再现断掌谜

1

戌时,一辆翠盖马车停在穆家宅子门首。穆宏携欣媚登上车厢,见萧湛和玄真正精神抖擞地坐在里头。彼此叙了寒温,欣媚忙不迭将关于玉佩上"骊"字的猜测讲述一遍。

萧湛拊掌笑道:"得来全不费工夫。方姑娘,萧某这边亦有好消息,那小栓子已经吐了口,让他在考场递银票和条子的正是京兆府的知事何守旺。"

"京兆府?田杰礼一向是明妃的人,他们匆忙嫁祸给李叔,果然是为了掩盖这枚玉佩的秘密。"欣媚喃喃道。

"另外,手下的衙役来报,今晨卯时发现毛二鬼鬼祟祟出门,去了禁军在皇宫附近的营地。"萧湛又道。

"果真是禁军?"欣媚攥紧了拳头。

玄真忙道:"姐姐,小真子的人在大理寺的庑房内搜到了当日刺杀咱们的那支箭矢。细查来历,虽不是禁军的配备,却也是由打造禁军箭矢的同一家铁匠营制作的。"

"如此,桩桩件件便都合上了。"欣媚笃然笑道,"这桩冤案还得从未央宫腊梅之死说起。'骊'字玉佩乃是明妃与万马龙的定情信物,无意之中落到了腊梅的手里。于是,腊梅便四处宣扬见到了宫闱中显贵人物的秽乱之事。为了灭口,明妃身边的小德子将腊梅诱骗至渡月轩古井中杀害,谁知这枚玉佩却阴差阳错地通过灵芝之手流出宫外,辗转到了应子郊的手中。明妃的胞弟苏雨栾得知应子郊有这枚玉佩,却不方便出面,遂想出了在省试中不见面交易的法子,并通过京兆府的何知事暗中差使小栓子运作。谁知天不假年,应子郊竟在考试中突然遇害,令他们的交易中断。田杰礼之所以找张小宝诬陷李叔匆匆结案,其目的正是为了阻止深入调查,以免暴露这枚玉佩的秘密。"

"如此说来,石头在花满记酒肆射出冷箭,亦是明妃希望借此阻止真大人和方姑娘继续调查贡院之案。"萧湛道。

"不错。明妃甫一执掌六宫,就立即将欣媚姐姐贬去烧火房,暗中派人加害。种种手段皆是为了掩盖她与万马龙之间的奸情哪。"玄真重重拍一记车厢壁道。

萧湛眉头一抬,又道:"那么,在考场杀害应子郊的会不会就是苏雨銮呢?"

"这倒未必。"欣媚沉思道,"按理说,明妃他们最急切想要得到的是那枚玉佩,可交易尚未进行,应子郊便被杀害,若是苏雨銮做的,未免有些得不偿失了。"

"嗯。我记得姐姐说过,要在省试的考场中动手,风险极大,必须有不得不这样做的理由。"玄真道,"会不会是考试过程中出现了一些突发的情况,逼得苏雨銮冒险杀人?"

"那恐怕得将苏雨銮逮捕了,细细审问才可知。"萧湛说着,瞟了玄真一眼,"真大人,关于这枚玉佩之事……"

言及此,穆宏突然探身,伸手箍住玄真的左臂道:"真大人,莫要陷欣媚于危墙之下。此事涉及宫闱清明、干系重大,若让人知晓是她找到了这枚玉佩,她必然会为明妃所忌恨,累及性命。你若真心待她……便要好好护着她。"

玄真目色坚毅地与穆宏对视,眼底闪过一丝相知相惜之意:"穆太医放心,玄真便是舍了自己,亦不会让姐姐涉险。"

欣媚闻言,羞涩低头,露出难得的小女儿情态。

"真大人打算如何向皇上禀告？"萧湛晦着面色道。

玄真如冠玉般的面庞闪过凌厉之色："不必咱们亲去禀告，自有人对此事更为上心。"

距离京城东华门外二十里，驻扎着毅王麾下的二十万大军。因为骁勇善战、百战百胜，这支军队被皇帝亲封为"勇毅军"。翌日清晨，一骑快马风驰电掣般飞入军营，穿着一袭白色缂金如意云纹长袍的少年翻身下马，急匆匆来至毅王的跟前。

"毅王殿下，要事禀告，还请借一步说话。"玄真躬身拱手，发髻上的浅绿色发带迎风飘扬。

毅王玄亮生性勇猛，酷爱练兵，平日里几乎都住在军营。此时，他正亲自督促将士们进行晨间操练，见玄真乍然来到，不由得神色一肃，将玄真请进了自己的营帐。二人在帐中一对简朴的蝠纹檀木椅上落座，便有士兵奉上茶来。

"七弟，今日怎的有闲来本王这简陋之地？"玄亮故作平静道。

玄真亦不动声色，只从袖中掏出一枚羊脂玉佩，静静地置于雕花小几上。玄亮拿眼一瞟，道："这是何物？"

"这便是省试中被害的应子郊所携之物。"玄真压低了声音，眉目湛然，"六哥，据说此物乃是从宫中流传出去的。"

玄亮满心疑惑，捻起玉佩细细观瞧。"骦？"

"此前，渡月轩被害的宫女腊梅曾说，见到了宫闱中显贵人物的秽乱之事。而这枚玉佩正是腊梅死前交予同屋宫女，嘱托转交其兄长许世才的。却不巧因几番阴差阳错，流到了宫外……"玄真语气幽幽，意味深长。

"腊梅乃是未央宫的人……"玄亮听玄真的口气，心领神会道，"这'骊'字右半边的'丽'莫非是指苏明丽？那么这个'马'字……"

玄真微微一笑。"六哥果然机敏过人。其实，小弟已查知，此前我在酒肆遇刺，便是遭了禁军校尉万马龙的暗算。"

"万马龙和苏明丽？"玄亮闷闷一乐，旋即放声大笑，"我一向知道万马龙在暗中替苏明丽做事，却没想到他们还有这层奸情。如此说来——"

"不错。"玄真与他双目相接，便将欣媚的一番推论和盘托出。

玄亮立起身来，在营帐中来回踱步，却摇头叹息道："可惜了，光凭一枚玉佩，还不能置明妃于死地，她若是抵死不认，你们仍旧是功亏一篑啊。"

玄真上前一步，道："六哥，明妃的胞弟苏雨栾欲在省试考场内替明妃夺回玉佩，而应子郊则横死场内。若哥哥能够将玉佩之事禀告皇上，并以杀人嫌疑将苏雨栾逮捕，之后细细查问，难保不能得到您想要的结论。"

玄亮眯起狭长细眼，眸中透着浓浓的阴翳。"七弟，此事乃是大理寺全权调查，与本王何干？"

"六哥，小弟一向敬重您的气度与为人。此前，您在宝华殿设下以金箔覆佛身，昭示神谕之计，小弟亦在暗中百般周全维护。"玄真凝眸，语气渐重。

"宝华殿的异象乃神谕，休要胡乱言语！"玄亮赤面薄怒，旋即又冷笑道，"哼，此事定又是那位'宫廷捕快'所推断，七弟果真是找了一把好刀啊。"

玄真微微敛起容色，沉声道："小弟心知六哥所求，这亦是太子殿下所求。"

玄亮睨他一眼，冷声道："七弟对太子殿下倒是忠心不二。"

玄真黯然长叹，道："六哥明知小弟的身世，又何苦拿言语激我？小弟不过为求一隅安稳度日罢了。"

"哼，七弟甘心做太子的爪牙，本王却不愿曲奉。"玄亮骨子里自有一股武将的刚硬之气，他霍然挺身直立，身上的铠甲嘎嘎作响。

玄真泯然一笑，喟然道："毅王殿下英才武略，自然不会屈居人下。不过，小弟昨日刚收到边关一则消息，听闻长公主殿下的情人江城阔病重垂危。"

玄亮身子僵直，双手的手指紧紧蜷起。"此事本王已知悉。江琴师从前与本王有些交情，本王已派名医快马加鞭前去医治。"

"但愿江琴师能躲过这一劫。"玄真神色微露不忍。

"七弟言下何意？"玄亮疑心骤起。

"莫非毅王殿下不知吗？那江城阔从前与明妃娘娘交好，曾在长公主一事上为明妃出力。但结果却是阳奉阴违，倒打一耙。明妃娘娘痛恨不已，据说千里派人前去加害……"玄真说着住了嘴，小心觑着玄亮的神色，"不过，这些事小弟亦是道听途说，作不得数的。"

"毒妇！"玄亮咬碎银牙，恨声道，"本王绝不会放过她。"

"小弟愿助殿下一臂之力。"玄真拱手作揖道。

午后阳光刺目，整座皇宫浸润在一片斑驳的光影里。在后宫与前朝之间的"天街"地带，一位严装华服的贵妇正缓缓迤逦而行。她梳着一个高高的九鬟髻，两边斜插六对曳翠摇金的钗环，后髻簪一支凌空欲飞的鎏金青鸾步摇，鸾鸟口中衔着一串长长的白玉明珠。身上着一袭玫瑰紫缎彩绣折枝花纹刺金边氅衣，下面一条藕荷色细裪子凤仙花软纱长裙拖曳在地上，随着她的脚步缓缓移动。

她一步一步登上花岗岩瞭望台，正在戍守的禁军校尉万马龙慌得忙下跪行礼。"微臣参见明妃娘娘。"

明妃摆一摆手，屏退左右，目光死死地盯着他。"万将军一向可好？"

"仰赖娘娘洪福，微臣尚可平常度日。"

"呵呵。"明妃的笑声如哀号的夜枭，凄厉决绝，"万将军，恐怕你的好日子要到头了。"

万马龙见明妃亲自到来，心里已觉知了几分，听闻此言只是凄然一笑，道："微臣的命是娘娘的。"

"龙哥……"明妃哀声叹息，两行清泪倏然而下，"是我对不住你。"

万马龙颤颤巍巍抬起头，目光温柔地望着明妃，哽咽道："丽儿，是我无用，一时不察，着了他人的算计。刺杀方欣媚之事，闹成那样，实属不该。螳螂捕蝉黄雀在后，没想到咱们身边竟还有另一个江城阔那样的人物。"

"如今已不必再说那件事了。"明妃怅然叹息道，"咱们的玉佩终究还是被方欣媚寻到了。"

"什么？我等百般搜寻未果，究竟是在哪里？"万马龙震惊道。

"在贡院的一个水缸里。咱们到底小瞧了这贱婢！"明妃秀眉深锁，低低道，"龙哥，如今你我已被逼至悬崖，退无可退了。为向皇上表明心迹……"

万马龙会意，毫不犹豫地将身旁的佩刀一抽，明晃晃的刀刃在日光下发出刺目的光。"娘娘，只要来日八皇子能登大宝，微臣万死不辞！"

明妃迈步屈膝跪在他的面前,双手颤巍巍地捧起他的脸,仿佛百般都看不厌似的。"龙哥,此身此心已许,矢志不渝。"

"丽儿,我不在了,你万事谨慎,千万保重。"说罢,万马龙如猛虎吞食般,吮住了她的唇舌。二人相依相偎,绸缪良久,只为最后一次纵情恣意。

末了,明妃站起身来整理衣袍,朝万马龙重重一颔首,发髻上的珠翠曳出森冷寒光,她突然厉声道:"来呀!万马龙谋害皇子、意图弑杀皇妃,立即拿下,提头来见。"

两名太监霎时冲了上来。万马龙被反剪双臂,身子岿然不动,两眼深深望着明妃,彼此眸中皆暗藏着惊心动魄的了然。

"娘娘保重。"他以口型无声道。

明妃拿一条杏色销金绢子掩面,遮去眼底的不舍与痛楚。"小福子!"

"奴才在。"

"给他一个痛快!"

"奴才遵命。"

2

文德殿中,皇帝负手立在六棱格雕花长窗前,听毅王玄亮静静讲述关于"骊"字玉佩的所有推演。窗外春色已深,霞影纱前几枝雪白荼蘼含苞吐蕊,昭示着今春的这一场花事即将了结。

"父皇,儿臣已查知,那万马龙虽是西藩人士,但幼年时曾住在临安的外祖父家中,与明妃娘娘乃邻村而居,恐怕那时便已相识。"毅王神色刚正道,"明妃娘娘入宫的第三年,万马龙便由庞家军中一名低等士兵擢升为禁军侍卫,之后更是平步青云,成为正三品校尉。"

皇帝佝偻的身影微微动了动,仿佛能听到他的鼻息变得粗重深长。

这时,玄真躬身在侧,道:"启禀父皇,方才刑部来报,那日刺杀儿臣的箭矢正是出自禁军制箭的铁匠营。儿臣细思,此前万马龙将军曾四处奔走,不论是渡月轩还是鸡鸣寺,皆有他的身影。或许,长公主殿下一案,他亦有所牵连。"

"父皇,禁军校尉戍守皇宫,尤其要护卫父皇的安全。一想到这样有异心之人在父皇身边,儿臣便寝食难安。至于明妃娘娘……儿臣记得,八弟玄杰乃是在明妃娘娘入宫后第四年出生的。前三年中,明妃娘娘艳冠六宫,几乎是专房之宠,却始终都未有孕,为何在万马龙入宫之后便有了?"毅王声音渐低,面露惶惶不安之色,"父皇,此事涉宫闱清明,更干系到八弟的身世,儿臣不敢造次胡言,还请父皇龙意圣裁。"

"啪——"一柄嵌碧玺龙纹玉如意摔在地上,折成了两段。银青色织锦龙袍在空气中一旋,便带出一道如刀锋般凛冽的寒意。皇帝双眼布满血丝,眸色淬满了狠意,阴沉的嗓音带着如泰山压顶般的胁迫感。"玄亮,你竟也变得如此不知事了吗?"

毅王愕然大惊,忙跪倒在地,惴惴道:"儿臣失礼,身为人子不该妄议庶母之事,还请父皇降罪。"

玄真见势亦跪地匍匐,心中转过了千百个念头,只是道:"请父皇降罪。"

"哼。"皇帝苍老的身体颤巍了一下,跌坐在窗下的紫檀木缠枝花描金宽榻上,"明妃,出来罢。"

殿东侧的十二扇楠木雕花嵌寿字镜心屏风后头传来嘤嘤哭声。少顷,明妃一张梨花带雨的娇妍面孔便从阴影中缓缓出现,施施然来至圣驾面前行了礼,哭诉道:"皇上,适才毅王殿下之言,臣妾实不敢听也。那万马龙意图谋害七皇子不假,但臣妾与此贼绝无丝毫瓜葛。毅王殿下仅凭着一枚玉佩便疑心臣妾的清誉,进而疑心玄杰的身世,捕风捉影至这般地步,臣妾实在百口莫辩啊!"

毅王又惊又惧。皇帝既允明妃在暗中听觑,便已表明了他心中所向。情势危急,他横了玄真一眼,狠一狠心,仰头道:"父皇,若是明妃娘娘与万马龙不曾有首尾,这枚玉佩上的'马'和'丽'字要作何解?"

明妃戚戚然幽咽道:"皇上容禀,这枚玉佩确系臣妾所有,乃是臣妾及笄之时,父亲专程托人镂刻的一枚玉佩,这'丽'字自然代表了臣妾的闺名,而那'马'字却绝非指其他男子啊。因丽儿自幼被父亲当作男儿抚养,父亲希望丽儿如骏马一般自在驰骋,这才在闺名旁边加了一个'马'字呀。"

"呵,明妃娘娘巧舌如簧,如此解释我等亦无话可说。"毅王铁青着脸,语气却丝毫不退让。

皇帝紧绷下巴,望向明妃,暗黄浑浊的眸子中一丝笑意也无。明妃见了亦不禁抖了抖,忙道:"皇上若是不信,可以派人去臣妾的家乡打听,这枚玉佩的事……或许村中老人还能记得当年之事。"

"明妃娘娘好谋算。只是,儿臣已去调查过,苏家村早些年被洪水冲毁,村人死的死,逃的逃,苏家的人亦四散凋敝,只剩下苏雨栾一人。"毅王冷峻地端着一张脸道,"娘娘即便能找到所谓的村人,恐怕也未必是当年的人了。"

"你……"明妃仿佛受了莫大的委屈,眼泪又扑簌簌掉落下来,"毅王殿下究竟有何居心,定要冤枉臣妾的清白?说到底,殿下的指控亦都是猜测，并无真凭实据啊！"

毅王仿佛早料到有此一问，面色反而松弛许多，唇角微勾道："父皇，事情再清楚不过了。明妃娘娘若是无辜，那枚玉佩若是清白，那么，为何苏雨銮要在省试考场谋害应子郊，伺机夺取那枚玉佩呢？还有，那位唐申白举人与应子郊十分交好，恐怕亦是知道了玉佩的秘密，才被苏雨銮递上一杯毒酒谋害了。"

"六哥此言未免太过武断了。"尖细的少年声音从殿外传来。延王玄杰束发戴冠，穿着一身深蓝色绣如意纹蟒袍，步履矫健地走了进来，下跪行礼道："儿臣无父皇传唤，擅闯文德殿，请父皇恕罪。适才在殿外闻得一言半语，实在忧心母妃之清誉，不得不莽撞求见。"

皇帝抬一抬手，让三位皇子皆起来回话。"玄杰，你有何话说？"

延王瞟了一眼毅王，郑重拱手道："启禀父皇，方才六哥说儿臣的舅舅苏雨銮进士杀害两位举子，实属无稽之谈。京兆府对两桩案子皆已有定论，那应子郊乃是被号军李二郎所杀，唐申白则是因省试落榜，自行服毒。怎么能如此信口开河，将两桩案子都推到舅舅的身上，还累及皇室名誉呢？儿臣实在难忍，故而闯进来辩解两句。"

明妃见儿子说话，嘴角闪过一抹喜色，又忙按捺下去，哀叹道："皇上，臣妾一介女流，长久深居宫中，外头什么举人的案子，根本闻所未闻。毅王殿下方才突然如此责问，实在令臣妾难以辩白。幸而杰儿知为娘的难处，出言相助，还望皇上恕他僭越之罪。"

皇帝面色渐渐和缓，看着毅王道："玄亮，两桩已有结论的案子，就不必再说了。"

"不，父皇，这两桩案子皆有蹊跷。"毅王知今日已无退路，狠狠瞪了玄真一眼。

玄真忙道："是的，父皇，您此前已允准重查北麓贡院之案，如今尚未有定论。况且，那苏雨栾的号舍确在被害的应子郊隔壁，他随身的箱子里亦带了一万两银票，即便他未曾杀害应子郊，亦有带着银票向其购买玉佩之嫌。"

"哼，这年月，带些银票都值得怀疑吗？"玄杰少年意气，颇为不屑道。

玄真神色恭谨道："延王殿下金尊玉贵，自然不将一万两银票放在眼里。但是在民间，一万两银票乃是巨款，随身携带十分危险，更何况是带入那根本无须动用银票的考场之内，难道还不够古怪吗？"

"这……"玄杰一时语塞，面色发白。

毅王见玄真的辩白占了些上风，乘胜追击道："雁栖阁案中，唐申白举人饮下的那杯毒酒，是由苏雨栾亲自递上，趁机下毒亦最便宜不过了。"

明妃听了不觉花容变色，道："皇上，此事臣妾亦有耳闻，雨栾是亲口喝了半杯酒之后，才将酒杯递予那人。若是雨栾下毒，自己岂不也会中毒吗？"

"是呀，父皇，若是舅舅下毒，他岂会在众目睽睽之下亲自递上毒酒？"玄杰道。

毅王却不疾不徐，冷笑道："那是因为苏雨栾使了一个障眼法，骗过了所有人的眼睛。"

"哦？还请六哥赐教。"玄真做出一副谦逊模样。

"说出来便不值什么。七弟，是毒药自然会有解药。苏雨栾只需事先服下解药，便能当众喝下毒药而平安无事了。"毅王说罢,向明妃和玄杰投去犀利的一瞥。

玄真的脸色变了又变,垂首不言语。明妃却抬起纤纤玉手,轻轻以杏色销金绢子拭了拭泪,缓缓道:"听闻那位举人中的是鸩酒之毒。臣妾愚昧,一向宫中赐死嫔妃宫人亦有使用鸩毒的,却从未听闻鸩毒竟有解药呢。"

玄杰忙躬身道:"父皇,为证明母妃和舅舅的清白,不妨传太医前来一问。"

皇帝颔首道:"传太医院令孙守诚。"顿了顿,他又道,"还有太医穆宏。"

不到一炷香的工夫,孙守诚便带着穆宏走入文德殿。玄杰请了旨,便上前问道:"孙太医,穆太医,二位皆是杏林妙手,敢问二位是否听说过,鸩毒有药可解?"

孙守诚不明就里,直截了当答道:"回延王殿下,鸩毒乃世间第一剧毒,服下便毙命,绝无解药。"

穆宏与玄真暗中对视了一眼,知道事有蹊跷,却也只得跟随孙守诚答道:"回殿下,微臣才疏学浅,从未在医书上见过鸩毒的解药,亦未在同行中听闻过解药之说。"

"知道了。"皇帝一挥手,便命他们二人退下。

殿中,唯有毅王面红耳赤,羞愧难当,喃喃道:"父皇,儿臣一向见识浅陋,这解药之说实在贻笑大方了。"说到此处,他话锋一转,又道,"然则,那万马龙派人刺杀七弟之事,方才明妃娘娘亦是认了的。试问,万马龙与七弟无冤无仇,若非背后有人指使,怎敢犯下如此忤逆不道之大罪?"

明妃的面上终于露出得胜的喜色,却还是微蹙着眉头道:"毅王殿下说的是,本宫亦不知那万马龙是受了何人指使。今日本宫走在'天街'道上,万马龙突然提刀欲行刺本宫,幸而两名宫人誓死守卫，本宫这条性命才得以保全。"

"什么？万马龙行刺明妃娘娘？"玄真惊得几乎合不拢嘴。

毅王脚下一个踉跄，道："那万马龙现在何处？"

皇帝挥了挥手，冷冷道："万马龙的头颅已悬挂在城门上，以儆效尤，是明妃下的令……"说着，他眼中的暮霭更甚，盯着玄真与玄亮，道："若是明妃与万马龙有私，她又怎会忍心诛杀情郎？如此，你们还有甚可说的吗？"

"呵。"毅王嘴角抽搐，一时不知该露出什么样的表情。玄真冷冷瞧着明妃，心下对这个女人的心狠手辣佩服不已。

"父皇……"

皇帝不耐烦地摆了摆手，苍老的面容疲惫至极。"玄亮，你一向稳重，今日为何听信谣言，如此沉不住气？也罢，你还需好好历练，且回军营静心思过去吧。"

"儿臣……遵旨。"

"都退下吧。"

"是，皇上。"

明妃带着玄杰缓步走出了殿门。毅王如斗败的蟋蟀，亦步亦趋跟在后头，那背影萧索寂寥，与外头暗淡的残阳融成了一片。

皇帝瞥了玄真一眼，示意他留下。玄真垂首，不敢抬头看皇帝的神情。

"哼，"只听得皇帝冷哼了一声，粗哑的声音在头顶响起，"你便让朕看这样一出好戏吗？"

玄真慌得立即跪倒在地。"儿臣请罪。"

"请罪？不必了。"皇帝目色深邃地看着他，"案子还得继续查下去，明白了吗？"

玄真眼眸一滞，旋即咬住了唇畔："是，儿臣遵旨。"

3

入夜,风露微凉,清冷的月光如瀑布般流泻在坤宁宫的琉璃瓦上,泛出层层暗金的光泽。宫门前的一对大红绢纱宫灯,孤零零地照出青砖石板上一地幽深的暗影。欣媚跟在大宫女翠娥的身后,轻声细步地踏进这"久未见君面"的深宫冷苑。

皇后端坐于正殿上首的金漆楠木龙凤椅上,一袭墨蓝色折枝花卉绣翔凤大襟纱氅衣从座椅一直拖曳至金乌地砖上,烘托出一室的沉静与肃穆。

欣媚缓步上前,下跪行了大礼。"皇后娘娘千岁千岁千千岁。"

"赐座。"皇后的声音低婉,仿佛来自遥远的深空。

两名小宫女抬上来一张梨木镌花玫瑰椅,欣媚只得谢恩坐了。皇后又抬一抬手,三名宫女各端着一只红木漆盘,上面铺着大红绣绒垫,分别堆着金银、珠玉和锦缎,层层叠叠,琳琅满目。

"这是赏你的。"

欣媚慌忙起身上拜道:"奴婢无德无能,不敢受此大恩。"

皇后的嘴角漾起一抹泫然之意,道:"听闻是你找到了那枚玉佩,还推断出明妃的胞弟苏雨栾为了夺取玉佩,在省试中动了手脚?"

欣媚弓着身子,恭谨道:"回皇后娘娘,说来亦是机缘巧合,奴婢被明妃娘娘贬去烧火房做苦役,却遇见了从前未央宫的三等宫女灵芝,无意中发现了宝物流出宫外的秘密。那灵芝又道,腊梅出事前曾托她将一枚玉佩交予许世才,因她贪图银钱才将玉佩卖到了宫外。正巧此时皇上命奴婢再次调查贡院的命案,辗转推论之下才发现了那枚玉佩。"

"唉，腊梅……"皇后浑浊的眸中透出一股淡淡的哀伤，"玉佩得以重见天日，她亦算是死得其所了。"

欣媚浑身一凛，只觉得后背一阵寒意。宫中嫔妃间的争斗，往往以牺牲手下宫人的性命为代价。腊梅那样一条鲜活的人命，在皇后口中亦不过是死得其所而已。她心下黯然，不禁对这黄瓦朱墙内表面光鲜、实则腐烂的生活充满了抵触。

"欣媚，接下来本宫便要依赖你了。"皇后的声音如一面锣哐当响在头顶。

欣媚讶然仰头，旋即又跪下去，道："欣媚蠢笨，若有力所能及的，但凭皇后娘娘吩咐。"

皇后唇畔一勾，温然笑道："又跪着做什么，快起来。本宫央你的皆是你最擅长之事。如今有两桩案子，贡院应子郊被杀案以及雁栖阁唐申白中毒案，明妃的胞弟苏雨栾皆身涉其中。本宫要你想方设法坐实了苏雨栾杀人的罪名。"

欣媚脸上愕然的神色几乎掩饰不住，她肃然道："回皇后娘娘，这两桩案子的确尚有疑点，苏雨栾亦有一定嫌疑，但查案必得以事实为依据，奴婢无法保证凶手一定是苏雨栾。"

"你听不明白吗？本宫要的是坐实，不论他是不是，你都务必找到证据，让他成为真正的杀人凶手！"皇后平静的面容出现一道裂痕，露出狰狞疯魔的迹象，"哼，苏明丽诬称本宫设计栽赃她弟弟，以此夺去了执掌六宫之权。那么，本宫便将计就计，坐实苏雨栾的罪行，遂了她的心愿。此乃千载难逢之机，她害死了本宫的女儿，本宫要她的亲弟弟陪葬！"

"皇后娘娘，奴婢只懂得据实查案，不会诬陷无辜。"欣媚再次跪地，梗着脖子道。

皇后的瞳孔骤然缩紧，一道针尖般的光芒遽然射出。"哼，不识抬举的婢子！本宫是把穆宏当作侄女婿的分上，才给你机会。你虽是皇上封的'宫廷捕快'，但本宫才是这后宫之主，要处死一个忤逆的宫女，比踩死一只蚂蚁还容易。"

欣媚又气又怕，浑身乱颤，连发髻间的几朵粉白珠花都剧烈地抖动着，似要跃出针线的束缚。但父亲的话不断在心中重复着："探案不过求一真相而已。世间万物，真相最可贵也。"

见她面色倔强，一言不发，皇后轻轻拨动手腕上的翡翠蜜蜡十八子手串，转动眼眸道："呵，也罢。本宫从不愿勉强人。听闻应子郊一案，京兆府已抓到了一名嫌疑犯，乃是贡院中的号军。若是没有其他的嫌疑人，本宫会命太子速速将那号军处决了事，以免皇上劳思伤神。"

"皇后娘娘！"欣媚怒不可遏，"难道平民的性命，在您眼中便如同草芥吗？您与明妃争权夺利，便要用他人的性命来逼人就范吗？"

皇后的面色渐渐凝重，如一尊泥胎木雕般的塑像。"方欣媚，是否就范，选择在你。但是，本宫可没那么好耐性。明日午时之前，若不能给本宫一个交代，那名号军便将赴法场行刑。好自为之。"

欣媚退下之后，从通往寝殿的帐幔后头闪出一个身影。那人身材高大颀长，穿着一身玉色绣五彩纱蟒袍，腰间系一条明黄色织锦扣带，显示出天家的富贵与气度。

"玄明，此女恐难托以重任啊！"皇后身子略微松弛，向后靠着椅背叹道。

太子微蹙双眉，躬身行礼道："母后，儿臣以为穷寇勿追，此事明妃已栽了跟头，咱们不如见好就收吧。"

"栽了跟头？"皇后矍然变色，"你难道不知，她已杀了万马龙向你父皇表明心迹，连老六和老七都在御前吃了暗亏。本宫恐怕这一局好棋，要被她反败为胜了。"

"母后不必担心，父皇虽然表面维持着，但私下里已命内侍监将未央宫的宫人全部刑讯，说不定……"

"哼，刑讯宫人？你以为，明妃还会让他们有机会吐口吗？"皇后斜睨他一眼，神色颇为不豫，"为今之计，唯有将宝押在那苏雨栾的身上。他若有罪，明妃必然从中斡旋，届时便可连根拔起了。"

"可是，母后，儿臣担心，杀敌一千，自损八百啊！"玄明愁眉郁然不展，"世才刚刚收到消息，那桩案子另有内情，恐会坏事……"

"住口！一个阉人的话，你便奉若神明，本宫不要听。"皇后挥一挥袖子，"去叮嘱丁耀祖，立即放出风去，明日正午将那个姓李的号军送法场行刑。"

欣媚从坤宁宫出来，穿过御花园后头的竹林，取近道回司药房。晚风习习，竹叶沙沙，绣花鞋踩在林间的泥道上，听到的却是窸窸窣窣的碎响。欣媚心知有人在后头跟着。她快走几步，霍然回头，见一道青色宫衣在竹林间闪过。原来是个二等小太监。果然皇后娘娘对她还是不放心的。既如此……她的脸庞划过一丝狡黠笑意，转道往太医院方向走去。

一进太医院的大门，她便扯开嗓门喊道："穆叔，把你的好酒好菜拿出来。"

穆宏坐在院中的一张小木凳上，面前摆着一只黄杨木盆。他双手浸在水里，正洗着什么东西。欣媚走过去，俯身瞧了瞧，道:"叔,你在作甚?"

穆宏从盆里拎起一根透明的物什,道:"洗肠衣。"

"肠衣?是猪大肠的吗?"

"嗯。"

"嚯!离过年还远着,叔便要灌香肠了?"欣媚打趣道。

穆宏睇她一眼,道:"你总道药苦难咽,我打算试一试,将丸药用肠衣包裹了,病患就着肠衣将药吞下,便不必再尝那些苦味。"

"叔果然是仁心仁术。"欣媚溜须拍马道,"这法子对于人们服药,尤其是孩童服药颇有助益呢。"

穆宏摇头道:"也未必,肠衣并不能包裹太大的药丸,况且药效亦有待检验。"

欣媚突然眉心一动。"叔,这法子或许……"

"怎的了?"穆宏不解地看着她。

"无、无事。"欣媚回过头去,见院门外旋过一件青色宫衣的袍角,心头便有些焦躁,仿佛有股无名之火在五内乱窜。她大步踏入太医院小厅内,从黄花梨嵌玉石立柜中取出一坛金华酒,拍掉封泥,旋开瓷盖,往一只白瓷素碗中斟满了。随后,端起酒碗,一仰头便"咕嘟咕嘟"整碗下肚。她大呼过瘾,又想起每回穆宏在宫中当值,穆太太必会准备酒菜,便往窗棂边的台子上寻,果然见到一只雕花提篮。她掀开上面的白布,从里面端出一碟子蒜泥肠、一碟子酱烧鸭、一小碗东坡肉还有一盆子酸辣汤。

穆宏闻得动静走进来,见她立在窗户边,大快朵颐,不禁又好气又好笑。"越发不成个体统!要喝酒也得坐下来。"说罢,将紫檀条案上的医案放到一边,整齐摆好了酒菜,拉她坐在自己的紫檀雕花椅上,自己则搬了张小杌子打横。

"这是从哪儿受了气？"穆宏一边筛酒,一边问道。

欣媚想起皇后说的"把穆宏当作侄女婿"的话,心中便颇有气,只顾着大碗喝酒,也不答话。

穆宏端起酒碗抿了一口,低低道:"可是为了真大人在皇上面前受训斥之事？"

"嗯？真大人怎的了？"欣媚回宫后一直在司药房办差事,还未曾见过玄真。

穆宏叹了口气,便将午后两位皇子和明妃对簿文德殿之事粗略地讲了一遍。欣媚心下暗惊,亦明白了皇后为何非要逼她坐实苏雨栾的罪名。

"明妃果然好手段。万马龙行刺未遂,被明妃娘娘斩杀,这样的故事自然能尽消皇上的疑心了。"欣媚叹道。

"那倒也未必。"穆宏道,"听闻未央宫的所有宫人全部被内侍监带走,严刑拷问,已有包括大宫女牡丹在内的六名宫女太监,因受不住刑,咬舌或撞墙自尽。"

"什么！"欣媚瞪目,良久无语。她站起身来,捧起酒坛,又满满筛了一碗。"叔,这绝非欣媚的本意。不曾想,寻到那枚玉佩,竟会造成血流成河的局面,还牵连了更多无辜的人……"她一边往嘴里灌酒,一边眼泪簌簌而落。

穆宏许久未见她落泪,不禁心肠揉碎,掏手绢替她拭泪,道:"傻丫头,历来神仙打架,小鬼遭殃。宫中争斗岂是你我之辈能够左右的？即便不是你,亦会有其他人找到那枚玉佩。"

"哼,是呀。小鬼遭殃。"欣媚冷笑道,"穆叔,你可知方才皇后娘娘传我去了坤宁宫？"

穆宏眼皮灼灼一跳,急忙道:"所为何事？"

欣媚已喝得半醉,迷蒙着双眼道:"皇后娘娘命我寻找证据,坐实苏雨栾杀害应子郊、唐申白两案,要让苏雨栾为长公主偿命!"

穆宏身子一颤,几乎坐不住。"你如何应答?"

"凭着爹爹多年的教诲,欣媚自然是不肯答应的。可是……"说到此处,她伏在桌上号啕大哭,"皇后拿李叔的性命要挟我,她说若明日不能给她一个交代,李叔午时便要被问斩。"

穆宏蜷起手指,手臂微微震颤着,冷厉道:"皇后娘娘怎可如此?欣媚,别担心,我去找她说理。"

"不,穆叔,你切莫再为我去开罪皇后娘娘。"欣媚抓住他的胳膊,哀求道,"欣媚看得出来,皇后与明妃已势成水火,乃你死我活的斗争,岂是你一力能够阻止的?叔,无论欣媚将来如何,只求你能平平安安,不要被我牵连。毕竟,皇后娘娘看在小蝶姐姐的分上,一定会保住你的。"

"浑说什么!你若是有事……"穆宏憋得脸色发紫,眼睛酸涩,几乎快要抑制不住那汹涌的泪意。

"哎,穆叔,你干吗一副要吃人的模样?"欣媚一甩手,又傻兮兮地笑起来,"我可机灵得很,一打雷便知道钻桌子底下,绝不会白白送了自己的性命。"

穆宏愤懑地仰头灌了满满一碗酒,道:"放心,皇后那里,我定会护着你。"

欣媚目色迷离地指着穆宏的鼻子,撒起酒疯来:"穆叔,今日有一句话,欣媚无论如何也要问一问。"

穆宏清冷地看着她。"你问。"

"这么多年来,是否因为皇后娘娘逼迫,你才一直未敢再成婚?"欣媚瘪着嘴,仿佛带着满腔委屈。

"不是。"

"那既然如此,你为何不与浪琴姐姐成婚?"

穆宏乌黑澄亮的眸子盯着她,语气柔柔的:"你小孩子家,不懂。"

欣媚意气愈盛,泼赖哭道:"穆叔,欣媚虽然不懂男女之事,不知你对小蝶姐姐情深几许,但我不愿见你一直这样孤苦。"说罢,她又呜呜嚎了几嗓子,把头一栽,便伏倒在了紫檀案几上。

见她醉倒,穆宏轻轻撩开她被泪水腻住的额发,望着那张苍白坚毅的小脸,低声道:"傻丫头,我从未觉得孤苦。"

4

翌日辰时,欣媚立在坤宁宫的朱漆大门外,引颈张望,翘首以盼,面色越来越焦急。好容易见甬道的拐角处闪出一个青色宫衣的身影,大步向她走来。欣媚忙福了一福,道:"真大人,大理寺那边如何了?"

玄真垂着眸子,竭力压下焦惶之色,道:"姐姐先莫急。方才萧湛那边来回,太子殿下昨夜确已下令,将嫌犯李二郎核准罪条,午后问斩。"

"可是,皇上不是命大理寺重新调查此案吗?"

"话虽如此,但调查权皆在大理寺,他们若说案情无异,那么按律处死李二郎,亦无可厚非。"玄真颇为无奈。

"可叹!便是皇命之下,亦有小鬼层层盘剥……"欣媚愤然道。

"小真子眼下再去求太子殿下,看看事情是否还有转圜。"

"不,"欣媚摆手,干脆利落道,"真大人不必再做那无谓的困斗。时间紧迫,欣媚只得先行权宜之计了。"

"姐姐预备如何？"玄真忧心地瞧着她。

欣媚眼底闪过一抹凌厉，道："投其所好，见机行事。真大人，且随我来。"

二人请门首的小太监通传之后，便径直来至坤宁宫的正殿。皇后娘娘端坐在龙凤椅上，身边立着大宫女翠娥，显然已等候多时。只见皇后穿着一袭正红底万字不到头纹的褙子，梳着高耸的凌云髻，戴一顶凰羽翟凤紫金珠冠，雍容华贵，彰显国母气度。

玄真和欣媚依规矩下跪行了大礼。皇后命平身，端然含笑道："识时务者为俊杰。欣媚姑娘如此聪慧，自然懂得如何权衡时与势。"

欣媚嘴角微微一咧，勉强挤出一抹笑意，道："回皇后娘娘，昨日并非奴婢不愿为娘娘效力，实在是奴婢粗鲁愚钝，未曾解开贡院内隔墙杀人之谜也。"

"隔墙杀人？"皇后柳眉微抬，好奇道，"那是什么说法？"

"回娘娘，那应子郊举人是在春闱的考试过程中被杀害的。贡院之内，每名考生都待在由砖墙相隔的独立号舍之中，无故不得擅离号舍。即便是内急上茅厕，亦须由一名号军全程陪同，处于严密的监视之下。试问，在这种状况下，身为考生的苏雨栾要如何从一间号舍走至另一间号舍，将应子郊杀害呢？此便是贡院之隔墙杀人谜团也。"

"哦？听起来倒果然有些离奇。"皇后凝思片刻，又举目灼灼地望向欣媚。

"娘娘，奴婢曾听宫中人议论过，说那贡院中的号舍犹如牢笼，考生是不可能自由来去犯案的。因此，京兆府才抓了一名号军充数。"皇后身边的宫女翠娥缓缓道。

欣媚将身子躬得更低，垂首恭谨。"是。皇后娘娘，若是无法破解隔墙杀人的手法，便无法将苏雨栾列为嫌疑的对象。"

皇后冷笑一声，按捺着性子道："那么，思量了这一夜，你可曾勘破这个谜团？"

玄真的眉心攒起一抹焦躁，不由得望向欣媚。可是，穿着一袭紫袍的少女却只是浅浅一笑，道："回皇后娘娘，隔墙杀人自然是荒诞之说，但凶手要在不被察觉的情形下，从一间号舍进入至另一间号舍，还是有办法的。"

玄真眸色一亮，不禁喜道："姐姐，果然有考生能在号舍之间来去自如吗？"

欣媚轻轻颔首，道："考生要离开号舍，只有一个方法，那便是上茅厕。可是，上茅厕时却有号军张小宝全程跟随……"

"莫不是那名号军从中协助作弊，帮助凶手进入另一间号舍？"翠娥脱口而出道。

欣媚脸上挂着薄薄的笑影，道："回娘娘，据说，历来科考场中托情作弊亦有些规矩。但凡请托看守号筒的号军，必得跟正职打招呼，单独托请副职则是犯了大忌，后患无穷。而在'玄'字号筒中，李二郎乃是正职，张小宝仅为副职。凶手若要串通舞弊，无论如何也越不过李二郎去。因此，张小宝协助作弊一说是站不住脚的。"

"哼，那你方才还说，凶手是利用上茅厕……"翠娥不屑道。

"翠娥姐姐莫急，要勘破凶手的手段，需勾连起三桩事体。"欣媚语调似绵里藏针，缓缓道，"其一，那应子郊在开科前一日，曾满脸喜色，称此番春闱不仅能够高中，而且将有丰厚的银钱进账。他为何如此自信能够高中？或许是暗中已与人约定了作弊的手段。其二，看守的两名号军曾言，案发当晚上茅厕的人很多,每次考生如厕,张小宝都会跟随身后,并记下考生门前号牌,回去时亦会核对门前号牌,以此确保考生不会错入他人的号舍。其三,亦是最关键的一处,奴婢呈请皇后娘娘一览'玄'字号筒的座位表。"说罢,欣媚从衣内掏出一卷宣纸,双手呈递上去。

翠娥走下来,接过宣纸,轻轻展开,递到皇后的跟前。

表1 "玄"字号筒座位表

十八	……	三十	三十一	三十二	三十三	……	四十七	……	六十七
司马珏		唐申白	应子郊	苏雨栾	沈瑜		诸葛子羽		胡范生
京城		冀州	沧州	临安	临安		京城		江州

皇后的视线在宣纸上徘徊,落在了苏雨栾的名字上,唇畔勾起一抹得色。"瞧瞧,这苏雨栾分明就在应子郊的隔壁,是最方便动手的。"

欣媚躬身一拜,道:"娘娘圣明。奴婢曾三进贡院,始终不得其法。昨日酒醉之时,却突然想起了一处疑点。"

"什么疑点?"玄真亦颇为好奇道。

"回真大人,那些号舍门前皆挂着黄杨木牌,上面以黑漆写着号舍的序号。"欣媚不动声色道,"奴婢曾发现,应子郊所在号舍门前的木牌上,沾染了墨迹。"

翠娥面色不善,诘问道:"说了这半日,全无章法。那三十二号的苏雨栾究竟是如何进入三十一号舍的?"

欣媚微微一笑,道:"将上面的几点串联起来,便可得到凶手出入他人号舍的方法。应子郊与凶手提前串通好在考场作弊,并且买通安排号舍的官差,将他们的号舍安排在一处。三十一号和三十二号,这两间号舍究竟有甚奥妙之处呢?皇后娘娘英明,必定早就瞧出来了。若是在应子郊的三十一号木牌上,用墨笔添上一笔,就变成了三十二号木牌。"

"啊?"皇后木然,一时无法理解。

"启禀娘娘,号军张小宝虽然每次都认真核对门前号牌,看似绝无可能出错,但若是有人存心将自己的门牌添了一笔,成为隔壁号舍的门牌,张小宝可就难以察觉了。"欣媚道,"因为夜色深沉,张小宝至多打着灯笼照一下门前的木牌,几乎不可能再去查看隔壁的门牌。"

皇后哑然失笑,道:"竟是如此简单的戏法。"

"不错。只是,此事要成,必得应子郊配合方可。他们俩或许事先约定,以猫叫或者鸟叫为号,凶手上茅厕的同时,应子郊便将自己门前的号牌改了模样。"

然而,翠娥却不依不饶,道:"然则,那号舍狭小,若是苏雨栾进入三十一号舍时,应子郊必定也在里面,怎么可能看错?"

"子夜过后,考生们皆悉数睡去。若是应子郊蜷缩在号板上,用被子盖住身子,张小宝便会以为那只是一床抖乱的被子而已。"欣媚道。

"姐姐,我记得号军李二郎称,每隔半个时辰,他便会走入巷子巡查。若李二郎巡考时,凶手尚未离开应子郊的号舍,又该当如何?"玄真问道。

欣媚摆了摆手，笑道："此事简单，凶手让应子郊的尸身侧躺在外面的号板上，自己则平躺躲在里面的号板上，从巷子里瞧进去，多半可瞒天过海。另外，凶手在自己的号舍，亦用被子盖上随身携带的箱子等物品，伪装出一个熟睡的人的模样。"

"全是障眼法。"玄真叹道，"这凶手真可谓胆大心细了。"

"是呢。此法还有最后一道工序，那便是凶手再次借上茅厕之机，离开号舍。"欣媚道，"只是这时，他必须刻意走在张小宝的后头，趁其不备，将门前木牌上那道新画上的墨道拭去，如此方可确保无虞。但也因为凶手擦拭得匆忙，三十一号舍的木牌上还残留着墨迹呢。"

"啪啪啪——"皇后击节大笑，"方欣媚啊方欣媚，难怪太子对你赞不绝口，玄真把你捧在心尖儿上，你果然是一件至宝也。如此一来，苏雨栾的罪名便确凿无疑了。哈哈哈……苏明丽，这次本宫定要你饱尝失去至亲的痛苦！若是还能扯出苏明丽暗中包庇之事，本宫便可让那贱妇永无翻身之日。"

欣媚见皇后笑得头上珠钗乱颤，不由轻轻往后挪了两步，再次盈盈拜倒，道："皇后娘娘，奴婢虽勉强解出隔墙杀人之谜，却还未曾找到杀害应子郊的凶器。"

"哼，凶器又有什么要紧？胡乱将就一件也便罢了。"皇后一味沉浸在亢奋之中，轻嗤道。

玄真见状，怕欣媚应付不了，忙道："启禀皇后娘娘，据儿臣所知，贡院一案中除了凶手在号舍之间出入的方法成谜外，凶器更是一桩离奇的谜团。穆太医说，那凶器前尖后粗，约有水火无情棍那般粗细，看起来就像战场上使用的长枪。然则，大理寺和贡院的差役对全体考生进行了仔细搜查，均未发现类似利刃加棍棒的凶器。"

欣媚眉目肃然，带着一股坚毅决绝，再次上拜道："真大人所言极是。奴婢曾勘察现场，发现凶手用利器贯穿死者时，在号板上留下了一个十字的血迹刻痕，说明这件凶器的尖端是十字状的。而京兆府却诬陷李二郎是用一柄佩刀和一根长棍将应举人杀害的——佩刀绝无可能留下十字刻痕。皇后娘娘，凶器是定罪的依据，找不见凶器，此案终究是无法结案的。李二郎实属冤枉，还望娘娘开恩，暂且收回将他问斩的旨意！奴婢愿意肝脑涂地，为娘娘彻查此案的真相。"

皇后扬手抚一抚鬓边的九转金凤嵌翡翠步摇，神情难测，口吻淡然道："原来在这儿等着本官呢。说到底，你心中还是存着苏雨栾并非真凶的疑影儿，是不是？"

欣媚跪倒在地，恳切道："回皇后娘娘，奴婢不敢阳奉阴违，但要了结贡院一案，必须罪证确凿方可。"

"是啊，皇后娘娘，若无证据在手，一旦明妃告到皇上那里，恐会弄巧成拙！"玄真亦跪倒在侧，一齐恳求道，"还请娘娘相信欣媚姑娘，速速下旨将此案查个水落石出。"

皇后沉吟良久，将手指轻轻一捻，敛起了眼中的狠意，缓缓道："罢了，一件凶器而已。来人，速传太子前来商议。欣媚，本宫念在你举证苏雨栾有功，暂且留下李二郎一条性命。但后面的事情，你还要多多出力才是。"

"奴婢谢皇后娘娘恩典，必当尽心竭力，在所不辞。"

5

午时正刻，中央街市上风驰电掣般闪过一匹白马，长长的鬃毛被风吹得几乎快横飞起来，马上的紫袍少女浑然不觉，宽大的袍袖鼓动如飞舞的蝴蝶。街市上的商户和小贩见此马来势凌厉，纷纷收起帐篷、摊位躲避，却仍有一些瓜果商品被白马踢翻在地，一片狼藉。

后头远远的还跟着另一匹棕色宝马，马上是一位眉目俊秀的少年，穿着二等太监的袍服，焦急地喊着："姐姐，等一等。跑这么快，太危险了。"

前头的少女哪里顾得上，快马加鞭直冲进菜市口行刑的法场中，大喝道："刀下留人，刀下留人！"

膀大腰圆的刽子手已往屠刀上喷了酒液，抡起劲儿眼看就要将大刀挥下，哪里还收得住？只闻得"咔嚓"一声儿，屠刀落下，一颗血糊糊的头颅滚到了地上。

"不！"欣媚连滚带爬地下马，一声狂吼，两颗硕大的泪珠滚滚而下，"李叔，李叔！"

这时，玄真亦赶到，忙翻身下马，扶住了欣媚，叹道："终究是迟了一步。"

欣媚整个身子瘫软到地上，号啕大哭。"为什么？李叔，你那么好的人，为何要横遭杀身之祸？"

玄真双臂搀着她，不让她倒下去，低声软语抚慰道："姐姐，切莫太悲伤，仔细伤了自己的身子。"

"爹爹惨死，如今连李叔亦救不了……"欣媚涕泪直流，浑然忘了男女大防，趴在玄真肩头痛哭不已，"欣媚无用，欣媚无用！"

"姐姐，姐姐……"玄真轻轻拍着她的后背，不断好言劝慰。

"欣媚！大庭广众，成何体统，还不过来！"一个明朗的声音劈面而来，生生将两个搂抱在一处的人儿分隔开。

欣媚闻声懵懂地扭过头，见穆宏携着一名身穿囚服、蓬头垢面的老者一同走来。再仔细一瞧，那老者不正是父亲的好友李二郎吗？

"李叔？你不是被砍头了吗？"欣媚疾步走到他跟前，看看刑场上那颗头颅，又瞧瞧李二郎完好无损的身子，惊得瞠目结舌。

穆宏穿着太医服制的青色祥云暗纹蟒袍，走上来，面色阴沉道："你方才同男子拉拉扯扯，成什么样子！没的叫人看着轻狂。"

玄真忙上前作揖道："穆太医见谅，在下并非有意轻薄欣媚姐姐，实在事急从权……"

欣媚脸红红的，羞赧道："穆叔，人家策马奔来，却见刑场人头落地，还以为李叔遭遇了不测，这才慌得没了主张。你究竟是如何救下李叔的……"

李二郎的脸污渍纵横，笑起来更是斑驳不堪。"欣媚小姐，方才行刑前，穆太医便与监斩官交涉，说宫中一位贵人得了某种顽症。他知小老儿从前亦得过此症，想要从俺的身上取了鲜血去救治那位贵人，请监斩官容小老儿留到最后再斩。"

穆宏澹然道："那不过一个借口罢了。关键还是银子好使。"

欣媚唇畔漾起一抹轻笑，拉住李二郎的袖子，道："李叔，上头已经下令重查贡院一案，您的冤屈定能昭雪。"

玄真去向监斩官传了太子的口谕，那监斩官嗫嚅道："真大人，既然人犯李二郎押后行刑，下官这便将他收监了吧。"

玄真见欣媚露出不忍之色，便道："我府上派了马车过来，不如由我亲自押送人犯李二郎回大理寺吧。"

"下官遵命。"监斩官得了令，便回去复命了。

这里厢，欣媚扶着李二郎登上了一辆翠盖马车，穆宏亦进了车内，为李二郎诊视身上的伤情。他搭了一会儿脉息，神色松弛道："幸好，李叔身上都是些皮外伤，我带了些药膏，先将就敷上。回头，我再配了好药给您送来。"

李二郎满脸感激，浑浊的眸子里泅出盈盈泪花。"穆太医，你自幼便一副好心肠，从不嫌弃俺们这些衙役下人，还总为俺们贴补药钱。当初木令果然没有看错你，他还说要把欣媚……"

"咳咳，"穆宏咳了一声，清一清嗓子道，"李叔，路上时间不多，咱们还是抓紧商量一下，看能否找到替你洗脱罪名的证据。"

欣媚闻言亦道："李叔，虽说皇上命大理寺重审此案，但若是找不到凶手行凶所用之物，亦是枉然。这些日子，您在牢里可有想起新的线索吗？"

李二郎看了二人一眼，又瞥了眼坐在窗口的玄真，心下如明镜一般。他僵硬笑道："欣媚小姐，小老儿的确一直在想，那前尖后粗的凶器究竟会是什么，为何搜遍所有考生、寻遍整座贡院皆未找到像样的凶器呢？是不是凶器消失了？"

"消失？凶器要如何消失？"欣媚道。

李二郎目光炯炯。"那回，穆太医曾提到了木令兄侦破的秋刀鱼命案。小老儿亦想过，凶器会不会是冰柱？冻成前尖后粗形状的冰柱，杀完人之后渐渐融化，便再也寻不着踪迹了。"

"不，不会是冰。"欣媚沉吟道，"一来，时气渐热，京城虽地处北地，河道、湖泊中却已没有积冰了。二来，若是凶手提前制冰带入贡院，凶案发生在第二日的夜里，冰块存不了那么久。三来，若是凶手在贡院中临时制冰，考生独自行动自然是不可能的，考场的官吏与差役都在彼此监视之下，要想制冰亦是难上加难啊。"

"欣媚小姐果然是木令兄的嫡传亲女。"李二郎笑得眼角堆满皱纹,"只是,若连冰都不行,小老儿实在想不到其他能令凶器消失的法子了。"

这时,玄真掀起轿窗的帘子,马车正好经过贡院附近。他瞧着外头刺目的日光,道:"会不会……凶手将凶器扔到了贡院之外呢?虽然贡院四边墙头上皆布满荆棘,但身上有些功夫的人,还是能将一件兵器扔出场外的。若外头有人接应,及时捡走了兵器,自然就无从找寻了。"

欣媚望了望窗外贡院的围墙,叹道:"如今亦只能这样想了。"

"小宝,小宝!"身侧的李二郎忽然大叫起来,指着轿窗外头的一名穿着深蓝布衫的男子喊道,"那人便是张小宝,抓住他,快抓住他!"

欣媚闻声望去,果然见一名打扮成商贾模样的男子,正立在贡院大门斜对角的墙根下,四处张望,似乎在等什么人。欣媚朝玄真使了个眼色,对方立即心领神会,掀开轿帘,对前面的车夫吩咐了几句。

马车缓缓停在道边,不消一盏茶工夫,已有几名暗卫从四面赶来,朝那名蓝衫男子扑去。然而,那张小宝十分警觉,察知周围气氛不对头,撒开腿便往一家人头攒动的老字号酒楼奔去,钻入人群,不见了踪影。

欣媚急得跳出车外,撒开了丫子一路小跑追去。玄真和穆宏在身后哭笑不得。"姐姐,慢些!"

"仔细脚下!"

欣媚的双脚还未踏进酒楼,便听到一阵马儿嘶鸣。玄真的车夫立在车头,喊道:"那厮从酒楼二层跃到后面的十字街,骑上马往西南方向去了。"

欣媚一拍大腿,调转回头,正好迎上赶过来的翠盖马车。玄真伸出手用力一拽,便将欣媚拉入车内。"快,从前边那条胡同可以拐到十字街。务必要追上张小宝!"

拉车的马虽奋力奔跑,但终究负荷太重,不如对方只身骑马来得轻快。追了十几里路,仍与张小宝远远隔着好长一段路程。终于来至凤鸣山前的竹林,道路高低崎岖,竹枝横斜逸出,马车行走得越发艰难。不留神的当儿,前面的马匹竟然渐渐停住了脚步。众人皆奇,忙驱车赶上前一瞧,却见马背上的张小宝早已没了踪影。

"可恶!还是让他跑了。"玄真懊丧道。

李二郎下了马车,仔细瞧了瞧那匹低头悠闲吃草的黑马,只见它通体乌黑发亮,犹如光滑绸缎一般,不禁喃喃道:"果真是一匹宝马。"

欣媚绕着黑马走了一周,蹲在地上查看地面上的情形,霍然站了起来道:"张小宝不是在这里逃跑的。这匹马的周围没有任何脚印,说明张小宝极可能在前面路途中便已从马上跳落,任由这匹宝马将我等诱入此地。"

"小宝他平日里可没这些算计。"李二郎叹道。

"咱们回去。"欣媚转身望着玄真道,"真大人,烦请您再加派人手,寻找这一路上张小宝可能跳马的地点。若是下了马之后徒步,他应该也走不远。"

玄真郑重点头,立即吩咐下去。于是,他们坐上马车,仍旧往回走。走了没多远,便有暗卫过来禀报:"启禀真大人,前头一片乱石林里发现了一具男尸。"

欣媚心头一凉,隐隐有不祥的预感。待瞧见那具尸首果真是张小宝时,不禁捶胸顿足,懊悔不已。"怎的就没察觉呢?若是早发觉张小宝跳马,他也不至于丧命……"

穆宏走至尸首旁边,从衣内掏出一块绢帕,蹲下来仔细查看。用绢帕裹着手指轻轻抚在尸首的脖颈处,沉稳道:"死因多半是绞杀,脖颈上有粗麻绳勒过的痕迹,应是有两道,呈深紫色。"他的手指轻轻往下,又道:"胸腹部无明显外伤。"目光慢慢落到腹部旁边,发现尸首的左手被压在身下。他轻轻推动尸身,将其左手抽了出来,眼皮却倏然一跳,声音亦变了调。"怎么会?左手自手腕处被齐整砍下。不,按照这出血量,凶手应该是先将张小宝勒晕后,再砍下左手。此时因疼痛或导致张小宝醒转,于是再次以绳索勒毙。"

"断掌?"欣媚惊叫道,"这莫非是连环杀人的凶徒所为?"

6

黄昏时分,夕阳的斜晖透过六棱朱漆窗,斑驳落在未央宫的寝殿里,为暖榻上一对母子笼上了深重的愁云惨雾。明妃咬着银牙,双唇紧抿,终究还是忍不住长叹一声:"这可终究如何是好?"说罢,掩着帕子,簌簌落下泪来。

延王玄杰的手搁在紫檀螺钿小几上,轻轻摩挲着一只珐琅戗金盖碗的碗边,沉吟道:"父皇心中的疑影儿还未尽消,否则亦不会命大理寺搜查舅舅的住处。"

"听闻,又是方欣媚那贱婢向皇后道出了省试中你舅舅可能出入应子郊号舍的法子,太子才以此为由,下令大理寺搜查所有考生的住处和行囊。"明妃说到此处,死死扼住手腕,几乎难以自持,"谁承想,竟在你舅舅换下的袍衫衣领褶皱中,发现了一片带血布条……这一定是栽赃，是栽赃啊！"

"那件袍衫是……"

"正是本宫赐予他的那件月白色绣鱼跃龙门图样的锦袍。本是为他参加省试讨个好彩头，他亦确实穿着去了。"明妃情绪激愤，越说越激动，"谁知竟会被人动了手脚！"

"省试都过去一个多月了，这布条是何时被塞进衣领子里的呢？"玄杰疑道，"舅舅怎会毫无察觉？"

明妃哀戚道："你舅舅那个糊涂性子，你又不是不知。他平日里娇奢惯了，省试结束后，自然立即将那穿了好几日的袍子脱下换了。试馆又比不得家里，无人事事伺候，帮他浆洗衣物，这件袍子便扔在那里不管。哎，也怨本宫太纵着他，前些日子还给他送了好些换洗衣物去……"

"如此说来，那布条既可能是省试中被人栽赃的，亦可能是这几日有人悄悄儿塞进去的。"玄杰的眉心紧蹙，目色渐渐有些迟疑，"母妃，儿子有句话不得不问了。"

明妃瞥过来一眼。"何事？"

"舅舅他……会不会买卖不成，动了杀机？"玄杰怯懦道。

"这……"明妃一时亦踌躇无言。

"会不会在省试中，舅舅不慎暴露了身份，让那应子郊得知了他就是买家。"玄杰觑着明妃的神色，小心试探道，"舅舅一向对母妃忠心耿耿，言听计从。一想到暴露身份可能给母妃带来灭顶之灾，便不得不杀了应子郊，以绝后患。"

"住口！"明妃骇得浑身发颤，头上的珠钗亦晃得玎玲作响，"杰儿，这样的话，出了这个门，半句都不能吐出去。"

"儿子明白。"玄杰垂眸道。

"听着，你舅舅决计没有杀人，决计不能被判为杀人罪。"明妃眼角绽出点点泪花,"否则,那枚玉佩之事必然还会再掀波澜,你万叔叔便……白死了。"

碎金般的光线映出玄杰坚硬的轮廓,他低低道:"可是,舅舅已经被大理寺拘了起来。若是受不住刑……"

"杰儿,咱们必须尽快把你舅舅救出来!"明妃急迫地抓住玄杰的手腕,"大理寺一向是太子的人,若来个屈打成招,可真无回旋之地了。"

"母妃莫急,且待儿子细细思量。"玄杰面沉似水,露出与年龄不符的老谋深算。他举眸望着眼前的盖碗,里面碧绿的茶水盈盈如玉。突然间,他伸出右手食指,浸入那茶水中轻轻搅动了几下。原本平静的水面漾起一层层细微的波纹。

明妃不解地问:"这是作甚?"

玄杰眼中精光乍现,道:"母妃,水至清则无鱼。将水搅浑,借力打力,便可以彼之道还施彼身也。"

穆宏蹲在尸首旁,沉吟片刻,道:"此断掌与晓月试馆中发现的断掌有同亦有异。相同处在于两者皆是从手腕上方两寸处齐整整切断,手法干净利落;不同处则是,那只断掌离开人体已久,是干瘪快腐烂的,而张小宝的这只断掌被带走时应该还是新鲜的。"

"这倒是奇了。方才张小宝分明在躲避咱们的追赶,如何会突然撞见断掌连环杀人魔,在此地被杀害呢?"欣媚寻思道。

穆宏道:"窃以为,张小宝并非为了躲避追赶而来到此地。"

"哦,此话何解?"众人的目光都落到了穆宏身上。

穆宏站起身来,掸一掸衣角的浮灰,缓缓道:"方才在街角遇见张小宝时,他正四处张望,似乎在等什么人。而发现有人围捕时,他立即逃入那间老字号酒楼,并且从二楼跃入隔壁的十字街,跳上马匹逃走了。试问,他怎么知道从酒楼的二层可以跃入十字街,又怎么知道十字街上有马匹可供逃走?"

"这一切的确巧得很。"李二郎凝眸道,"以小老儿对小宝的了解,他并不是多聪明的孩子,没有那么多急智。但若是小宝原本就与人约定,在街头没等到人,便骑着马来此处相会,那么路上这一连串高明的逃脱伎俩便说得通了。"

"与人约在此地?"欣媚柳眉斜飞,双目湛湛,"这么说来,杀害小宝的正是与他相约之人?"

穆宏点点头,道:"尸身上并无打斗的痕迹,说明凶手用绳索勒其脖颈时,死者是不设防的状态。因而,凶手与张小宝应该是认识的。"

李二郎突然激动起来,嚷道:"定是田杰礼杀人灭口。他们为彻底断了小老儿洗脱冤屈的指望,便杀害了小宝!"

"然则,若是田杰礼一伙做的,又为何要切下张小宝的手掌带走呢?"玄真疑惑道。

李二郎瞠目,结结巴巴道:"那,那自然是要将杀人的罪名诬赖到那个断掌杀人魔身上。欣媚小姐,此案绝不能向京兆府上报,那几乎是羊入虎口啊。"

欣媚按住李二郎的胳膊,令他镇定下来,缓声道:"李叔,放心,此案断然不会交由京兆府处置。真大人……"

玄真忙道:"姐姐和李叔但请宽心,小真子已命人去大理寺报案。"

欣媚面色略松,眉头却仍拧着,自言自语道:"张小宝……省试的那天晚上,他究竟看到了什么?"

话音未落，只闻得西北方向的凤鸣山涧中传来一阵幽幽咽咽的哭声。那是一副细嫩清亮的年轻男子嗓音，如细碎的珠子落在玉盘里，发出令人毛骨悚然的颤音。他们循声找去，见一道山涧前的歪脖树下，立着一位穿玄色素纹缎面圆领长袍的男子。玄真眯了眯眼，轻声唤道："诸葛公子，您在此地作甚？"

欣媚与穆宏面面相觑，皆是一惊。张小宝刚刚被害，诸葛子羽便突然出现在这深山野林里，不免让人疑心。诸葛子羽缓步上前行了个礼，引袖掩去面上的泪珠，道："真大人，诸位，小生在此地缅怀故友。一时忘情，失礼了。"

欣媚忙施施然还了福礼，道："诸葛公子，贸然打扰，还望见谅。不知您在此地缅怀哪位故友？"

诸葛子羽仍沉溺在极度悲痛之中，连说话都有气无力，带着丝丝哭腔。"唐申白举人乃是小生的挚友，他年纪轻轻便弃世而去，壮志未酬、抱负未展，实在令人摧心剖肝，意难平也！"

玄真瞥了欣媚一眼，暗示诸葛子羽同那位唐申白之间有着非比寻常的情谊。欣媚心领神会，故意叹道："唐举人学富五车，才华超众，却服毒自裁，确实令人痛惜。"

"不，申白兄绝非自裁，定是那苏雨栾有意加害！"诸葛子羽咬牙道。

"此话……怎讲？"

诸葛子羽从身上掏出一封书信，递过来，道："这是申白兄落第后写给小生的一封信。他一向乐观，有百折不挠之志，怎会轻言自裁？"

欣媚接过书信展开一瞧，乃是一阕简短的诗。

君不见，十年寒窗挑灯读，一朝落第觅无路。

君不见，同载赴试少年郎，谁人欢笑谁人哭。

梅花吐蕊扑鼻香，须经一番寒彻骨。

老骥壮志与君勉，来年同朝銮殿入。

欣媚越看心越凉，仿佛有一股寒意从脚底一直蹿到了头顶。诸葛子羽见她举着信纸，双手颤抖，生怕她撕坏了信，忙接过去小心地收好，道："诸位，小生亦不相瞒，申白兄与小生早已盟誓，要携手共度余生。如今他骤然离世，小生亦不想再苟活。若非为了父亲大人和诸葛家的颜面，小生真想跳入这山涧中，随他去了。"说罢，又呜呜痛哭起来。

众人正不知如何劝解，却见一名小厮从林中疾步赶来，跪在诸葛子羽的跟前哭道："公子，可找着您了。赶快回家吧，夫人都急出病来了，正延医请药呢。"

诸葛子羽面色一焦，回头深深望向那条潺潺的山涧，忍了忍心头的悲痛，道："申白兄，我再来看你。"说罢，与众人道别去了。

诸葛子羽前脚才走，萧湛后脚便赶到了。他一壁命人勘验现场，一壁走过来，拱手对玄真致歉道："真大人见谅。方才丁大人命卑职抓捕苏雨栾，才耽搁了时辰。"

"抓捕苏雨栾？"玄真闻言一怔。

欣媚原本正思虑不已，闻听此言亦暗暗吃惊，忙道："萧大人，究竟怎的一回事？"

萧湛道："欣媚姑娘，午时刚过太子殿下便传来旨意，命大理寺搜查省试中所有'玄'字号筒考生的住处及行李。丁大人不敢怠慢，便派了卑职前往。结果……竟在苏雨栾进士的一件袍服领子的褶皱中发现了一根带血的布条。"

"布条！"欣媚眉头一凝，目色惊惧地望向穆宏。

穆宏亦吃了一惊，道："莫非是萧大人在应子郊号舍中发现的那块抹布……"

"不错，正是。"萧湛神色凝重道，"当时方姑娘曾讲，这块抹布的缺口处，血迹亦有残缺，说明乃是在凶手擦拭完血迹之后，这块抹布才被撕下一条残片的。萧某已将苏雨栾袍服上找到的布条与那抹布进行了比对，布片的材质、形状以及血迹皆对得上。"

玄真目色了然，低低道："既然这布片乃是凶手擦拭血迹后才被撕下，那么自然只会粘连在凶手的衣袍之上了。"

萧湛用力一攥拳头，道："正是此意。据东宫递来的消息，今日早晨，方姑娘已在皇后娘娘面前揭穿了苏雨栾混淆号舍门前木牌、偷偷潜入应子郊号舍的法子。如今又从苏雨栾的衣袍中找到了这带血布条的铁证，丁大人便签发了海捕文书，将苏雨栾拘到了大理寺的牢里。"

"苏雨栾可认罪？"玄真问道。

萧湛摇头，叹道："他自然是不肯认的。但铁证如山，他恐怕想要抵赖亦是不能了。"

"萧大人，您适才说，是在衣袍领子的褶皱里发现了这根带血的布条？"欣媚捻着自己的手指道，"省试已过了一个多月，苏雨栾怎会未曾发现并处理掉这根布条呢？"

萧湛神色有些尴尬，道："苏雨栾自称，那件衣袍的确是他在省试中所穿，但省试结束后他便将衣袍扔在试馆的衣柜中。因明妃娘娘一直派人捎新的衣物给他，他从未想起要浆洗或者整理这件衣袍。如此,那布条才一直未被发现。"

"照此说来,任何人在任何时间都可能将布条塞进衣领的褶皱里面,包括今日前去搜捕之人。"欣媚道。

"方姑娘这话何意?莫非怀疑我们大理寺栽赃嫁祸吗?"萧湛有些不悦,刚毅的面上泛出森冷色泽。

"萧大人莫怪,欣媚只是觉得此事未免蹊跷了些。凶手拿抹布擦拭凶器时,抹布应该是在手里,即便被利器撕下一根布条,这布条亦该落在裤子或是鞋履上,为何却偏偏掉在了衣领的褶皱里?"

"这……"萧湛微微变色,"或许那布条被风刮着,机缘巧合钻进了衣领子里。"

欣媚唇畔勾起薄薄笑意,如冰霜冷凝。"萧大人说这话,自己便心虚了。那根布条出现得如此机巧,焉知不是凶手为了栽赃,故意留下的证据呢?"

"姐姐这样说,是不信苏雨栾乃真凶了?可是,方才在皇后娘娘面前……"

欣媚摆了摆手,不耐烦道:"真大人,欣媚一早已说了,那不过是为了救李叔,使的权宜之计罢了。"

萧湛惊得冷汗涟涟。"方姑娘快休说这样的话,若是让皇后娘娘知道了,可是死罪。"

穆宏举袖掩面,直摇头。"诸位,这妮子的浑话,咱们全当从未听过,便是了。"

欣媚斜睨他一眼,含笑再不言语。

第六章　肃清沉疴弊

1

乌沉沉的夜空，铅云密布，连一点星子亦不见。戌时，皇宫的西南角门外，两个穿着斗篷的身影飞身上马，沿着中央街市一直往南边的正阳门奔驰而去。来至城门边，其中一人向守军出示了令牌，正阳门立即大开，放了二人出城去。

玄真骑在马上，云青色的丝带在发髻后飘逸，夜色下越发显得英姿俊秀。他冲着一旁的女子笑道："姐姐，咱们这趟像不像话本中的定情私奔？"

欣媚穿着一件暗红色绣梅枝窄袖短上衣，下穿一条棕色宽腿马裤，头上戴着一顶纱边斗笠，在马背上尽力驰骋。见玄真拿她逗趣，便轻嗤一声，道："这话好没意思。大人莫非未曾读过白乐天的《井底引银瓶》？所谓'聘则为妻奔是妾。为君一日恩，误妾百年身。'欣媚才不做那等傻事。喏，此次私自出宫调查案情，大人若有任何为难处，咱们就此别过。欣媚绝不牵连大人。"

玄真闻言面色骤变，差点儿从马上栽下去，急忙分辩道："姐姐说这话，是要锥小真子的心吗？我自知方才的话说坏了，姐姐要打要骂都使得，如何便要撵我走？白乐天的诗，小真子自然读过，但心中念的乃是那句'墙头马上遥相顾，一见知君即断肠。'我对姐姐的心，便是如此的。"

见他一脸快哭出来的模样，欣媚忍不住扑哧一笑，道："小真子惯会油嘴，原来也有这样焦惶的时候。"

玄真恨得咬牙，心头又喜滋滋的，道："姐姐便欺负人吧。

小真子将来定要变本加厉地讨回来。"

欣媚耳根子一红,不再接他话茬,只是使劲挥舞缰绳,闷头往前赶去。大约走了百十里路,阴沉的天空突然飘起了雨丝,不到一盏茶的工夫,大雨已成瓢泼之势。密密的雨珠织成一张巨大的雨帘,铺天盖地而来。

玄真瞧了瞧四周,见他们已行至冀州城外一座叫长留山的半山处,翻过去便是冀州的城门了。他冲欣媚喊道:"姐姐,雨大路难走,咱们歇一歇,待雨势小了再行,如何?"

欣媚抬头看了看天,道:"积云很厚,这雨一时半会儿停不了。不若快马下山,进了城也可寻个落脚处。真大人浑身浇透,若湿漉漉地待着,怕是身子会受不住。"

玄真的脸被雨水扑打得瞧不出面貌,却还是能见到他唇角一弯,笑道:"姐姐这样在意我,小真子心中甚欢喜。那便由我在前头引路,姐姐小心跟着我。"

崇山峻岭,风雨晦暝,两匹马一前一后艰难地往山下行走。忽然,哗哗的雨声中掺进来一声鸣啸,沉闷而凄厉,是猛兽落单的哀号。

"有虎!"欣媚低低叫了一声。话音刚落,她身下的马匹先受了惊,嘶鸣一声,前蹄便骤然向上跃起。欣媚勒住缰绳试图稳住马身,然而哪里还能够?那马使劲蹿了两下,便将她甩下马去,然后撒开了蹄子便往深山中狂奔而去。

"啊……"

玄真眼睁睁望着欣媚的身子跃出山崖,与头上脱落的纱边斗笠一道,往深渊坠去。刹那间,他几乎不假思索,从马上飞身跃起,向半空一纵,伸手抓住了欣媚的脖颈子。二人在山崖斜出的灌木丛中擦过,下坠速度放缓,玄真眼尖瞟到了下面一块凸出的巨岩，忙用力将欣媚一拽，抱住她的身子便往巨岩撞去。

欣媚只觉得天旋地转地翻滚一圈后，稳稳地落在了一处平整地面。身下软软的，是玄真羸瘦却结实的臂膀。她定了定神，忙起身查看情况，自己只是擦伤了皮肉，并无大碍。但玄真却躺在岩石上，面色惨白，龇牙咧嘴，似乎忍受着剧痛。

"真大人，伤到了何处？"

玄真勉强坐起身来，左手却僵直着无法动弹。欣媚立即明白，方才玄真为了护着她，左臂撞上了这块岩石。见他强忍着痛楚，额间的汗珠和雨水混杂在一起，欣媚心中又急又痛："是左臂吗？定是伤到骨头了。"她小心翼翼地抚上他的左臂，用穆宏曾经教的接骨手法轻轻按触，"疼吗？这里？"

玄真一时嗷嗷叫疼，一时勉强答道："此处还好。"

欣媚终于诊断明白，道："真大人，是左臂的肘骨断了，欣媚先给您绑上。"说罢，她解下玄真和自个儿头上的发带，又从身上的中衣下摆处撕下一长段布条，细细地给玄真捆绑固定断骨。

玄真虽然吃痛，但见她如此精心为自己包扎，不禁柔肠情动，伏在她耳畔低低道："姐姐待我如此，便是为姐姐死了，小真子亦是甘愿的。"

欣媚手势一僵，眼泪一瞬间烫热了眼眶，啐道："越发浑说了。大人金尊玉贵，方才实不该为欣媚冒险。"

玄真急忙用右手抓住她的左手，放在脸颊上轻轻摩挲，道："姐姐，若是方才你死了，叫小真子怎么活得下去？"

欣媚想抽回手，却又不能够，红着脸道："欣媚是命浅福薄之人，唯愿大人一生平安顺遂，便足够了。"

"姐姐有所不知。小真子这辈子注定欠了姐姐的。"玄真的声音变得有些渺远,似想起了多年前的往事。

"为何?"欣媚不禁抬眉。

"我还未曾与姐姐讲过,当年皇上派人将我从沧州接回皇宫时,半途遇上了刺客。正巧方木令大人路过,以巧计引开刺客,才救下我这条命。"玄真动情道,"所以,若论报恩,合该小真子舍命救下姐姐才是。"

欣媚又吃惊又感动:"原来爹爹与真大人还有这番际遇……"

玄真的目光明澈似一泓清泉,道:"我还记得,方木令大人说他有一个女儿,年龄与我相仿。不意多年之后,我居然真的遇见了这位姑娘。"

两人对视,眸中满是柔情蜜意。"这世上,竟会有这样的事。爹爹他……"欣媚未说出口的是,莫非是父亲的在天之灵将眼前这位玉树临风的少年郎引到了她的身边?

玄真以脸颊摩挲着她的手背,缓缓地、轻柔地在上面烙了一个吻。这个吻炽热滚烫,如喷薄而出的火山岩浆,几乎要将她手上的皮肤都烫伤了一般。她从未与男子有过这般肌肤相亲,不禁五内灼热,浑身犹如电流通遍,心儿"噗噗"跃动如小鹿般欢快。她下意识地缩回了手,站起身来,似无头苍蝇般来回踱了好几圈,这才勉强镇定心神。然而,内心还是羞涩不已,只得扯过话头掩饰道:"真大人,咱们不能在此逗留。此处距山下不远,岩石下面似有一条人走过的泥道,我搀扶你下山,去寻医治伤。"

玄真知她心底害羞,亦不敢惹急了她,便道:"也罢。我起身试试。"然而,他刚站起来,便"哎哟"一声,右腿软了下去。

"怎的了?不会还伤到了腿吧?"欣媚急道。

"无妨。"玄真道,"应是方才落地时崴到了脚脖子,休养几日便好。只是眼下……"

"我背你下山。"欣媚脱口道。

"啊?"玄真一愣。

未及反应,欣媚已然将他的胳膊搭在肩膀上,双手抓住他的大腿用力往上一送,居然真的将他整个人背了起来。

"姐姐,这使不得。"玄真忧喜交加,哭笑不得,"你一个姑娘家,哪来那么大力气?"

欣媚背着他往下山的小路走去。"真大人,欣媚自幼在田间野惯了的,甚样的操磨没受过?且不说你这般文弱的书生,便是来个彪形大汉,我亦是背得动的。"

玄真闻言不禁暗乐,双臂紧紧搂住她的脖子,脸颊贴在她耳畔,低低道:"姐姐今日既背了小真子,今后可不许再背旁人。"

"嗯……"欣媚脸红红的,支吾不言。

"还有,姐姐背了我,那这辈子便都是我的了。"他又低低坏笑。

"还笑!仔细摔着你。"

绵密的雨水透湿衣衫,寒意无声侵入体内。但二人却浑然不觉寒冷,只因两颗年轻而热烈的心此时已紧紧贴在一处。

三更时分,雨势依旧滂沱,雨水叩打在红漆窗棂和飞檐灰瓦上,密密匝匝。大理寺衙署的偏厅内,一个佝偻的身影步履蹒跚地走入,那人脱下蓑衣,摘了斗笠,露出京兆尹田杰礼一张谦恭的面容。

"参见丁大人。"

丁耀祖坐在一张紫檀木嵌螺钿书案后头,手里正捧着一本案卷,也不抬头,只是淡淡道:"雨势那么大,田大人何苦亲自前来？有甚嘱咐，下个帖子也便罢了。"

田杰礼搓着手，神色颇为尴尬，道："深夜打扰，实属不该，望丁大人见谅。只是，听闻贡院应子郊一案，大理寺查得了新线索，特来请大人赐教。"

"田大人这话本官不敢听！大理寺审案历来有规矩，侦查中的线索不得随意对外透露。"丁耀祖板着面孔，语气凛冽如刀锋，"更何况此案之前乃田大人亲自审断，若是走漏了消息，让歹徒湮灭了证据，岂不是让本官为难吗？"

田杰礼面上闪过一抹阴狠，又不敢发作，只得一味谄媚道："丁大人说的哪里话？田某不才，没有大人这般神乎其技的断案之能，但田某一向秉公持正，绝不敢徇私枉法啊！"

"哼，"丁耀祖冷笑一声，"田大人当日买通张小宝，将杀人的罪名全赖到号军李二郎的身上，以此匆匆结案。如今，我大理寺在苏雨銮的旧衣物中找到了行凶时遗留的血布条，证据确凿，你又要如何解释当日的诬陷之举？"

田杰礼惶恐不已，惴惴道："丁大人，丁大人高抬贵手啊！田某自知粗鄙不堪，但当日匆匆结案，亦是为丁大人考虑啊。此番春闱，丁大人乃'知贡举'，考场发生命案，您有不可推卸的责任。若不是田某迅速破案，皇上怪罪下来，丁大人恐怕亦难免被追责呀。"

"你……胡言乱语！"丁耀祖脸色骤变，额前青筋暴起，"田杰礼，休想让本官与你们同流合污。"

"丁大人，您是聪明人。此番春闱种种乃神仙打架，我等小鬼不过随波逐流，只求保命而已。如今朝局暗流涌动，鹿死谁手，尚未可知。"田杰礼一步步凑近书案，两只眼睛凸灵灵瞪着，犹如冥界幽魂，"大人，狡兔三窟，方可免其死耳；若仅有一窟，如何得高枕而卧焉？"

丁耀祖的脸在烛光下阴沉骇人，他眸光凛然一动，道："你待如何？"

"袖手旁观，静待时机。"田杰礼面上闪过一道奸猾之意。

2

欣媚与玄真历经艰辛，终于寻到了冀州城边上的唐家村。二人逡巡许久，敲开了村子尽头一户农家的门。这户人家仅有两间颓然欲倒的茅屋，里面住着一位年逾古稀的老妇人。那老妇人亦姓唐，倒是面慈心善，见他二人狼狈不堪，便请进屋里歇了。老妇人拿出孙子的粗布衣衫，让他们俩换了。幸而玄真身上揣了百十两银子，欣媚捧着银子去请村里的大夫，人家才愿深夜前来。大夫连声夸赞欣媚接骨的手艺，给玄真敷上了黑玉膏，又开了几副消炎去痛的汤药，便去了。

欣媚一面伺候玄真在外屋的土炕上躺下，一面将换下来的湿衣服拿去火盆上烤。老妇人则将大夫留下的草药拿到灶上去煎，又颤巍巍从橱子里端出两个窝头，道："估摸你俩定是饿了。家里无甚好的吃食，将就着垫一垫吧。"

欣媚心下感激，将十两银子塞进老妇人的手里，道："唐大娘，俺俩多得您相救，无以为报，这点银钱您留着过日子吧。"

"这，这可使不得。"唐大娘推辞道，"老身孤苦无依，不过吃斋念佛，熬日子罢了。你们出门在外，用银钱的地方多呢，自个儿留着吧。"

欣媚一味将银子塞进唐大娘腰间佩的素布荷包里，又指着身上穿的袍衫，问道："大娘，这袍子不是您孙儿的吗？他……去哪儿了？"

唐大娘面色灰败了几分，苦笑道："俺们村里早些年遭了灾，老身的夫君和儿子媳妇都去了，只留下一个孙儿相伴度日。孙儿倒是争气，寒窗苦读多年，却两次省试不中。三年前，为准备今年的省试，他去了京城读书，便未曾回过家。"

"哦。原来您孙儿已经是举人了。"欣媚道。

"举人又有何用？要走上仕途，必得考中进士才行哪。"唐大娘对于官场之道颇有见地。

这时，玄真在炕上挣扎着起身道："唐大娘，我俩是从京城来的。您孙儿叫甚名字？"

"他叫唐申白，是俺们这一带有名的才子呢。不知二位可曾听过我孙儿的名姓？"唐大娘面露矜持的笑意。

玄真和欣媚皆闻言变色，对视一眼，心中纳罕为何京兆府未将唐申白的死讯报予老妇人。欣媚按捺心中的悲悯，道："俺俩是做生意的，倒不曾听说这个名字。"

"哎，那便是三试又未中吧。若是中了两榜进士，必然声名传扬，京城内岂有不知的？"唐大娘哀叹道，"老身早就劝过他，如今这年岁，哪里还有'朝为田舍郎，暮登天子堂'？必得是那官宦人家的子弟，才能延续高官厚禄。俺们这种人家，趁早寻一份差事，糊口度日便罢。"

欣媚听了越发不忍，环视这两间破败的茅屋，几乎家徒四壁，连一件值钱的物什都没有。她喃喃道："唐大娘，您孙儿有才，定不会埋没了。不知他是否有留下的诗篇文章，可让俺们领略一二？"

唐大娘郁然叹道："没有了。他走时将所有书籍、文稿全部带走了。老身这里连一片纸亦未曾留下。"

欣媚回望玄真一眼，神色不免失望。玄真以眼神宽慰她，又问道："大娘，您孙儿走得杳无音讯，这三年来，您孤身一人，靠什么过活呢？"

唐大娘唇畔微抿，仿佛想起了件好事，道："申白朋友多，那些人待他都不错。每年申白都托朋友给老身捎来银两和米面，如此亦能勉强过活了。"

窗外茅檐下，雨水仍窸窣不绝，敲打在瓦砾上、泥墙上，滴沥如诉，只让人觉得无尽凄凉。

晨曦的光线透过木格窗射进来，在地上洒下一片灿烂斑驳的影儿。玄真在一阵鸟雀的鸣叫声中醒来，扭头便见欣媚趴在土炕边上，脸蛋儿枕着胳膊，鼻翼微微翕动，睡得十分香甜。他会心一笑，伸出右手的食指，轻轻点在她挺翘的鼻尖上，慢慢向下，触摸她棱角分明的红唇。他喉结微动，又想起昨夜她背着他，腹背紧紧相贴，是何等亲昵无间。神思迷蒙间，他直起身子，脑袋缓缓迫近，对着那两瓣红唇……

"穆叔，我不敢了，再不敢了。"欣媚突然攒起眉心，嗷嗷乱叫两声。几乎同一瞬间，她睁大了眼睛，瞪着近在咫尺的一张俊脸，却以为自己尚在梦中。"此乃幻觉，我没想着真大人，真没有。"

玄真听得大笑，伸手捏一捏她的脸，道："姐姐做的什么梦？"

欣媚整张脸瞬间红到熟透，她坐起身子，支吾道："穆，穆叔为了咱们私逃出来之事，训、训我来着。"

"哈哈。姐姐很怕穆太医？"

"那自然了。你是不知道，穆叔那个人天天板着一张脸，可凶了。"欣媚一脸愁苦，"欣媚自幼连爹爹都不怕，就怕穆叔。"

"就不曾梦见小真子吗？"玄真坏笑道。

欣媚揉着自己发烫的脸颊，忸怩道："梦里穆叔训我的时候，自然也训了你。"

玄真往床头的木板上一靠，目光柔柔地望着她。"哎，小真子可是做了一夜好梦，梦里边儿都是姐姐呢。姐姐可愿闻详情？"

欣媚知他没好话，忙摆了摆手，道："才不听你贫嘴。喏，衣服都干了，快换上吧。"

她随手将袍子扔到他的左手边。玄真刚想伸手去取，却扯动了伤处，他只得跪坐起来转了个身，才用右手够到了袍子。欣媚望着他这一连串的动作，脑中犹如被刀斧劈开了一般，许多事情明明白白地浮现在眼前，一件一件地拼接成完整的图形。

"原来是这样。原来是他。"

"姐姐，怎的了？"玄真穿进半只袖子，正在艰难地够另外半只。

欣媚忙上前，帮他穿好衣服，笑道："此行虽未找到唐申白的笔迹，倒是解开了另一桩谜团。只是眼下还不敢确定，须得请真大人暗中派人再做调查。"

"姐姐放心，交给小真子便是。"

正说话间，大门"吱呀"一声儿打开，唐大娘从门外走了进来。村里人起得早，这会儿她已从田间割了一捆青菜回来。见他二人已起，便笑道："二位早。灶上有村口土庙送来的米粥，不嫌弃便垫巴两口吧。"

欣媚早饿得眼冒金星，闻得有米粥，还来不及换衣裳，便走过去盛了一碗，两三口便喝干了。唐大娘喜爱她爽利的性子，忙又盛了一碗递给她，道："别急，米粥多得是。因老身的孙儿从前常常为土庙的佛事写榜，寺里的主持便格外关照，每逢有施粥饭的日子定会往老身这里送上一瓮。姑娘慢慢吃。那位公子也来一碗吧？"

玄真换好了衣裳，一瘸一拐走过来，接过土陶碗，慢条斯理地喝着粥。突然，只听见欣媚喊了一声，冲唐大娘道："大娘，您方才说什么？唐举人从前常常为土庙写榜？"

"是呀。不论是水陆法会，还是超度消灾，孙儿几乎每叫必到。主持圆觉长老与他颇为投契呢。"

欣媚转身抓住了玄真的胳膊，神情激昂道："公子，咱们得去土庙走一遭了。"

二人收拾了行囊，与唐大娘道别后，便径直来至村口。远远地瞧见一棵枝叶繁茂的大槐树下掩映着一座低矮破败的土庙。灰墙土瓦，屋檐残破，前后两间殿，门首木牌上写着一副对联，左边是"苦海化缘尊法显"，右边是"乐心悟禅拜如来"。

欣媚和玄真走至近前，门首一个小沙弥见他二人面貌不俗，忙进去报于主持圆觉长老。须臾，一位穿着褐色直裰、披着袈裟的老和尚迎了出来，白眉长髯，颇有慈悲之态。"不知二位施主驾临，有失远迎。"

"多有叨扰长老。"玄真忙从袖内拿出五两银子递予长老，请佛前烧香。长老谢过，将二人让到里面禅房，点上茶来，并摆上一些素饼小食。"小庙无甚招待，施主稍坐，略喝杯粗茶，用些素点。"

欣媚细细观瞧禅房内，虽然墙皮剥落，木器腐朽，但打扫得十分整洁，墙角连一丝尘埃也无。她指着一张杨木雕缠枝纹案几上的榜文，笑道："敢问长老，今日可有法事？"

长老眯起狐狸般细长的眼睛，笑道："这位女施主，俺们庙小，不过是替村里人做些法会，超度亡灵罢了。"

"听闻，唐申白举人从前常来长老这里替人撰写法会的榜文？"

长老笑道："唐举人颇有慧根，与佛法有缘，又写得一手好书法，村里人便央告他前来写榜。"

"不知他写的榜文，可有留存下来的？"

长老捋了捋颔下长髯，笑道："姑娘说笑了，法会的榜文自然都是要烧化的。"

欣媚诺诺连声，甚为遗憾道："哎，唐举人书法出众，远近闻名。我等冒昧前来，本想讨得他的墨宝略一观瞻，看来要抱憾了。"

长老低首拈了一枚素饼，递予欣媚，道："据老衲所知，唐举人三年前离开唐家村，带走了所有的书籍文稿，这村里怕是找不出他的墨宝来了。"

闻得此言，欣媚愀然不乐，只顾凝思，连长老递过来的素饼都忘了接。玄真见长老颇为尴尬，忙伸手接了饼，道："今日贸然前来，多谢长老看顾款待，亦算是我等与佛法有缘。方才见庙堂匾额、佛像皆有破损，在下与这位姑娘愿捐资五百两，以供庙堂翻修之用。"

"哎呀……"长老立时站了起来，双手合十行礼不迭，"二位施主如此慷慨，老衲感激不尽。来呀，快快取出功德簿，为二位登记造册。"

听闻此言，欣媚乌沉无光的眼眸忽然闪出一星亮色，道："长老，庙里对所有捐资者皆有记录吗？"

"那是自然。此乃功德无量之事，不仅要造册，如施主这般大恩，还要立碑以传后世哪。"长老说到此处，神色亦变了变，似想起了什么，"啊！二位施主，老衲想起一处，尚有唐举人的墨宝呀。"

欣媚激动地一击掌，似早已料到。"可是那捐资人的榜文？"

"正是。五年前，后殿重塑观音像时，为所有捐资人立了一块石碑，那碑文乃唐举人所书，拓下来刻在石碑上的。"长老眉眼笑得挤出皱纹，"二位，请随我来。"

三人一同来至观音殿背后的天井中。只见朱漆殿门旁边立着一块石碑，上面写满了捐资观音像的施主名姓。那书法工整中透出率真之意，回旋处彰显遒劲之力，可谓颜筋柳骨，刚柔相济。

玄真和欣媚并肩立在石碑前，久久伫立，沉默不语。

"这笔迹果然同诸葛公子手中的那阕诗是一样的。"

"不错，但是同那封所谓唐申白的遗书却全然不同……"

3

翌日正午，太子玄明怒气冲冲地踏入大理寺正堂，宽大的袍袖往后背一甩，径直坐到了黄花梨象纹翘头公案后头。

"丁耀祖呢？让他出来见本王。"

闻讯赶来的丁耀祖几乎连滚带爬地奔至堂前，下跪行礼道："太子殿下驾临，微臣有失远迎，还望恕罪！"

太子面上阴云密布，左手摩挲着公案上的一方惊堂木，冷声道："丁大人，人人都说你这位大理寺卿乃当代狄仁杰，断案如神,依本王看,不过一介草包而已。"

丁耀祖慌忙伏身于地,道:"微臣惶恐,还望殿下明言!"

太子眸中含了一缕凛然笑意,声音却愤怒至极:"本王想问一句,大理寺逮捕苏雨栾已有两日,为何还未定罪?"

丁耀祖眉心一跳,知道该来的终会来,反倒镇定下来,缓缓道:"启禀殿下,苏雨栾确有杀害应子郊的重大嫌疑,然而目前掌握的证据,还不足以定案。"

"为何不能定案?方欣媚已经推演出,苏雨栾通过混淆号舍门前木牌的法子偷偷潜入应子郊号舍,萧湛又从苏雨栾的衣袍中搜出了那根带血的布条。证据确凿,丁大人只需走个审案流程便可以了。"太子愈发不假辞色道。

丁耀祖目光微冷,语气却十分恭谨:"回殿下,大理寺审断杀人刑狱,一要见到尸首,二要有凶器,三要有人证或物证。本案杀人的凶器一直未能找到……另外,那根带血的布条勉强算是物证,却无法直接证明苏雨栾便是杀人凶手。"

"那布条是从擦拭凶器的抹布上撕下来的,除了凶手,还有何人身上会粘这种东西?"太子面上满是不屑的神色。

"回殿下,话虽如此,但省试后,苏雨栾便将那件衣袍脱下,搁置在房间内,焉知其中没有栽赃嫁祸的可能呢?"

"丁耀祖!你可越发会当差了。"太子粗鲁地打断道,"本王今日来,不是听你推论案情的,而是要一个结果!"

丁耀祖慌得忙又匍匐拜倒,再三叩首道:"殿下,请恕微臣无能之罪。"

"哼,你无能?老狐狸,知道你明哲保身,不愿蹚浑水。"太子面上满是鄙薄之意,"也罢,本王今日便送你一程。来呀,将那些考生都带进来。"

一声令下，两班衙役便将十几名考生带进了正殿，丁耀祖顾盼不暇，吃惊道："殿下，这是……"

太子冷笑一声，道："本王命人请来了当日'玄'字号筒尚在京中的所有考生，今日便在大理寺当堂逐一问话。若有人能说出当日目击苏雨栾行凶的证言，本王定重重有赏。"

"这……"丁耀祖面色惨白，唇角颤抖，"殿下，这可万万使不得。如此诱导证供，乃陷我朝司法于不义啊！"

"住口！丁耀祖，这里已没你置喙的余地。"太子阴翳的目光横扫过年轻士子，"本王方才的话，你们都听见了吧？仔细回忆省试那日的光景，若有任何可疑之处，速速报来。本王素来爱惜人才，最看重德行品性以及一颗忠心。诸位好生思量，来日的仕途或许就在今日这一念之间了。"

地下站立的考生中，有考取了进士，尚未被派遣官职的；更多的是落榜后逗留在京城各大试馆复习备考，预备三年后再战的。太子话里的意思，众人听得十分明白。太子乃储君，若今日谁能助他扳倒贵妃苏明丽，来日他登上大宝，定会重用此人。

果然重赏之下必有勇夫，一位穿青绸衫的士子当即跪倒在地，上拜道："启禀太子殿下，小人自入场时，便见那苏雨栾公子神色慌张，鬼鬼祟祟。且那日考后搜查随身物件，他强烈抗拒，不愿接受问询，足见可疑了。"

立时，又有几位士子亦跪了下来，言语皆大同小异。

"咳咳！"一位穿着杏黄底金线团花锦袍的青年恭谨上前行了礼，回眸鄙夷地看了一眼地上跪着的士子，朗朗道，"太子殿下，这些小儿不过信口雌黄，说出来的事体都无甚价值。小人名叫胡范生，乃江州士子，此番春闱考取了同进士出身。"

"你有何话讲?"

胡范生眉毛斜飞,颇为踌躇得志。"回殿下,小人的号舍是第六十七号,正对着茅厕的'底号'。说起来,'底号'一向是考生最忌讳的号舍,臭味熏天,又常有考生来往,喧闹不已,十分影响考试作答。若不是小人心性坚毅,心无旁骛,根本无法交出一份优秀的答卷……"

"行了。说正事。"太子对这番自我吹嘘,颇为不耐。

胡范生面露诡谲一笑,道:"启禀殿下,小人在'底号'作答时,曾留意前去上茅厕的考生,发现那苏雨栾公子上茅厕的次数特别频繁。有时,半日便要去个两三趟。小人猜想,凶手要想进入应子郊的号舍,必定得利用上茅厕的机会,因而这位苏公子便十分可疑了。"

"哈哈……"太子击掌大笑,"说得好!胡范生,你猜得不错,凶手的确是利用上茅厕的机会,潜入了应子郊的号舍。此证言十分重要,丁耀祖,速速记下来。"

丁耀祖一脸尴尬,又不好拂其意,只得命身旁的主簿杜大海做好记录。太子靠在黄花梨公案上,支颐含笑道:"胡范生开了个好头,诸位有甚话讲,可要从速了。"

这时,穿着一身玄色长袍的诸葛子羽往前迈了一步,行礼如仪道:"小生诸葛子羽参见太子殿下。还请殿下容禀,方才胡范生之言,似有不妥之处。"

太子一愣,便露出不豫之色。"怎的不妥了?"

"小生的号舍是第四十七号,正在应子郊的号舍与底号之间。"诸葛子羽垂首恭谨道,"小生记得,考试期间,苏雨栾公子的确多次往返茅厕,半日去三趟的情形亦有。然则,我等见到苏公子上茅厕的时间都是在白日,应子郊举人被害却是在深夜。那时众人皆沉沉睡去，胡公子又是如何在睡梦中瞧见苏公子上茅厕的呢？"

"这……"胡范生一缩脖子，像被人拿布团堵住了喉咙，哑口无言。

太子面上透出隐隐怒意，冷笑道："诸葛公子，本王记得此番春闱你分明落第了，还惹上朱墨不符的嫌疑。自身不保，又何必在此强出头呢？"

"回殿下，家父教导小生，是非分明方是为官之道。若连这一点都无法秉持，文章写得再好，又有何用？"诸葛子羽说这话时，颇有其父刚正不阿的风范。

"哼，即便没有人瞧见苏雨栾深夜上茅厕，那也没人能说他深夜未曾上茅厕啊！"胡范生梗着脖子狡辩道。

诸葛子羽毫无退让之色，铿锵道："且不论上茅厕之说对于断案有何益处，此案最为关键的难道不是那不知所踪的凶器吗？所有考生身上皆未搜查出可以行凶的利器，试问苏雨栾究竟以什么凶器杀人？"

得了这话，丁耀祖不免气焰高了几分，佯作恭顺道："启禀殿下，丞相公子所言极是。据多方验尸的结果，应子郊是被一件前尖后粗的利器贯穿右胸，且利器尖端是十字形状。恕微臣直言，这等模样的凶器，微臣断狱多年亦未曾见到过啊。"

太子眉间曲折，脸色变了又变，道："我泱泱大国，难道还会找不出一件可堪定罪的凶器？"

胡范生转动眼珠，朝身后的男子睇了一眼。那穿着一身石青色杭绸直裰的青年勉为其难地走上前来，依规矩行礼道："启禀太子殿下，小人乃临安府考生沈瑜，同苏雨栾公子是同乡。那回，大理寺在贡院搜查考生行李时，小人便听'宫廷捕快'方欣媚姑娘提起过一桩旧案,即江南乡试秋闱发生过的秋刀鱼命案。"

"方欣媚!"太子挑了挑眉,面色和缓了些许,"她如何说的?"

沈瑜微微踟蹰,道:"方姑娘提到的秋刀鱼命案,是将秋刀鱼冰冻之后当作利器杀人。而苏雨栾公子的行李中曾经带了咸鱼干,会不会是拿那锋利的鱼干作为凶器,杀人之后又吃落肚中,因此没了踪迹?"

"高明!果然高明!那个方欣媚若非女儿身,实可堪大用也。"太子一时情志高昂,从公案后站立起来,喝道,"丁耀祖,如今人证物证俱在,凶器之谜亦解,你还有何话说?还不速速结案!"

彼时,丁耀祖正在听取萧湛的小声禀报,闻得太子此言,忙转过身来,躬身道:"启禀太子殿下,真大人带着方欣媚姑娘求见,说是解开了应子郊被害之谜。此时,人已在殿外了。"

"哦?"太子一时有些拿捏不定,"也好。传他们进来。"

说话间,萧湛已带着玄真与欣媚走入正殿。二人穿着雨后晾干的衣袍,皱皱巴巴,难掩落魄颓唐之态。在众人好奇而鄙夷的目光中,二人大方地下跪行了礼。太子正襟危坐,命她们起身,淡淡笑道:"欣媚姑娘来得正好。多有赖于你此前的调查和推断,苏雨栾谋害应子郊一案已有定论了。"

然而,欣媚面上却殊无笑意,目光犹如寒冰。她依足宫女的规矩福了一福,道:"启禀太子殿下,方才殿中几位公子之言,奴婢都听见了。恕奴婢斗胆说一句,那些话不过是捕风捉影,杀害应举人的,并非苏雨栾公子,而是另有其人。"

太子不意她会说出这等话,一时有些急躁。"欣媚,你在母后面前已经揭开苏雨栾潜入应子郊号舍的伎俩,如今怎的出尔反尔?"

欣媚下跪叩首,面上透着一股子什么也不在意的气势,道:"回殿下,奴婢当日只是解出凶手混淆号舍门牌的潜入之法,却从未说过凶手就是苏雨栾公子。"

"你!"太子几欲发作。

"殿下,欣媚曾在贡院水缸中找到应子郊所持的一枚玉佩,并推断出苏雨栾是这枚玉佩的买家。他为了不暴露自己的身份,利用'龙门调卷'的计策与应子郊约定在贡院进行不见面的交易。"欣媚侃侃而谈道,"若说苏雨栾利用计策潜入应子郊的号舍,不就与他'不见面交易'的初衷相悖了吗?试问同一个人,怎么可能不欲与应子郊见面,又主动与之见面?前一刻还联络与应子郊交易,后一刻便将其杀害了呢?"

"这……"太子一时语塞。

"会不会……苏雨栾进场之后改变了主意,譬如认为与其花费巨资交易,不若将应子郊杀害更为一劳永逸?"胡范生阴恻恻道。

"不。他们已约定要将玉佩藏于贡院之中,一旦杀害了应子郊,那枚玉佩的下落不就成谜了吗?"欣媚仰望着太子道,"殿下自然明白,对宫中的某位贵人来说,即便要杀应子郊灭口,亦得是在拿到那枚玉佩之后啊。"

玄真笑盈盈道:"殿下,孔夫子曰'绝四',毋意,毋必,毋固,毋我。如今事虽有变化,却未必坏事。臣弟以为,不妨先听取一二,再予定夺?"

太子见玄真帮腔,又扯到明妃的身上,面色缓和不少,瞪着欣媚道:"好,本王姑且听你一言。应子郊案究竟是怎么一回事?"

4

日影西移，如血的残阳在大理寺正殿的青砖地面上照出一地迷惘的影子。欣媚站直了身子，向后轻轻一招手，一个颀长的身影从门外澄金璀璨的光线中出现。穆宏穿着一身青色祥云暗纹蟒袍，怀中抱着一只硕大的黄土瓮，款步走入正殿中央，躬身行礼。

太子有些不耐烦，端起公案上的一只青花瓷茶盏，啜了一口茶，道："穆太医怎的也来了？手里捧着的是何物？"

穆宏恭谨垂首道："回太子殿下，此乃京城晓月试馆中发现的一只断掌。"

"什么？"太子面颊抽搐几下，慌不迭道，"这种晦气之物，端上来作甚？"

欣媚轻移莲步，来至穆宏身边，笑道："回殿下，是奴婢特地请了穆太医前来，只因此瓮中的断掌乃揭开贡院命案之谜的关键。"

闻言，在场者皆是一惊。萧湛忍不住好奇问道："方姑娘，此前听京兆尹田大人说，寻遍京城皆未找到断掌之人，为何又说此事与应子郊被害有关呢？"

"萧大人，其实最早察觉此事的是穆太医。"欣媚向穆宏柔柔一瞥。

穆宏闻言，将黄土瓮往地上一搁，道："启禀太子殿下，微臣偶然在京兆府听说京城的晓月试馆里发现了一只男性左手的断掌，上面还沾染了朱砂。无独有偶，多年前，微臣从一位故人那里亦听说过一桩断掌案件。九年前，临安府一捕头曾在富春江的小山村边发现一只沾了朱砂的断掌。微臣以为两只断掌颇有些渊源，便央了田杰礼大人，将那只断掌带回太医院细细查验。"

萧湛听得颇为入神，不禁问道："穆太医，可有何发现？"

穆宏摇首，凝思道："并无甚特别的。只是那手掌断面之内的皮肉有些糊烂，仿佛曾被人用利器捣过一般。"

欣媚忙接过话头道："太子殿下，几日前，贡院号军张小宝在凤鸣山遇害，左手的手掌亦被凶手齐整整砍断。"

"张小宝？"太子迷惑道。

"张小宝便是当日指认李二郎杀害应子郊的那名号军。他被人收买，诬陷李二郎，最终还是被凶手灭了口。"欣媚伸出手逐一数道，"殿下，九年前临安府富春江边发现第一只断掌，一个多月前晓月试馆发现了第二只断掌，直至几日前张小宝被砍去的已经是第三只断掌了。这些断掌被发现的时间跨度好几年，地点亦相隔千里，背后究竟有什么样的内情，将它们联系到一起呢？"

殿中鸦雀无声，唯有青砖上的光影移动着。众人皆屏息凝神，盯着欣媚不作声。欣媚柳眉轻扬，成竹在胸，道："穆太医曾以为断掌上的朱砂是炼丹的重要材料，因而怀疑江湖上有人拿活人的脏器炼制所谓长生不老的丹药。欣媚细思多日，恐怕背后另有缘故。即便是为了炼丹，跨越如此宏大的时间和空间，似乎亦颇为牵强了。况且，为何炼丹偏偏要切断人的左手掌，而不是右手掌呢？"

太子听着亦不禁坐直了身子，一改此前意兴阑珊的模样，道："那么以欣媚姑娘之见，如此多的断掌背后究竟有何秘密？"

欣媚抿嘴一笑，道："回殿下，朱砂具有镇定、解毒、驱邪祟等功效，在一些地方还用朱砂涂抹尸身，以达到防止腐烂的作用。道家上亦讲，朱砂乃天地间至阳之物，可以驱赶阴气、煞气、辟邪，防止尸首发生尸变。"

"尸变？"

"不错。欣媚以为，断掌上面涂抹朱砂，是为了延缓断掌的腐烂。也就是说，这些断掌有特别的用途，因而才用朱砂涂抹小心保存。方才穆太医言，手掌断面内侧的皮肉有被利器捣烂的迹象，那么究竟用于何种用途时，才需要将断掌内的皮肉捣烂呢？"

说罢，她走至那只黄土瓮前，蹲下来打开了上面的那层油纸，一股好似酒酿坏了的气味顿时充斥整个大殿。欣媚亦不避讳，从穆宏手里接过一只竹夹，伸入那黑油油的液体里面，将一只浸泡得肿胀的断掌夹了出来。

殿中的年轻士子们都骇得掩住口鼻，蹙眉不已。太子亦举袖掩面，道："欣媚姑娘，你这是作甚？"

欣媚又从穆宏手中接过一根细长的铁棍，将一头插入那只断掌的断面之中。然后，她用铁棍举着那只断掌，笑道："殿下，这便是断掌的用途，用来代替一只完好无损的手。"

"手？"萧湛脱口而出道，"姑娘的意思莫非是，有人失去了自身的左手，因而不断砍断他人的左手，用来代替？"

"此人失去的不光是左手，而是整条左前臂。"欣媚含着笃定的笑意，"因为用来杀害应子郊的，便是那条前尖后粗的前臂。"

此话甫一出口，四座皆惊。丁耀祖眸色深沉，道："姑娘是说，杀害应子郊的凶器，是一条假臂？"

"不错。"欣媚朝穆宏一眨眼，"这条假臂或为木制，或为铁制，但前端定装有某种金属利器，用于插入断掌之内作固定。"说罢，她将手中的细铁棍垂下，那只断掌有些吃不住劲儿，缓缓滑落到地上。"瞧，若那利器如这根细铁棍一般平滑，稍有不慎断掌便会从铁棍上滑落下来。诸位是否还记得,在应子郊被害的号板上有一个十字形的血痕?由此可推断,那金属利器的尖端应为一个十字形的钩爪,插入断掌之后,便能倒钩住皮肉,避免脱落。"

太子不禁跌坐在黄花梨大椅上,叹道:"凶器竟是一条假臂?真是闻所未闻之事。"

"难怪我等搜遍所有考生,寻遍整座贡院,皆未找到类似的凶器。原来,那凶器竟一直藏于凶手身上。"萧湛眼眸一转,又疑道,"若凶手缺失左前臂,何不将旁人的整条左前臂砍下,接在手肘上,却反而只是砍掉左手掌呢?"

"萧大人所言极是。况且,如此残忍的手段,竟只是为了让自己看起来有一只正常的左手?"诸葛子羽忍不住发话道,"天底下哪有如此无道之事?"

玄真焦愁地瞥向欣媚,生怕她招架不住这狂轰滥炸般的质问。然而,欣媚脸上的神色淡薄如云岫,从容道:"萧大人与诸葛公子的问题,便是锁定凶手身份的关键。"

"哦?姐姐已知凶手身份?"玄真故意引出话头道。

"一旦勘破了凶器的真面目,凶手的身份便呼之欲出了。"欣媚清浅一笑,转而肃然道,"凶手利用断掌来掩饰自己缺失了一条左前臂,并非一时兴起。从临安府捕头第一次发现断掌,迄今已有九年时间。虽然凶手使用朱砂保存手掌,但每一只断掌能使用的时间仍是有限的。穆太医,依你之见,一只断掌最多能使用多久?"

穆宏沉吟道:"这与温度、湿度以及保存的环境都有关系。但一般来说,若是凶手日日带着这只断掌在外行走的话,能保存一个月已算万幸。毕竟,即便表皮完好,但若内部皮肉干枯腐烂,亦容易被人瞧出破绽。"

"一个月?那便是了。晓月试馆的那只断掌是凶手抵达京城后换下的,之后新换的断掌他又用了一个来月,到前几日实在忍不下去了,便砍掉了张小宝的左手掌用来换新。"欣媚道,"诸位,凶手几乎每个月都要换一只新手掌,一年便需要十二只,九年便是一百零八只。然而,这九年间,咱似乎未曾听说哪个地方出现过大规模的断掌案件。这说明什么?"

"说明凶手有固定的断掌来源。"穆宏面无表情道。

"穆太医说得极是。拥有方便而固定的断掌来源,这便是凶手的第一特征。"欣媚笑眯眯地扳着手指道,"第二特征,凶手平时带着假臂,哪怕竭力掩饰,行为上必定会与普通人有所不同。此事稍后再表。第三特征,凶手进入应子郊的号舍,使用的亦是混淆号舍门牌的法子。应子郊的号舍为第三十一号,在'一'字下面添加一笔,可以变成苏雨栾举人的号舍'第三十二'号,那么若是……"

"若是添加两笔,便可以成为'第三十三'号。"玄真与欣媚对视一眼,温然含笑。

"三十三号考生,名字叫……"主簿杜大海翻着手里的案卷,"沈瑜。"

一时间,所有人的目光都落在了那个穿着石青色杭绸直裰的青年身上。沈瑜身量并不高大,他佝偻着身子,面容黝黑,给人一种憨厚朴实之感。他闻言也不恼,只是澹然一笑,道:"方姑娘一番推论,在下实在佩服。只是,不知为何这矛头竟会指向沈某?方才真大人说三十一号的'一'字加两笔,可以变成'三',却浑然忘了还有其他的可能。比如'一'字加五笔可以变成'四',加三笔可以变成'五'或者'六',加两笔可以变成

'九',加一笔可以变成'七'……况且,若真要在号牌上动手脚,三十的'三'亦可加两笔变成五,甚至还可以抹去一两笔,变成'一'或者'二'。如此多的可能,为何偏偏要赖到沈某的头上?沈某实在要叫屈不已了。"

玄真眉心一蹙,不由得望向欣媚。"姐姐……"

欣媚悠然笑道:"沈公子既不认,咱们就来说说第二桩特征。真大人,您前日夜里摔伤了左手臂,昨日早晨起身穿衣时,做了一个古怪的动作,不知您自个儿可曾察觉?"

"哦?"玄真听她说起二人独处时的情形,不禁面色一赧,"究竟是什么动作,让姐姐觉得古怪?"

穆宏在旁听得不悦,沉着面皮瞪了欣媚一眼。欣媚却浑然不觉,仍望着玄真笑道:"真大人摔伤了左手,而当时那件衣袍亦正好在他的左手边。因左臂吃痛无力提起衣袍,他便只得跪坐起来转了个身,用右手够到了袍子。"

"哼,此乃常理之举,有甚古怪?"太子挑眉轻嗤道。

"前一阵子在梨香苑中,沈公子不慎将一个茶果带落到左靴边,他却也未直接用左手去取,而是立起转身,蹲下用右手将那枚茶果拾了起来。这一转一拾的动作与真大人如出一辙,是不是说明沈公子的左手亦受了些伤呢?"

沈瑜神色冰冷,如同数九寒霜。"哼,一个小动作,沈某自己都忘了。难为方姑娘记得仔细!"

欣媚坦然笑道:"沈公子,其实欣媚对您的印象一直不错。初次相见时,苏雨栾举人对我咄咄相逼,您却对我这样一个奴婢行一躬到底的打恭礼,礼数不可谓不周全,甚至有些周全得过了头。或许……正因为手臂有伤,无法屈臂作揖,您才总是对人一躬到底,行一个垂着手臂亦能完成的礼。"

"你！"沈瑜举起右手指着欣媚，神情再也绷不住了。

"方才咱们说的是凶手的第二、第三个特征。那么，现在回到第一个特征，拥有方便而固定的断掌来源。"欣媚的目光压迫在沈瑜的身上，如山峦般层层叠高，"沈公子，您的父亲是临安府钱塘县衙的一位狱卒。若是每月从死囚犯身上切下一只左手来供您使用，怕亦不是甚难事吧？"

沈瑜霍然跪倒在地，面色如纸，豆大的汗珠沿着面颊涔涔而下。他哆嗦着嘴唇，无力道："够了。不要再说了。"

欣媚转而望向萧湛，温然道："萧大人，您方才提到为何凶手不干脆砍下一条左前臂，反而只砍下左手掌。只因手掌小巧，即便缺失了亦不容易被发现。而手臂就不同了，砍下来出血量大，容易被其他狱卒察觉，且不便携带出牢房。从长远计，不若只使用断掌来做掩饰更好。"

萧湛重重点头，眼底忽然漾过一抹犹疑，道："只是萧某仍有一事不解，沈瑜杀害应子郊究竟是蓄意谋害，还是临时起意？"

"既然在省试中冒险杀人，恐怕还是突发事端，一时动了杀机。"欣媚道，"记得号军李二郎曾说过，省试首日刚入号时，应子郊突然走出号舍，探头探脑，被当即喝退。欣媚推测，或许是应子郊在出号时，左顾右盼，恰巧瞥见了沈瑜的秘密。"

"什么秘密？"太子疑道。

"刚入号时，考生们一般都会调试号板，安放笔墨。或许是沈瑜搬抬号板时袍袖滑落，露出假臂，被应子郊觑了去。"欣媚冲丁耀祖道，"丁大人，本朝律法规定，残障者不能参加科举。若事后应子郊将沈瑜残疾之事上报礼部，沈瑜该当何罪？"

"革去一切功名，甚至可能因欺君之罪而牵连族人。"丁耀祖斩钉截铁道。

"呵呵呵……"沈瑜发出了凄厉而阴森的嚎叫，拔脚就往大殿门外跑去。

萧湛大喝一声道："来呀，将人犯沈瑜拿下！"

一众衙役扑上前去，将沈瑜制服在地。萧湛走过去，蹲在他身旁，伸手撕开了他左臂的袖子，里面露出了阴森森的一截钢制铁臂，下面还接着一只毫无血色的手。

欣媚知道，那便是张小宝的手。

5

文德殿里，皇帝斜歪在暖阁的长榻上，右手肘搁着紫檀雕如意纹的小茶几，凝神听丁耀祖的奏报。太子与六皇子、七皇子、八皇子分立在两旁。皇帝的神色随着丁耀祖的叙述，渐渐由缓转急，眉心紧锁。"朕听了这半日，却有一事不明。那个沈瑜不过是在考前被应子郊觑见了假臂，怎至于恨到要杀人的地步？况且，即便要杀人灭口，出了考场再动手亦来得及……"

毅王玄亮穿一身武将官袍，恭谨垂着眼帘，道："启禀父皇，我朝律法沿用了前朝的规定，倡、优、隶、皂以及残障、与父母居丧者，不得与试。沈瑜手臂有残疾，本是不能参加科举的。他伪装后一路参加了童试、乡试直至省试。若是被人发现他身患残疾，不但此次省试落第，连前面的秀才和举人皆会一并革去。儿臣还记得，前朝高宗皇帝时，有一名戏子参加科举，被人举报查实后，不仅功名被全部革去，还牵连了亲眷族人。"

丁耀祖忙附和道："正是这话。据那沈瑜交代，应子郊此人最擅长钻营耍滑，考前便以千两银子请托他代写文章。他按照事先约定的办法潜入应子郊号舍时,那厮竟嫌他代写的文章不好,要挟他将自己的文章献出来,否则出了考场便要将他残疾之事上报。沈瑜忍无可忍,这才取下自己的假臂,扎入了应子郊的胸膛。"说到此处,丁耀祖又顿了顿,觑着皇帝道:"之后,号军张小宝对沈瑜在考场上的行径有所察觉,想要讹诈。他便连哄带骗说要助其逃脱,实际却将其暗害了。"

皇帝手里拈着一条碧玺手串,眉目间弥漫着凝然气息。"竟为这样的缘故,闹了这么大一出……"

玄亮见机上前一步,拜道:"启禀父皇,我朝自太祖爷爷戎马征战,一统天下,逾今不过半百余年。开国初期,为安民心,诸多律条皆沿袭前朝的法度,如今看来倒是有必要修一修法了。譬如身患残疾者不得参加科举这一条……虽说为官应作万民表率,身患残疾恐有碍官威,然则若某人德才兼备,且一心为民、清正廉洁,便是身上有些疾患,又有甚要紧的呢?儿臣在西藩时听闻有一位跛脚县官,颇受百姓爱戴,连西藩王都赐了他'爱民如子'的封号呢。"

太子见皇帝眉头松弛,忙上前道:"儿臣附议。残障者不能参加科举,实乃前朝陋习,理应废除。此乃得民心之举。"

"嗯,此事理应如此,准了。"皇帝神色稍稍松快,想了想又道,"恐怕不光是这一条。玄亮,你安排人手对我朝法典作细致审查,凡有不合宜的,提出修订建议呈报。"

"是,儿臣遵旨。"毅王得了这桩重要差事,嘴角忍不住溢出一抹喜色。

庭院中桐荫寂静,风吹过枝头,在饱满油绿的叶片上磨出沙沙的响声,令人听来颇为舒畅。皇帝望着紫檀小几上甜白釉美人觚里插着几枝半紫半粉的芍药,眼角的褶子渐渐舒展开来,缓缓道:"好,此案终于了结,看来那苏雨栾果然是被冤枉的。"

"正是。沈瑜已承认,苏雨栾公子衣袍中那根带血的布条,是他事后在试馆中偷偷塞进去的。"丁耀祖忙道。

听闻此言,太子面上微微变色,垂首恭谨道:"回父皇,苏雨栾的确协助明妃娘娘欲在考场中购买那枚'骊'字玉佩。那枚玉佩……"

"玄明!"皇帝的声音沉沉砸在他头顶,台基下的一对铜鹤亦仿佛颤了颤,"与案情无关之事,不必再提了。"

延王玄杰本欲出口申辩,见皇帝训斥太子,不由得微笑着抿住了唇。太子如遭重击,脖颈往后一缩,眼睛里几乎要沁出血来:"父皇,说到案情,这苏雨栾虽然未参与杀害应子郊,但凤鸣山雁栖阁上唐申白之死,绝对与他脱不了干系!"

众人见太子忽然扯起其他话头,皆有些不备。玄杰倒是沉着,躬身道:"启禀父皇,唐申白举人乃因三试落榜,心灰意冷,故而服毒自裁。不知太子殿下为何屡屡将一桩自裁案扯到儿臣的母舅身上?"

"不,唐举人之死恐怕并非自裁那样简单。"玄真着一身云蓝色缠枝如意纹锦袍,翩然出列道,"启禀父皇,前两日儿臣与'宫廷捕快'方欣媚前往冀州唐举人的故乡调查,发现了一桩十分蹊跷的事。"

太子一听玄真的话,气势便足了几分,面上挤出一缕笑意,道:"父皇,昨日正是宫女方欣媚在大理寺解开了假臂杀人之谜。七弟,你们在唐家村调查,究竟有何发现?"

玄真眼眉微微一抬,面如春日淡粉桃花,灼灼生华。"此事说来,与诸葛丞相的公子亦颇有些关联。那日,我等在凤鸣山脚下发现了号军张小宝的尸首,却正好撞见诸葛公子在山涧中哀思故人。他娓娓道来,称与唐申白举人乃……感情深笃的挚友。他将唐申白举人省试落第之后所写的一封书信拿与我们瞧,信中是一阕诗,有云:梅花吐蕊扑鼻香,须经一番寒彻骨。老骥壮志与君勉,来年同朝銮殿入。"

太子冷冷瞥了玄杰一眼,笑道:"这诗中尽是励志自勉之意。能写出这样诗句的人,如何会服毒自裁呢?"

玄真眸色幽幽,抿嘴笑道:"殿下,古怪之处还不止于此。我等瞧了那封书信,却见上面的字迹与唐申白举人遗书上的大相径庭。"

"哦?"毅王玄亮眼中火苗骤燃,"竟有此事!"

太子却颇不以为然,道:"或许,那阕诗并非唐举人亲手所写。"

玄真道:"听闻唐举人在京城所作的文章已全部焚毁,儿臣遂与宫女欣媚一同前往唐举人的家乡,希望能找到他从前所作的诗篇文章,以作比对。然则,唐举人老家中并未留存他所写的任何一片纸……"

殿中仿佛有谁松了一口气。玄真瞳孔微缩,正色道:"所幸唐举人生平慷慨助人,常替村口的土庙写榜文,我们在一块写有捐资者姓名的石碑上,找到了唐举人的笔迹。那笔迹同诸葛公子手中的书信是一样的,却与唐举人的遗书截然不同。"

玄真的尾音缓缓落下,意味深长,勾起众人心头一阵深重的疑云。

"哈哈!"延王玄杰突然干笑两声,跪倒在地,"父皇,据儿臣所知,唐举人遗书上的笔迹曾与他在省试考卷上的笔迹做过对比。若这遗书为假,那么他的考卷岂不是……"

"父皇,省试中恐大有蹊跷,不可不查也!"毅王亦跪地拜求道。

太子见情势亦跪了下来，道："父皇，这唐申白之死果然可疑，儿臣以为可命'宫廷捕快'方欣媚会同大理寺再做调查。"

皇帝的面上布满阴云，苍老的皮肤下压抑着深深的愤怒。他突然从榻上坐直了身子，将掌中的碧玺手串往金乌地砖上狠狠一掼，喝道："查！丁耀祖、老七，此事你二人去查。其他人，谁都不许插手！"

玄真和丁耀祖慌忙下跪领旨，去了。

正午时分，北麓贡院门首的两扇朱漆大门再次打开。欣媚跟在玄真身后，沿着正中央的甬道，穿过明远楼来至外帘的至公堂。只见堂上悬一副对联，上联是"号列东西，两道文光齐射斗"，下联是"帘分内外，一毫关节不通风"。至公堂后面有一座桥，称为"飞虹桥"，外帘与内帘的官员只能在桥上沟通，不能私下交流。过了桥便是内帘的衡鉴堂，堂前有北五房和南五房，皆是主考官和房官们分房评阅考卷的场所。省试结束后，批阅完的考卷仍保存在衡鉴堂后的库房内。

主考官徐承赞一早便候在堂前，穿一身靛蓝色缠枝花纹绣孔雀官服，面容恭谨庄严。"启禀真大人、丁大人，下官已按吩咐将本次省试所有考卷全部调出，陈列于北五房内。另外，还专门调取了唐申白举人的朱卷和墨卷，就在衡鉴堂。请大人们移步。"

欣媚走在玄真身侧，悄然道："真大人，皇上命您和丁大人单独调查此案，欣媚进来是否不妥？"

"姐姐宽心，小真子自会担待。"玄真说着，又凑到她跟前打趣道，"况且，姐姐与小真子本就是一体，又何必分你我？"

欣媚被他说得脸红，啐了一口道："好没羞臊的哥儿。"

说话间，众人已步入衡鉴堂的正厅。只见齐整整摆着五排桌案，由黄杨木镂雕长条桌拼接而成，上面层层叠叠铺满了本次省试的考卷。

徐承赞躬身而立，道："二位大人，此番春闱颇为曲折，前有孟三官售卖关节，后有赵孟德擅改朱卷。奉皇上旨意，贡院一直将所有考卷封存于此，并无一份遗漏。"说着，他来至最前端的一张条桌旁，拿起两份考卷，道："这两份便是唐申白举人的朱卷和墨卷。另外，'玄'字号筒考生的考卷亦全部在此桌上列出。"

欣媚上前，取过那份墨卷，细细观瞧。从外观上看，考卷正面除了姓名籍贯处有被糊过又撕下的印记，其余并无异常。她又取出从京兆府那里调来的唐申白"遗书"，仔细比对了一下，发现两者的字迹果然是一致的。玄真在旁忙递过来一张纸，上面是从唐家村土庙石碑上拓下的字迹。

"考卷上的笔迹果然与石碑上的不一致，反而与那份遗书一致。"玄真眼神忽闪，"只是，唐申白的考卷是如何被人暗中调换的呢？"

这时，丁耀祖说道："或许是所谓的'割卷'。"

"割卷？"欣媚扭头疑惑地问。

丁耀祖捋着下颔的短须，娓娓道来："考卷交至弥封处后，弥封官会将考卷上考生的姓名、籍贯等个人信息全部折叠起来，用空白纸覆盖弥封，再加盖骑缝章。所谓'割卷'便是串通了考场的官吏，将甲乙两份考卷的卷面割下来，然后将甲卷的卷面粘贴到乙卷上，再用私刻的假印盖上骑缝章以作掩饰。"

欣媚蹙起眉头，将考卷正面和反面来回翻看，道："若是割卷，考卷上应该会有纸张切割和粘贴的痕迹。然则，这份考卷正面因曾弥封过，有粘贴痕迹不足奇，但背面却是光滑平整的白纸，并无切割拼接的迹象。"

"方姑娘说得是。割卷须串通许多环节的官吏，且一旦败露将被处以极刑。我朝科场治理甚严，恐怕无人敢应承这样的事。"丁耀祖道。

"可是，丁大人，这考卷上的笔迹确实与石碑上的不一致啊。"玄真道。

丁耀祖眯了眯眼，嘴角漾起一抹淡笑，道："真大人，石碑上的字迹，虽说是依照手书雕刻，但亦与雕刻工匠的技艺有关。况且，年深日久，人的笔迹有所变化，亦在情理之中。"

欣媚一言不发，只是盯着那份考卷看。日影西斜，金光从木漆镂空窗外斜斜射入，正好照到她凝白小巧的脸蛋上。光线刺眼，她下意识地举起考卷去遮挡。这一挡不要紧，眼前却突然出现了奇怪的图景。

"真，真大人！"欣媚心脏突突直跳，仿佛要跃出喉咙，"您瞧，这考卷的底层还有模糊的字迹！"

玄真凑近，对着阳光细细观瞧那张考卷，果然见在姓名籍贯处，除了宣纸表面的姓名之外，底层还浮着一些淡淡的字迹，不细看还以为是晕染的墨迹。

"这究竟是怎么一回事？"

欣媚眉头一拧，心中已有了计较，话语铿然道："欣媚早年跟随父亲在江州时，曾经见识过书画揭裱匠人'夹宣揭层'的技艺。宣纸分为单宣和夹宣，夹宣纸有两层亦有三层的。揭裱匠人能够将一张画通过揭裱变成两张或者三张。这份考卷原本是两层的夹宣，被人在姓名籍贯处动了手脚。其伪造工艺十分了得，先通过揭裱技艺分别将两位考生的姓名籍贯处撕下第一层,然后对调贴上去,粘贴的位置还要与涂抹糨糊的弥封边缘吻合,让人乍一看以为是弥封撕开的痕迹。由于第二层并未被撕破,因而从背面看不出拼接的痕迹。"

丁耀祖听闻此节,自然明白其中利害,道:"方姑娘,若要动这样的手脚,必须内外勾结,通盘掌握内帘的每一道关口方可。此事恐怕……"

身后的徐承赞早已冷汗淋漓,道:"姑娘所言实在可怖,若此事为真,丁大人与徐某都难逃失察之罪啊!"

丁耀祖斜睨了他一眼,眉间蕴着隐隐怒意,只是没有发作。徐承赞不敢去承接他的目光,只是心烦意乱地望着黄杨木桌案上的考卷,从中取出一份来胡乱翻看着。"本官实在不信,有人居然能够在内帘避开主副考官,徇私枉法,一手遮天。"

他翻了好几份考卷,连连道:"瞧,这些考卷并无揭裱的痕迹。这一份……"他突然停下了手,嘴唇微张着,像是合不拢的蚌壳。

玄真从他手中接过那份考卷,拿到日光下细瞧,沉沉道:"苏雨栾?这一份亦是动过手脚的。"

6

一语未了,只见有个穿着深蓝短衫的小吏斜刺里蹿了出来,一把夺过玄真手上的考卷。欣媚定睛一瞧,才发现他的另一只手上举着一个火折子,火舌已舔上了苏雨栾的考卷。说时迟那时快,欣媚一个箭步冲上前,往他手臂的桡骨处重重敲了一记,那已经点燃的卷子便落到了地上。她又猛踩了两脚,将火星踩灭,但卷面的大半都已被焚毁。一众衙役将那小吏团团围住,徐承赞喝道:"黄曹,原来是你这厮搞鬼!还不束手就擒!"

那名叫黄曹的小吏两眼通红,张皇到了极点,情急之下将手中的火折子往身后一扔,只见其中一张案桌上火苗蹿起,考卷瞬间被烧着了大半,层层烟灰四处飘散。

"快救火!"玄真忙命道。

衙役们一面将黄曹逮捕起来,一面陆续从外头取水来灭火。奋力扑救,奈何考卷安放过于集中,宣纸又是见风便着的,待一场大火扑灭时,卷子已经烧毁了半数。玄真命心腹小鹿子带着几名小太监留下,逐一核对检查剩余的考卷,凡姓名处动过手脚的一律挑拣出来。

这里厢,丁耀祖着人押送黄曹至外帘的至公堂上审讯。玄真、徐承赞坐在两旁,欣媚则立于堂下听审。她观瞧黄曹,只见他五短身材,一张黑黢黢的面孔,颓然跪于地下,仿佛已失去了全部的力气。然而,他面上却没了方才的那股慌张,反倒如死一般平静,是一种看破一切、得到解脱的神色。

"黄曹,本次省试你乃负责考卷弥封事宜。"丁耀祖断喝道,"方才你夺烧考卷,显然知晓其中内情。还不快说,你究竟是如何与人串通割卷的?"

黄曹的眸底泛着一丝嘲讽之意,冷冷道:"丁大人乃有名的神探,难道还勘不破此案吗?小人不过一屈屈九品小吏,如何敢做割卷顶替这样的大案?不过是受人之命,铤而走险罢了。"

"受了何人之命?"

黄曹瞥他一眼,道:"大人,小人全副身家性命都在此人之手,小人不敢说。"

这时,徐承赞大笑一声,朗朗道:"丁大人,方才这厮欲烧毁的是苏雨栾的考卷。他背后的主使之人难道还不明显吗？若非明妃娘娘这样的强势后台，这厮哪里敢做出如此狂悖之事？"

"明妃……"丁耀祖搁在紫檀木长案上的手轻轻震颤着，目光虚浮，半晌无言。

徐承赞恭谨来至堂下，行了跪拜大礼，道："真大人、丁大人容禀。下官作为省试主考，内闹出了割卷这样严重的舞弊，实在难辞失察之罪。然则，下官并不是那罔顾君恩、玩忽职守之辈。自唐申白举人被害之时，下官便起了疑心，一直暗中调查。直至方才黄曹欲烧毁苏雨栾的考卷，下官终于恍然大悟，原来那唐申白是被苏雨栾所杀害，目的便是掩饰这一桩惊天的科场舞弊大案。"

玄真脸色变了变，一张清隽的面庞漾着几缕惶惑，道："徐承赞，你要说的不过是苏雨栾以割卷之法，顶替了唐申白的考卷，为免事情败露而动了杀机。然则，当时在酒席之上，苏雨栾自个儿先喝了一口酒盏中的酒液，然后再递予唐申白。若是苏雨栾将毒下在酒中，为何他自己喝了却无事呢？"

徐承赞笑道："真大人莫急，此谜团下官已经破解。来人，请穆太医上来。"

欣媚一直在旁不语，眼睫微垂，在眼下投出一片淡青色的阴影。沉稳的靴声打破了她的沉思，抬头看去，只见穆宏穿着一身湖蓝色素纹杭绸直裰，面容沉静地立于堂中。见过了礼，徐承赞衔着一丝笑意道："穆太医，本官向您讨要的东西，可曾带来？"

穆宏肃然作揖，道："谨遵徐大人之命，这便是那用肠衣做的药囊。"说罢，从袖中取出了一个黄铜制的方匣，打开盖子，红细绒垫上铺着几只透明的肠衣包。

欣媚眉心一动，立时回想起来，那日穆宏在太医院洗肠衣时，隐隐有宫人在外面听觑，原来竟是徐承赞的人。还未来得及深思，只听徐承赞道："多谢穆太医，本官听闻您新研制了这肠衣药囊，心念一动，便想明白了苏雨栾当众下毒之法。"

"哦？究竟何解？"丁耀祖问道。

徐承赞乜斜了欣媚一眼，向丁耀祖长身鞠躬道："丁大人，此法说来十分简单。苏雨栾事先将毒液注入这肠衣做的药囊之中，并含于口内。待他自己咽下半杯酒水后，悄然咬破药囊，将里面的毒液逼入剩余的残酒中。也就是说，他喝酒之时便是下毒之时。穆太医以为此法如何呢？"

穆宏面色陡然变青，旋即恢复平静，道："徐大人所言之法，从道理上似乎可行。只是，若咬破肠衣药囊，苏雨栾的唇畔亦可能沾染些许毒液。"

"如此便是了。"徐承赞双手击掌，大笑道，"本官听闻，雁栖阁命案之后，苏雨栾在试馆中大病一场，焉知不是余毒所致呢？"

丁耀祖有些犹疑，望着欣媚道："此说法似乎有理。方姑娘以为如何？"

欣媚皱起眉头，上前道了万福："丁大人，徐大人，奴婢愚钝，在此妄言了。方才徐大人所言，恐有三处不妥。"

"三处？"徐承赞太阳穴倏然一跳，涌上一股怒意。

"其一，情理。"欣媚却并不理会，径直说道，"即便苏雨栾公子果真盗用了唐申白的考卷，但唐举人并不知情，苏公子又为何非要杀人灭口？"

"所谓做贼心虚，未免将来被唐申白察觉，不若斩草除根。"徐承赞眼珠转动，举右手做了个"杀"的姿势。

"呵，"欣媚澹然笑道，"即便要灭口，又为何偏偏要选在雁栖阁的聚会上动手？众目睽睽，岂不是徒增罪行暴露的风险吗？"

"这有何奇怪？苏雨栾的诡计，能够安然排除自己的嫌疑。按常理来看，他自己已先喝了一口，酒中自然是无毒的。之后唐申白中毒，便与他无干了。"徐承赞笑道，"此前，京兆府不也以此为由，排除了苏雨栾的嫌疑吗？"

欣媚却冷笑道："苏雨栾若是处心积虑要杀害唐申白，完全可以选择更加隐蔽的时间和地点动手。毕竟，无论计谋多么高明，都不如完全置身事外来得安全呀。"

徐承赞冷哼一声，不再言语。

"其二，物证。"欣媚眉眼弯弯，又道，"若是如徐大人所言，苏雨栾下毒之后，嘴里必定还含着那枚带毒的肠衣药囊。按常理，药囊中的毒液不可能完全逼出，苏雨栾若是一直含在嘴里，恐怕自己亦会中毒。这时，他会怎么做呢？"

"自然是找个时机，将那毒药囊吐了。"玄真道。

"不错。然而，京兆府的衙役赶到时，曾经搜索周边，也对在场的每个人都搜了身，并未发现类似的药囊。"欣媚眨了眨眼。

徐承赞连声叹道："姑娘这话未免迂腐了。难道姑娘不知那京兆尹田杰礼是明妃娘娘的人吗？即便有什么物证，亦早已被毁去了。"

欣媚并未答言，继续浅笑道："其三，人证。徐大人所言之法，要在喝酒的同时咬破药囊，逼出毒液，并非一桩简单的事，不知在场之人可有注意到什么……"

闻得此言，穆宏上前一步，道："方才来时，在路上遇见了梨香苑的两位姑娘，她们亦是当日雁栖阁命案的见证者，不如请她们上来说一说，如何？"

欣媚满心欢喜——穆宏果然早留了后手，不愧是父亲的挚友。

玄真抬一抬手，欣然应允。穆宏便向身后展袖一招，两名女子婷婷袅袅地走了进来，盈盈下拜行礼，如行云流水般优雅从容。众人看去，只见二人打扮得甚是素净，分别穿着一身浅碧色和一身云蓝色的妆花缎锦袍，发髻间点缀着几朵散碎珠花并银箔花叶，显得端庄简素，清丽脱俗。

欣媚上前见了礼，拉过浪琴的手，道："琴姐姐，来得正好，有一事请教。"说着便将方才徐承赞的推论讲了一遍。

沈翘翘在一旁捻一条洒金浅绿绢子掩口，闷声笑道："奴家当是什么大事，这等天方夜谭之说，也值得大人们恁费思量？"

"沈姑娘这话何意？"徐承赞面皮便有些不好看。

浪琴忙打圆场道："徐大人莫怪，翘翘一向性子直，说话没个高低。说起雁栖阁聚会那日的情形，俺们姐妹实在是终生难忘。奴家记得，苏公子饮那半盏酒时，手上并无多余的动作，饮酒亦十分干脆，不过仰面呷了一口，应该来不及咬破什么药囊吧？"

"这……"

沈翘翘的笑声如枝头的黄鹂，滴沥婉转。"正是这个话了。咬破药囊、逼出毒液……徐大人不如自己试上一试，看旁人能否瞧出破绽？"

徐承赞忍无可忍，狠狠一甩袍袖，向丁耀祖道："丁大人，此乃贡院圣地，岂容烟花女子在此啰唣？无论如何，苏雨栾涉嫌以割卷之法盗取唐申白的文章，有黄曹为证。望大人明察，莫要拂了上面的意思。"

丁耀祖脸色倏地一变："本官自会将查到的结果，一五一十禀告皇上。"

* * *

夜色深沉，更漏已敲过三记。一钩细月孤零零挂在天际，暗淡银辉轻轻拂在京兆府的瓦檐上。后院的小门"吱呀"打开，惊起檐上的乌鸦"哇"一声扑棱着翅膀飞远了。

大壮、二壮在前面领路，玄真、穆宏与欣媚紧紧跟随，一溜烟钻入京兆府衙门后院的库房里。大壮点了一支细红蜡烛，那半明半暗的火焰如鬼魅一般引着他们来至存放证物的小屋。屋中央摆着一张花梨木嵌玉石八边桌，上面搁着一只青布包袱。那张八边桌的桌面乃由一整块青玉石砌就，材质细腻，润泽通透。玉石上面雕刻着一幅阴阳八卦图，正好将桌面分成八个部分。

"欣媚小姐，这张桌子连同包袱里的物件，便是雁栖阁一案的全部证物了。你们快着些，若是被田大人发现，小的们可不是一顿板子能完事儿的。"二壮说着将包袱打开，一一取出里头的物件，都是一些杯碗盘碟，底部还黏有纸条，上面记录着案发时盛装的菜肴、果蔬以及酒品。

大壮递上来一只高脚银杯，道："这酒杯便是唐举人服毒的那一只，仵作验过，杯中残留的酒液中有鸩毒。如今已经清洗过了，小姐放心。"

欣媚接过酒杯，举在眼前细细观瞧，银光锃亮的杯面，精心雕刻着冬梅傲霜的图案，好不奢华细腻。玄真凑在一旁，随手拿起另一只雕了深谷幽兰图案的银杯，笑道："这可是眼下时兴的梅兰竹菊君子套杯，富贵官宦人家几乎都私藏了几套，只是……"

"怎的？"欣媚瞟了他一眼道。

玄真哑然失笑，道："司马府不至于如此附庸风雅吧？这杯子可不是真品。"

"哦，为何？"欣媚追问道。

玄真拿在手里掂量了几下，道："这套银杯是江南金银坊前年推出的珍品，每只重约三两，一套四只便是十二两银子，如今市面上已卖到百廿两一套，被人说成是翻了十倍。只是，眼下这几只杯子，肯定不够分量，是掺了便宜货的次品。"

欣媚低眉看着手中的银杯，又抬眼去瞧那张花梨木嵌玉石八边桌，目光渐渐凝结，气息急促紊乱，仿佛气血在胸口盘旋咆哮，快要冲出头顶一般。小真子见她发怔，以为又说错了话，忙道："姐姐莫见怪，是小真子忒俗气，这会子竟还讲究这些个。"

"不，真大人！您的话可不俗。"欣媚喃喃自语，目光望着虚空，"爹爹，您看，这案子已全部解开了。"

7

转眼已到小满，气候渐渐转暖，初夏的日光泼洒在皇宫的黄绿琉璃瓦檐上，流光溢彩，令人目眩。宫中换上了夏季的服制，嫔妃和宫女们穿着轻薄的彩缎纱衣，娇红嫩紫、秾绿碧蓝，如彩蝶般在深宫大院内穿梭飞舞。

这一日，皇帝兴致颇好，命人在御花园中搭了戏台子，又在金鱼池边摆了两张玉石圆桌，唤诸位皇子和几名亲信大臣一道听戏取乐。皇帝坐在花园八角亭里的青玉石案后，下首东边的石桌上由太子领衔，依次坐着六皇子玄亮、七皇子玄真、八皇子玄杰，诸葛子羽和司马珏亦奉旨相陪；西边的石桌上坐着丞相诸葛乾、大学士司马奎、左都御史胡宗来、大理寺卿丁耀祖以及礼部侍郎徐承赞。

戏台子上唱的是传统豫剧《花打朝》，演绎唐朝时程咬金夫妇大闹金殿、拨乱反正、惩奸除恶的故事。皇帝听得津津有味，皇子大臣们亦十分凑趣，频频举杯相敬，席上和睦融洽。皇帝见诸葛丞相佝偻着身子，声音嘶哑，颇为关心道："丞相为国事操劳，看似又添了些肝火旺盛的症候。正好前几日太医院为朕送来两瓮药酒，是以去岁的雪水配各种药材所酿，清热祛火、滋阴润燥。来人，去取一壶赐予丞相。"

诸葛丞相忙起身跪拜："老臣多谢皇帝眷顾！"

"不必谢！这酒虽是良药，但入口太苦，朕是不大爱喝它的。哈哈哈！"皇帝朗声笑道。

欣媚穿着一身浅紫色暗绣团花纹纱袍，端着一个朱漆描金木盘，婷婷袅袅行至诸葛丞相身边，将一把银质镂雕青梅纹酒壶搁在了桌上。她屈膝福了一福，将木盘夹在胳膊下面，道："奴婢为丞相斟酒！"

坐在丞相右侧的司马奎斜眼睇着她，道："这位宫女好生面善啊！"

"司马大人好眼力，这位便是'宫廷捕快'方欣媚是也。"坐在对面的丁耀祖皮笑肉不笑道。

"见过诸位大人！"欣媚忙又躬身道了万福，却不小心将胳膊下面的木盘掉在了地上。她手忙脚乱，蹲下去捡那个木盘。

司马奎取笑道："丁大人，自古从未听闻女子办案，鸡鸣狗盗的小差事或许尚可托付，但若是遇上大案要案，恐怕还得大理寺出面啊。"

丁耀祖嘴角含了一缕轻蔑的笑意，并不答言。诸葛丞相道："听闻大理寺新近破获了一桩省试割卷顶替的大案，乃明妃娘娘的胞弟苏雨栾顶替了冀州才子唐申白的文章。"

徐承赞忙道："回丞相，正是。内帘串通舞弊者是负责弥封的官吏黄曹，如今已押在大理寺的牢内。此案的详情已奏报皇上，等待龙意圣裁。"

司马奎捋了下胡须，端起手边的银酒杯，低低道："事涉皇亲国戚，尤其是明妃娘娘……恐怕圣意一时难以裁夺啊！"

诸葛丞相眉目肃然地盯着徐承赞，道："徐大人，省试出了这样的大案，你身为内帘主考官，亦难辞其咎吧？"

徐承赞一脸惶恐模样，起身作揖道："丞相大人，下官自知难逃问责之罪。今日却不承想皇上竟召下官前来听戏，实在受宠若惊！"言下之意，连皇上都宽待他了，其他人还有甚可说的。

欣媚捡了木盘，便要退下。这时，却见司马奎面上作色，大叫了一声道："这是什么酒！又酸又苦，实在败胃口！"

诸葛乾望了一眼他杯中的酒液，又举杯闻了闻自己面前的酒，道："司马大人莫不是饮了皇上赐予老夫的药酒？"

话音刚落，司马奎便捂着腹部，面露痛苦之状："啊，这酒……有毒！"说罢，他滚倒在地，四肢蜷缩，浑身战战。

皇帝亦被惊动，一壁传了太医前来诊视，一壁怒道："朕赐的药酒，怎会有毒？快去查，究竟是谁下的手？"

这时，欣媚容色镇定地行至八角亭下，双膝跪地行了大礼，道："启禀皇上，方才是奴婢做了手脚，令司马大人饮下了药酒。"

闻言，众人皆变色。司马珏正搀扶着父亲起身，此刻矍然喝道："小小贱婢居然敢谋害朝廷重臣，快将她拿下！"

一队侍卫围了上来，将欣媚双臂反剪，按倒在地。还未等皇帝发话，穆宏急匆匆穿过重重侍卫来至跟前，行礼后忙上前为司马奎搭脉。

"司马大人如何了？"皇帝焦心道。

穆宏轻动手指，眯着眼睛沉吟片刻，道："启禀皇上，司马大人并非中毒，乃因药酒性寒，与大人体内火气相冲相斗，激起肠胃不适。微臣带了几粒六神丸，先行服下即可缓解腹痛。"

欣媚暗暗瞟穆宏一眼，眸底尽是顽皮之意。此前她央求穆宏在那酒中添了些腹泻之药，便是为了令司马奎误以为中毒，让这出戏码更加扣人心弦。

"好！快些医治。"皇帝一挥手，转眸望向匍匐于地的欣媚，口吻淡然道，"欣媚，这便是你邀朕看的一出好戏吗？"

侍卫闻得皇帝的语气都暗吃一惊，不由得松开了钳制着欣媚的手。欣媚跪在地上深深一拜，面容恭谨道："启禀皇上，方才令司马大人饮下药酒的伎俩，正是当日雁栖阁凶手给唐申白下毒之法。"

此言一出，四座皆惊。徐承赟耷拉着眼眉，嘴角衔着一抹嘲弄之意，道："方姑娘莫不是哄我等耍子？那日在大理寺，你口口声声替苏雨栾开脱，说他不可能杀害唐申白。怎的如今又改了口？"

欣媚敛衽一福，道："徐大人，奴婢只是说，苏雨栾并非杀害唐申白的凶手，却从未说过唐申白不是被人所杀。"

"哼，苏雨栾的考卷亦有'割卷'的痕迹，显然是冒用了唐申白的文章。况且，那杯毒酒乃苏雨栾亲手递上，还有甚可辩解的？"徐承赟不服气道。

太子闻言起身，向皇帝躬身一拜，道："父皇，儿臣以为徐大人所言甚是有理。那苏雨栾盗取唐申白的文章，又杀人灭口，罪孽罄竹难书。但是，仅凭他一个临安举子，又如何能行得了那么多事，背后的指使者只怕已昭然若揭了。"

"太子殿下这是何意？"玄杰忙站了起来，向皇帝拜道，"父皇,方才'宫廷捕快'方姑娘说了,我舅舅并非杀害唐申白之人。请父皇准允方姑娘阐明案情真相。"

皇帝以手支额,容色稍倦,道:"欣媚,你且说来。"

"奴婢遵旨。"欣媚躬身上拜道,"皇上,这桩案子表面看来,似乎只有苏雨栾才有下毒的机会。因为在唐申白喝下毒酒前,苏雨栾是最后触碰酒杯之人。然而,奴婢却注意到案子中的几处细节,或许可以拼凑出完全不同的案情。"

"哦?哪些细节?"毅王玄亮摩挲着手中的酒杯,定定望着她。

欣媚躬身一礼,道:"其一,京兆府的仵作曾验出,当日参与聚会的梨香苑沈翘翘姑娘的酒杯中被加了分量不轻的蒙汗药。"

"哼,那不过是青年才俊们的风流韵事,也值得拿到圣上面前来说道吗?"徐承赞不屑道。

"表面是风流,内里却暗藏了杀人的手法。还望徐大人稍安毋躁,听奴婢讲完。"欣媚眼底含着凛冽的笑意,语气亦加重几分,"其二,司马府的一名小厮借着为宾客擦鞋的工夫,偷偷捏姑娘们的脚,还被沈翘翘姑娘狠狠踢了心口。"

"啊!确有此事。"诸葛子羽因说到唐申白的案子,眼眶便有些湿,此时梗着脖子附和道,"那小厮叫来兴儿,颇为乖觉,还说了不少俏皮话,为大伙儿凑趣。"

欣媚微笑颔首道:"此人亦是案情的关键。其三,当日酒席上所用的'梅兰竹菊'套杯并非纯银制的正品,乃掺杂了其他材质的赝品。"

"荒唐!老夫在官场耕耘多年,家中虽算不上豪富,亦有不少皇上赏赐的金银酒器。"司马奎顺了顺心口道,"不知方姑娘何故要贬损我司马府?"

"司马大人所言甚是。府上不会缺一套银酒器,但那日却偏偏用了赝品。欣媚已查验过,这套赝品乃纯钢所制,外面涂了一层银漆而已。"欣媚眨了眨点漆星眸,笑盈盈道,"在当日的酒席上,钢制的酒杯、蒙汗药、桌下的小厮……这些线索联系在一起,诸位大人心中或许已有答案?"

众人面面相觑,仍旧不解其意。欣媚从纱袍内掏出一块半个手掌大小的黑色石块,道:"方才欣媚正是利用了此物,神不知鬼不觉地让司马大人饮下了诸葛丞相的药酒。"

"此物莫非是……磁石?"毅王从座位上起身,走至近前,取过那块磁石,细细观看,赞叹不绝,"本王在西藩领军打仗时,曾见敌军用过这样的石头。"

欣媚笑道:"毅王殿下好见识。此物正是磁石,《吕氏春秋》上说:'石召铁,或引之也。'相传秦始皇帝在修建阿房宫时,便根据'磁石召铁'的原理,叫工匠制造了一种磁石门,令怀刃者止之。"

一直沉默的皇帝脸上终于有了些淡薄的笑影儿,道:"始皇帝的磁石门,朕亦听说过,可令携带铁制兵器者吸附在门上,阻止心怀异心者入。李秀英,内侍监也该琢磨着替朕打造一扇这样的门。"

"奴才遵旨。"大太监李秀英在一旁乖觉地打了个千儿。

毅王手里拿着磁石,来至大臣们坐着的石桌旁,蹲下身去,将磁石放在了桌面下方。霎时间,桌上的酒杯便颤动了一下,然后随着毅王的手,那酒杯便轻轻地在玉石桌面上移动起来。众人看了皆惊叹:"竟然有如此神妙之法!"

欣媚在一旁冷笑道:"此法并无甚神妙之处。对于浪荡公子哥儿来说,在酒席上以此法调换酒杯,便可轻松为姑娘下蒙汗药了。"

"姑娘的意思是,那小厮使用此法是为了给沈翘翘姑娘下蒙汗药？然则，为何最后却伤了唐兄的性命呢？"诸葛子羽颇为不解。

欣媚敛容郑重道："回诸葛公子，这便要说到本案的第二个关键——时机。当日有许多人在场，绝非杀人的好时机，凶手为何非要选在众目睽睽之下动手呢？答案只有一个，那便是再不动手就来不及了。"

"来不及？"诸葛子羽深锁双眉，细细回忆着。

"诸葛公子，奴婢听闻当日席上你们曾经谈论殿试的情形，还提到了省试中的文章？"欣媚好整以暇道。

诸葛子羽若有所思："那日，我辈都说皇上对司马公子在省试中的那篇文章称颂不已，沈瑜还提到了那句'不历卒伍之岁，无以为猛将；不经州部之年，不可为宰相也'，实在堪为传世名句。只不过……"诸葛子羽的眼眸骤亮，像是想明白了什么，"我记得，沈瑜说完这句话后，唐兄便呻吟了一声，似胸口有难言之疼痛。难道说……"

"不错。沈瑜提到的名句，实乃唐申白所写。他听见自己的文章被人盗取，一时激愤，才会做出胸口疼痛的反应。"欣媚神采飞扬，"而此事唯有凶手和唐申白二人心知肚明。见此情形，凶手便知唐申白已察觉，若不在席上将其杀害，必将后患无穷也。"

"如此说来，能够设下这个局的人，便只可能是盗取了唐申白文章的状元郎——司马珏公子了。"玄杰摇晃着脑袋，面色轻松道，"哼，此前还诬赖我舅舅盗取文章，真是贼喊捉贼。"

司马珏脸色惨白，整个人从座椅上跌落下去，连声道："不是我，不是我。父亲救我，父亲救我！"

欣媚不为所动道："司马公子当日摆宴，初衷是与同年们辞行。设下的赝品银杯以及小厮擦鞋等伎俩,亦不过是为了得到沈翘翘姑娘的人而已。奴婢这里有一张当日的席位图,司马公子的座位正好在沈翘翘与唐申白之间。当席上众人突然谈到省试贡元的文章时,唐申白面色乍变,司马公子便知其已察觉了割卷之法。情急之下,他忽然想到,给沈翘翘下蒙汗药的方法,正好可以用来给唐申白下毒。说起来,他与唐申白亦是邻座,他只需在自己的酒杯中下毒,然后给桌子底下的小厮来兴儿递个暗号,令他悄悄儿挪动桌上的酒杯即可。"

丁耀祖冷笑了一声,道:"方姑娘滔滔不绝说了这一番,本官却有一事不解。虽然用磁石可以移动桌上的钢制酒杯,但若是挪动得幅度大了,焉能不被席上的其他宾客察觉?"

欣媚沉稳笑道:"丁大人说得不错,因而除了酒杯和小厮之外,司马公子还设了另一个障眼法——那便是一张八卦图案的八边桌。"

"八边桌?"皇帝闻言亦直起了身,伸长脖子往下方望去。只见四名小太监正抬着一张嵌玉石八边桌来至金鱼池边。

欣媚上前两步,指着那张八边桌道:"请皇上龙目御览,这桌面的玉石上雕刻了阴阳八卦的图案,将桌面分为了八个三角形状的区域。每人坐在其中一道桌边,便会不自觉将面前的三角区视为自己用餐的区域。司马公子悄悄在自己的杯中下毒,然后将酒杯搁在靠近唐申白一边的三角区域边缘,小厮只需轻轻移动,那酒杯便滑入了唐申白面前的三角区域内。而苏雨栾递来的那只酒杯则被悄悄移至司马珏面前的三角区域,以此完成了酒杯交换的手法。当唐申白低头去取酒杯时,见多了一只杯子在自己面前的三角区域内,凭直觉便以为那是苏雨栾递来的酒杯。"

"当时,苏公子与唐兄发生了一些龃龉,众人的注意力都在

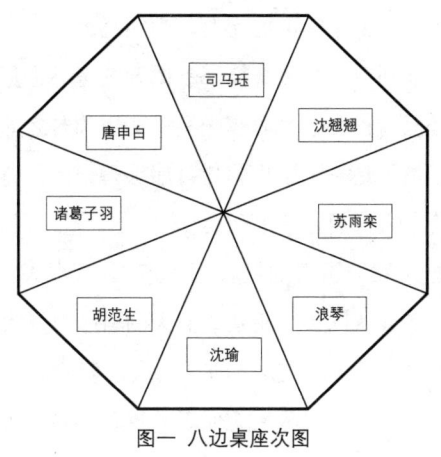

图一 八边桌座次图

劝架上面。"诸葛子羽恶狠狠地盯着司马珏,"司马公子寻的这个时机果然绝妙!"

"哼,老夫倒也有一疑问。"司马奎颤巍巍从椅子上站立起身,蹒跚来至八角亭下,行礼上拜道,"启禀皇上,若说小儿拿蒙汗药迷晕青楼女子,老臣尚且还能相信。家教不严出此不肖子,老臣实在惭愧。但若说小儿下毒杀害了唐举人,老臣倒想问一句,那鸩毒从何而来?既然小儿本来只欲迷晕青楼女子,又为何会随身带着鸩毒呢?"

"那鸩毒……"欣媚面露难色,"或许是司马公子一直带在身上的吧?"

"为何?"

司马奎正欲追问,玄真起身走上近前,上拜道:"启禀父皇,既然司马珏以割卷之法窃取唐申白考卷为真,那么前日在大理寺,弥封官黄曹烧毁大半考卷便不是意外,而是有意为之了。他假借烧苏雨栾考卷的机会,一把火烧毁了'玄'字号筒中其他考生的考卷,实际上是为了替司马珏公子掩饰罪行。若当时能将唐申白的真迹与司马公子的考卷比对，则司马公子杀人的罪行早已露出端倪。与此同时，黄曹烧掉了苏雨渫的考卷，苏公子便无法通过比对笔迹澄清自己，反而被坐实了冒用顶替之罪。如此一箭双雕之计，恐怕不是一个小小弥封官能够筹谋的。背后是否还隐藏着更有权势之人？望乞皇上明察！"

司马奎左面颊的肌肉抽搐几下，道："真大人，这是何意？莫非，你怀疑老夫伙同小儿犯下这滔天的科举舞弊大案吗？"

玄真眸底泛出阴鸷，道："司马大人，若想减轻罪行，恐怕还得请司马公子尽快招出幕后主使者才好。毕竟，如此重大的案件，怎可能是一名弥封官吏独力所为？"

这时，徐承赞在一旁早已吓得瘫软，目光在众人之间乱转，恨不能钻个地洞匿迹。司马奎看了玄真一眼，眼梢递过几缕嘲弄之意，忙转向司马珏，道："畜生，还不快过来！割卷舞弊之事，究竟是谁在背后操纵？还不从实招来？"

"呵呵呵……司马公子即便不招，这起割卷舞弊大案的背后主使也已昭然若揭了。"毅王玄亮负手立于一株凤凰花树下，浅金绯红的花朵如火焰般，映得他面堂饱满红润。"启禀父皇，儿臣昨夜查阅了近年来的科举档案，发觉十四年前，也就是父皇册立太子那一年，开过一次恩科[①]。当时，太子殿下曾发手谕，命将科场所用答卷的纸张全部换为夹宣纸。"

太子已从座椅上立起，听闻此言，身子一颤，差点儿栽倒。"六弟，此言何意？"

"臣弟近来请礼部整理了十年来的进士名录，发现贫家出身的越来越少，高官贵族的子弟越来越多。尤其是今年春闱，剔除

[①]恩科：指科举制度中于正科外皇帝特恩开科取士。

那些作弊者,几乎全部都是各府州和六部官员的子弟。"玄亮从凤凰花树影底下走出来,面色皎皎,"太子殿下,细细看来,这些官员似乎都与殿下交好。"

"哼,那又如何?凭这些莫须有的证据,便想诬赖本王与这起科举案有关吗?"太子气得连连顿足,忽而转念,对司马珏喝道,"司马珏,你且从实说来,本王与你们那污糟的舞弊之事可有半分干系?"

司马珏跪在地上,抖衣瑟瑟,道:"太子殿下,小人不敢。小人只在考前与徐承赞大人府上一小厮来往,他要价颇高,但能保证取中。小人一向无心治学,学问空疏,才庸识短。一来怕春闱落第被父亲责骂,二来又想在亲友面前沽名钓誉,便糊里糊涂付了一万两银子。"

"胡,胡说!司马公子,你可不能如此攀诬本官啊!"徐承赞急得跳脚,"我府上对下人管教甚严,莫不是哪里来的骗子,将你给哄骗了去?"

司马珏见势不好,把心一横,和盘托出道:"小人原也以为是骗子,可是交了银两后,那小厮便送来一张契约,让我画押。上面写着,事关重大,若得取中,日后朝堂上必得唯太子殿下马首是瞻。而事情一旦败露,便服毒自裁,决计不可有所牵连,否则必将株连九族。方才父亲问我为何会随身带着鸩毒,那便是太子殿下赐我自裁之毒啊!呜呜……"说罢,他伏地痛哭不已。

"你,你……"太子未曾料到被"反咬一口",右手颤巍巍地指着司马珏,面色骇然。

欣媚心头冷笑,这些皇家弟子、官宦之族……竟然如此龌龊不堪。原来,只有她想不到的,没有他们做不出的。

"啪——"只听见八角亭里传来玉石折断之声。原来皇帝气得目眦欲裂，生生将手中一把玉骨扇折成了两半。众人吓得跪了满地，一声儿也不敢响，空气中只有皇帝粗重的喘气声："玄明，朕想不到是你！"

"父皇……"

"操弄科举，笼络重臣，结党营私，其心可诛也！"皇帝沉沉的声音响彻御花园上空，"朕对你……实在失望至极。"

一阵卷地风吹来，周围的草木沙沙作响，枝叶乱舞，仿佛快要承接不住这泼天的愤怒。

"皇上，皇上息怒啊！"突然，从御花园门外奔进来一名青衣太监，直挺挺跪在堂上，大声呼喊道，"太子殿下与科举舞弊之事毫无干系，一切都是奴才贪慕虚荣，假借太子之名搜刮群臣的膏脂。奴才这里有与主考官徐承赞的往来书信为证，请皇上明鉴！"

欣媚定睛一瞧，说话者正是太子的心腹太监许世才。他双手颤抖着捧上一沓书信，李秀英接了过去，呈给皇帝。

延王玄杰在一旁笑了。"许公公一向是太子殿下最得力的贴心人，你的所言所行，难道不是太子指使吗？如今光凭一沓书信便想为太子开脱，未免把吾辈都当作蠢物了。"

太子见状，连滚带爬来至八角亭台阶下，磕头如捣蒜。"父皇，一切都是儿臣的错，与世才无干。父皇有如此众多出色的儿子，且对玄亮、玄杰，包括软禁的玄昌都宠爱有加。为了保住储位，为了来日的宝鼎龙座，儿臣不能不防啊！"

"皇上，太子心慈，一向与兄弟恭睦有爱，都是奴才从旁一力撺掇，他才做下这糊涂之事。"许世才把面孔一板，露出视死如归的神情，"殿下，世才得您知遇之恩，万死难报。只是一时心邪，走了错道，今日以死谢罪，还望殿下保重自己，一世平安。"

说罢,他起身以迅雷不及掩耳之势撞向亭下那棵凤凰花树。一时间,脑浆迸裂,与嫣红的凤凰花瓣融为一体,甚是凄厉绝美。太子惊惧得如同失了魂魄,仓惶奔至许世才身旁,扶起他,号啕痛哭道:"世才,世才……你怎么那么傻?你死了,要我如何在这世上独活?世才,世才……"

皇帝面露厌恶之色,颇看不上他这副丑态,怒道:"太子玄明谋逆悖德,仁义蔑闻,疏远正人,亲昵群小,长期把控科举取士。进士榜中,悉以亲党居之,令士子无复天子之臣矣。传朕旨意,即日起将玄明废为庶人,迁出东宫,终身幽禁永乐宫。"

太子闻言只是抱着许世才的尸身,痴痴傻傻,涕泪横流,嘴角还挂着凄惨的笑意。"世才,你听见了吗?我终于不必做那劳什子太子了。咱们永远在一块儿吧。"

欣媚耳畔响起"嗡嗡"声,望着皇帝和太子之间的气氛,只觉不祥。突然,花园宫墙的琉璃瓦上传来"嘎吱"一响,她恍然明白过来,大喝一声:"皇上小心!"说时迟,那时快,一支冷箭已然从宫墙顶铿锵飞来,直奔八角亭而去。欣媚奋力一跃,以手臂对着那箭头生生一挡,冷箭擦过她的小臂,减缓了力道,偏转方向,勉勉强强射到了亭中的青玉石案上面。

玄真霍然起身,喝道:"来人,护驾!"说罢,夺步冲至皇帝跟前,底下一群侍卫和太监立即将御花园团团围了起来。

少顷,只见皇后穿着凤冠霞帔,严妆丽容地走了进来。皇帝一惊,道:"皇后,这是何意?"

"皇上,"皇后端然立于花园中央,既不下跪,亦不行礼,只是口吻淡然道,"您将我母子逼至如此境地,臣妾无法,只得困兽一搏了。如今,御花园已被本宫的亲兵围住,请皇上下旨,收回废太子成命！即日起，传位太子！"

"皇后娘娘，您这可是谋逆之罪呀！"玄杰火上浇油道。

"住嘴，黄毛小儿！若非明妃这个贱妇，本宫何至于在宫中熬得如此艰难？"皇后怒目向玄杰道，"本宫还有一个要求，便是立即赐死明妃和延王玄杰。"

"皇后疯魔了。"皇帝目光深远，口吻平淡，仿佛在掸去衣袍上的浮尘，"来人，将疯妇庞氏拿下。"

话音未落，一支铠甲精兵从四面八方围上来，将皇后身边的侍卫全部拿下。皇后被人按倒在地，剥下凤袍，卸去钗环，蓬头垢面，狼狈不堪。

"不，这是哪里的兵卒？本宫明明已经……"

大将军庞浩然在磔磔的靴声中缓缓走近，下跪向皇帝拜道："启禀皇上，犯妇庞艳已拿下！我庞家世代忠良，绝无与其勾结串通之事，求皇上明鉴！"

皇帝抬一抬手，道："庞将军之忠心，朕自然是明白的。来人，传朕旨意，皇后庞艳废为庶人，与废太子一道幽禁永乐宫。"

废皇后瞪着一对死鱼眼，死不瞑目般地望着自己的亲弟弟，凄厉的笑声散在了风中。"夫妻情分、兄妹情谊，到头来都不过是成王败寇。哈哈哈，不过如此，不过如此。"

尾声

文德殿里，寂静无声。初夏的日光透过描金填漆的六棱格雕花长窗，在金乌地砖上烙下深深浅浅的影子。诸葛乾跪在殿里，穿一身紫色团锦绣仙鹤官服，官帽已取下来捧在手中。

皇帝批阅奏章许久，方才抬起头来，揉了揉眼睛，道："丞相还有何话说？"

诸葛乾深深一拜，喟然道："臣老矣，不堪重用，自行请罪。"

"呵呵，一个个都来请罪。"皇帝幽幽道，"适才司马大学士来请旨，说他儿子司马珏参与舞弊乃权宜之计，目的便是深挖太子一党，为朕除害。丞相，怎么看？"

诸葛乾干笑两声，道："司马大人一向左右逢源，做事圆滑，自然不会出大差错。"

"不过，此番太子的罪行败露，司马珏的确起到了重要作用。"皇帝眯起细长的眼睛，眼中透露疲倦之态，"只是，那唐申白好歹是一条人命，朕亦难以轻饶，便将司马珏流放三千里吧。"

"是，皇上。"诸葛乾道，"如此，司马府的两位公子便都流放在外了。"

"嗯，儿子不在跟前，他也更能安心为朕办事，不是吗？"皇帝闲闲地笑道，然而这笑声很短暂，"那么，丞相你呢？废太子的那些乌七八糟之事，身为肱股大臣，你想必早已知晓了吧？"

诸葛乾情知躲不过，重重地磕了一个头，道："回皇上，老夫是在此番春闱开考前知晓废太子所行之事，但并未苟从。因而，春闱中他们才故意修改了犬子的朱卷，令他蒙上'朱墨不符'之名。"

"哦，原来那是废太子为了调教你这老东西才做的啊！"皇帝轻嗤道。

"废太子年轻不经事，妄听人言，急于求成，确实犯下了滔天大错。"诸葛乾连连磕头道，"但是皇上，老臣今日仍要为废太子求情。若是真废黜了太子，皇上将再无可堪社稷重任之子啊。"

"荒唐！废太子悖逆，做出如此无德无状之事，丞相还要一味包庇吗？"皇帝一拍龙书案，勃然大怒。

诸葛乾却毫无惧色，一脸坦然道："皇上，老臣并非包庇，只是为我朝社稷而忧虑。太子被废，众皇子难免人心浮动，朝野上下派系相争，兄弟阋墙，父子成仇，夺嫡之乱，恐可亡国也。孰轻孰重，望皇上三思啊！"

"住口！你这老东西，脑子已经糊涂了。"皇帝将面前的奏章悉数推至龙书案下，哗啦啦掉了一地，惊得窗外的鸦雀纷纷飞走。

诸葛乾惨然一笑，将官帽放在地上，声音清冷道："皇上心里明白，老臣所言非虚。皇上的难处，老臣亦知。如今，且请皇上处置了老臣吧。"

皇帝长叹一声，身子颓然向后靠在蟠龙雕花椅上。"这又是何苦来？你的忠心，朕从不怀疑。只是你一向保全废太子，朝堂上如今容不下你了。"

正说着，明黄团福帘一打，李秀英进来道："启禀皇上，七皇子求见。"

"传。"

玄真穿着一身青色圆领蟒袍走了进来，跪拜行了大礼。皇帝瞥一眼跪在地上的诸葛乾，道："你且回去，休养些时日，朕留着你还有用处。"

"老臣遵旨。"诸葛乾拾起地上的官帽，躬身告退。

玄真垂手侍立，恭谨道："启禀父皇，儿臣随大理寺卿丁耀祖一同去查抄了徐承赞的府邸，发现了三十万两白银及大量东宫赏赐之物。另外，徐承赞还私藏有十万盐引票据，大约是用于投机倒把。"

皇帝紧紧一抿唇，开口杀伐决断道："徐承赞蒙受皇恩，却纳贿贪赃，紊乱学政，非寻常私弊可比。朕实未料其竟负恩至此。传旨大理寺，查实后凌迟处死。"

"是，儿臣遵旨。"玄真见皇帝面色不豫，忙抚慰道，"父皇，儿臣前去查抄徐府时，听见周围百姓拍手称快，有人称颂，皇上此番彻查科场弊案，振千古之纲常，培一时之士气，除京城之民害，快四海之人心也。"

皇帝面色稍缓，道："自古天下离合之势常系乎民心，民心叛服之由实基于喜怒。老七，为政者务必要合乎民意、顺应民心，方可为万世开太平哪。"

"是，儿臣谨记父皇教诲。"玄真觑着皇帝的神色，试探道，"另外，那些以'割卷'之法获取功名的人，该如何处置？"

此话背后首当其冲之人便是明妃的胞弟苏雨峦，他虽然未杀害唐申白，但试卷上有"割卷"痕迹已是板上钉钉、无可抵赖的了。皇帝眼眸微动，沉默半晌，终于拈着胡须缓缓道："覆巢之下,安有完卵?这些人参与舞弊,无非是贪图太子的权势,阿谀趋奉而已。朕亦不忍牵连过广,革去功名也便罢了。"

玄真不动声色,道了声:"是。"

皇帝微微阖眸,长叹道:"朕近来翻阅了十年来的部分科举考卷,发觉即便没有废太子一手遮天,那些寒门学子要想入仕,亦十分艰难啊。"

"是,父皇。科举考试凭的是学识,官宦子弟有钱聘请好的先生,文章自然在那些穷寒学子之上。"玄真道,"譬如那位唐申白,他为了求学辗转厮混在官宦子弟之间,百般委曲求全,才能获得相对好的学习机会。"

皇帝点头道:"或许,今后科举出题,要多多考虑寒门举子的处境。"

玄真眸光一动,拱手道:"父皇,儿臣有个不妥当的想法。不知是否可为寒门举子专门设置一些名额,以彰显皇恩浩荡,令穷苦人家看到希望?"

皇帝沉吟片刻,目光中流露出赞许之色,道:"好。此事你先去筹谋,与胡宗来商议后,拟出方案,再来报朕。"

"儿臣遵旨。"玄真满心欢喜,脸上不由得露出些许得色。

皇帝目光一沉,声音绵里藏针:"老七,你还是缺少些历练,不够沉稳。这回的事,别以为朕不知你背地里做了些什么。"

玄真浑身一震,后背如有冰凉的蛇缓缓攀附上来,忙跪倒在地,磕头道:"父皇息怒,儿臣未曾料到事情会变成这样。"

"哼,朕容忍你到现在,是为了什么,你要清楚。"皇帝的声音如洪钟般响彻头顶。

玄真俯下身去,忍住心头的酸楚,恭顺地说道:"是,父皇,儿臣只会做好分内之事,不敢妄动他念。"

天色将晚,梨香苑里依旧客流如云。姑娘们穿着姹紫嫣红的丝绸锦缎,扭动着玲珑有致的腰肢,花枝招展,千娇百媚,占尽了人世间的万种风情。浪琴姑娘正房的厅上,欣媚一会儿坐,一会儿站,一会儿蹲,一会儿跪,百般向穆宏告饶。

"琴姐姐,快帮我劝劝穆叔。他这样对我不理不睬都有三日了。好歹你面儿大,帮我讨个饶罢。"

"在穆太医面前,谁的面儿能有你大?"浪琴在一旁拿绢子掩着嘴,嗤笑道,"穆太医,你这侄女实在怄得人受不住,快饶了她吧。不然,她都该哭鼻子了。"

"噫,姐姐你是不知哩。欣媚已经哭了三天三夜了。偏生穆叔是恁狠心的人,一点儿都不睬。呜呜……"说罢,又假哭了两声。

穆宏被她逗得实在无法,不禁笑道:"你这猴儿,自要去寻死便去,与我何干?"

"叔,欣媚知道你担心我,心疼我。可是,这回人家总算在皇上跟前露了脸,还得了个救驾有功的赏赐。"欣媚抚着自己缠了绷带的小臂,笑道,"真大人已经帮我请了旨,皇上答允重查爹爹的案子了。"

听见玄真的名字,穆宏又憋了一股子气,道:"那个皇子让你替他办了那么大的事,连太子都被废黜了。这点小恩小惠算什么?我只是担心,如今他利用你铲除异己,将来还不知道要把你这条命搭在哪桩事体上面呢!"

"叔说的什么话!真大人才不是那等小人。"欣媚却只顾喜滋滋道。

"姐姐说得是。小真子这辈子绝不会负了姐姐。"湘妃竹帘一挑，玄真从外面走了进来。叙礼毕，他在一张方木凳上坐了，轩眉道："前日那场变故实在惊心动魄，一夜之间朝堂巨震。今日，连诸葛丞相亦受了牵连，已致仕去了。"

"真的？皇后和太子双双被废，后宫和前朝都要不安宁了。"欣媚秀眉微蹙，凝眸看向穆宏，"穆叔，皇后之事，你不会受牵连吧？"

穆宏抬着下巴，平静道："如今没有旨意，那便是未被牵连吧？庞家转头快，庞浩然将军还立了平定叛乱的首功。皇上自然不会牵连太广。"

"可是，庞将军怎么来得那样快？"欣媚瞅着玄真道，"真大人，莫非是你早有安排？"

玄真忙笑道："姐姐休说笑，小真子哪有那般运筹帷幄之能？据我猜测，应该是皇上一早便部署了。"

"皇上？"欣媚惊道。

玄真面上掠过一抹苦笑，压低了声音道："皇上知道的，永远比咱们多。"

浪琴端着一个装满了水果的五彩缠丝玛瑙大盘，笑盈盈走了过来，道："几位大人快歇一歇。奴家这里没甚好招待，弹一曲琵琶为你们佐酒，如何？"

"那自然是好。"欣媚拍手道。

一时间，浪琴携了两名姑娘，筝排雁柱，阮跨鲛绡，轻舒玉指，绵绵弹了一曲《山坡羊》。

  云松螺髻，香温鸳被，掩春闺一觉伤春睡。柳花飞，小琼姬，一声"雪下呈祥瑞"，团圆梦儿生唤起。谁，不做美？呸，却是你！

席间，玄真起身出去更衣。刚走出房门，便被一条尺阔的明蓝绣暗紫羽纹的衣袖拉住了。玄真一怔，干笑道："姑娘如何在此？"

沈翘翘轻轻将他拉入房中，咬着一方桃花色水绫绢子，道："大人如今有了可意的人，便将奴家抛闪在脑后了。"

玄真轻轻揽她入怀，笑道："翘翘姑娘深明大义，如何说出恁小气的话来？"

沈翘翘扭身紧紧抱住他，嘤嘤哭道："奴家见大人一门心思都在那小宫女的身上，岂有个不拈酸吃醋的？奴家亦知自己身份低微，配不上大人。可是……"

玄真捏一捏她粉白的秀脸，柔声道："翘翘，你我生死相交，何必说这些？"

隔壁浪琴姑娘的房里隐隐传来丝竹之声和欢声笑语。玄真抬头看一眼那面挂了五彩锦缎的墙壁，蓦然垂下头，一任自己的面容隐没在暗影中。

图书在版编目（CIP）数据

深宫女捕快.2，春风得意马蹄疾 / 暗布烧著. —— 北京：新星出版社，2022.9
ISBN 978-7-5133-4972-7

Ⅰ.①深… Ⅱ.①暗… Ⅲ.①长篇小说-中国-当代 Ⅳ.①I247.5

中国版本图书馆CIP数据核字（2021）第110870号

午夜文库
谢刚 主持

深宫女捕快2：春风得意马蹄疾
暗布烧 著

责任编辑：刘 琦	责任校对：刘 义
责任印制：李珊珊	封面绘制：KEN
装帧设计：hanagin	

出版发行：新星出版社
出 版 人：马汝军
社　　址：北京市西城区车公庄大街丙3号楼　　100044
网　　址：www.newstarpress.com
电　　话：010-88310888
传　　真：010-65270449
法律顾问：北京市岳成律师事务所

读者服务：010-88310811　　service@newstarpress.com
邮购地址：北京市西城区车公庄大街丙3号楼　　100044

印　　刷：北京美图印务有限公司
开　　本：910mm×1230mm　　1/32
印　　张：10.25
字　　数：171千字
版　　次：2022年9月第一版　　2022年9月第一次印刷
书　　号：ISBN 978-7-5133-4972-7
定　　价：49.00元

版权专有，侵权必究；如有质量问题，请与印刷厂联系调换。